KB217077

기적을 내리는
트룽카 다방

기적을 내리는 트릉카 다방

야기사와 사토시 지음
임희선 옮김

문예춘추사

1.
일요일의 발레리나

  커피전문점 트렁카 다방에 그 이상한 여자, 유키무라 치나츠가 나타난 것은 한 해의 끝자락에 가까워진 어느 일요일이었다.

  연말을 앞두고 다들 너무 바쁜지 그날 트렁카는 평소와 달리 아침부터 한산했다. 점심쯤에 동네에 사는 단골 아저씨가 방문하긴 했지만, 그 뒤로는 손님이 뚝 끊겨 가게 안에는 나와 마스터(트렁카 다방의 사장으로, 이름은 다치바나 이사오지만 나는 항상 마스터라고 부르고 있다), 그리고 마스터의 딸 시즈쿠뿐이었다. 창밖에는 환한 햇살이 쏟아지고 있었지만, 상가 거리에서 한 발짝 떨어진 골목에 한적하게 서있는 가게 안은 이미 조금씩 어둑어둑해지고 있었다.

벽시계에서 나는 똑딱똑딱하는 규칙적인 소리가 가게에 울리고, 스피커에서는 손님에게 방해가 되지 않도록 겨우 들릴 정도로 작게 줄인 음량으로 쇼팽의 피아노곡이 흘러나온다. 막 생겨난 작은 여백이 우리 셋을 감싸고 있는듯한, 그런 평화로운 휴일의 오후였다.

"한가하다~."

시즈쿠는 카운터 자리에 걸터앉아 손님이 두고 간 스포츠 신문을 읽으며 아침부터 벌써 서른 번쯤은 같은 말을 되풀이하고 있다.

"한가하네~."

나도 대걸레로 바닥을 닦는 시늉을 하며 똑같이 스물여덟, 아홉 번쯤 같은 말로 대꾸했다. 시즈쿠는 평소에 스스로를 '트렁카의 얼굴이자 마스코트'라고 부르는데, 턱을 괴고 반쯤 입을 벌린 채 스포츠 신문을 넘기는 자기 모습을 거울로 보더라도 당당하게 그렇게 얘기할 수 있을지 의심스럽다.

"연말이니까."

여고생의 관심을 끌만한 기사는 아무래도 없었는지 시즈쿠는 부스럭 소리를 내며 신문을 접어 카운터에 획 하고 내팽개쳤다.

"연말이긴 하지."

나는 대걸레 자루를 움켜쥐고 멍하니 선 채 허공을 바라보며 김빠진 대답을 했다. 시즈쿠가 내던진 신문 중간쯤에 있는 벌거벗은 여자들의 페이지가 사실 조금 궁금하긴 했지만, 지금 손을 뻗는 건 성급하다고 판단해 참기로 했다.

"시즈쿠, 너. 의자에 앉을 거면 똑바로 앉아라. 팬티 다 보인다."

카운터 안쪽에서 커피잔 닦기에 여념이 없던 마스터가 한심하다는 표정을 지었다.

마스터는 겉보기에는 우락부락하니 조금 무섭게 생겼지만, 실제 성격은 온화하고 평소에 여간한 일로는 감정을 드러내지 않는 편이다. 이런 한가한 때마저 표정 하나 바꾸지 않고 이따금 뽀득뽀득하는 경쾌한 소리를 내며 잔이나 컵을 계속 닦고 또 닦고 있다.

"아빠 변태 아저씨야!"

시즈쿠가 혀를 내밀며 놀려도 마스터는 동요하는 기색도 없이 "네 팬티 보고 싶은 사람 아무도 없다. 네가 칠칠치 못하게 앉아있으니까 그렇지"라며 냉담하게 얘기할 뿐이었다.

문득 창밖의 벽돌 담장 위를 걷고 있는 흑갈색 고양이가 보였다. 은은한 겨울 햇살을 등에 받으며 사뿐사뿐 가벼운 발걸음으로 지나갔다. 전에도 여러 번 본 적이 있는 고양이로, 이 골목길 뒤편에 보금자리를 틀고 있는 수컷이다. 우리 가게 바로 앞은 고양이들이 자주 지나다니는 길목이다. 팽팽하게 선 짧고 굵은 꼬리가 이 고양이가 살아온 파란만장한 삶을 말해주는 듯하다.

도쿄의 구도심에는 길고양이가 많다고 옛날에 어떤 책에서 읽은 적이 있는데, 여기서 아르바이트하게 된 후부터 내게도 얼굴이 익숙해진(?) 고양이가 꽤 생겼다. 그중 몇 마리나 올해의 혹독한 겨울을 무사히 이겨내고 살아남을까, 어렴풋이 생각했다.

"아아, 뭐 재밌는 일이라도 안 일어나나?"

"이봐, 너 말이야……."

마스터가 다시 어이없다는 표정을 짓는다.

"어떻게 재미있는 일이 그렇게 수시로 일어나겠냐? 뭔가 재미있다고 느끼고 싶으면, 일단 스스로 매일매일을 제대로 보내야 할 거 아니냐. 거기서부터 재미도 자연스럽게 생기는 거고……."

"아빠는 왜 개그를 다큐로 받고 난리야? 난 그냥 이 지루함을 한 방에 날려버릴 만한 일이 생기면 좋겠다고 하는 소리인데. 슈이치 오빠도 그렇게 생각하지?"

"응."

"어휴, 아무튼 우리 가게는 알바생까지 다들 똑같다니까."

마스터가 한숨을 크게 쉬며 한탄했지만 시즈쿠는 완전히 무시하고 나를 쳐다봤다.

"오빠는 벌써 겨울방학이야?"

"그럼. 방학 시작한 지 꽤 됐지. 넌 아직이야?"

"응. 아직 이틀이나 더 남았어. 슈이치 오빠는 방학 동안 뭐하실 건가요~?"

"나? 음, 책도 읽고, 낮잠도 자고, 술도 마시고 할 거예요~."

"그건 방학 때가 아니어도 하는 거잖아?"

"그렇다고도 할 수 있지."

"대학생은 속 편해서 너~무 좋겠다."

"그건 세상의 모든 대학생들에게 실례야. 성실한 대학생들이 얼마나 많은데."

"아아, 그렇구나. 그치만 슈이치 오빠는 불량한 대학생이지?"

"그렇습니다, 나는 불량한 대학생입니다!"

나는 가슴을 펴고 당당하게 대답했다.

"좋겠다, 불량한 대학생. 나도 그렇게 되고 싶다. 좋아, 결정했어. 나도 고등학교 졸업하면 불량한 대학생이 될래."

"그래, 힘내라. 나도 너에게 좋은 본보기가 되도록 매일 노력하도록 하지."

"이봐, 슈이치. 너 우리 딸한테 무슨 엉뚱한 소리를 하는 거야? 너도 내년이면 벌써 대학교 4학년이지? 그럼 이제 슬슬……."

그렇게 마스터의 설교가 또 시작되는구나, 하던 바로 그때였다. 가게 문이 열리면서 문에 달린 벨이 딸랑딸랑 울렸다. 우리 셋은 마치 세 마리의 거위 가족처럼 그쪽으로 동시에 고개를 돌렸다.

문 앞에 한 여성이 서있었다.

어르신 손님들이 많은 트렁카에서는 보기 드물게 아주 젊었다. 두툼한 검은 코트에 선명한 빨간색 목도리를 둘렀고, 아담한 몸집에 얌전해 보이는 인상이었다. 가지런한 검은 단발머리와, 밖이 추웠는지 하얀 얼굴이 살짝 상기되어 발그스레한 볼이 눈에 들어왔다.

시즈쿠는 의자에서 재빨리 일어나더니 길게 기른 머리를 손으로 쓱 가다듬고 앞치마 끈도 다시 질끈 맸다. 그리고 방금까지의 심드렁한 표정이 거짓말이었던 것처럼 "어서 오세요!" 하며 영업사원의 미소로 손님을 맞았다.

그녀는 놀랐는지 머리를 만지작거리며 고개를 푹 숙였다. 그도 그럴 것이 가게엔 손님이 아무도 없었고, 우리 셋의 시선을 한 몸에 받았으니까. 나는 놀란 새끼 사슴 같은 그 손님을 더 이상 겁먹게 하지 않으려고 살금살금 게걸음을 쳐서 주방으로 들어갔다.

시즈쿠가 가장 안쪽 테이블로 안내하고 물을 가져다주었다. 이윽고 속닥속닥 비밀 얘기라도 하듯이 작은 목소리로 대화하더니, 주문서를 손에 쥔 시즈쿠가 카운터로 돌아왔다.

"콜롬비아 하나요."

"네."

마스터가 그라인더로 원두를 갈아서 가루를 드리퍼에 넣고 뜨거운 물을 따르기 시작하자 가게 안이 그윽한 커피 향으로 가득 찼다. 스피커에서 흘러나오는 쇼팽의 녹턴과 더불어 풍겨오는 그 향기를 가슴에 한가득 담자, 갑자기 현실감이 희미해지면서 유럽의 오래된 거리를 걷는듯한 느낌이 들었다.

창밖으로 조금 전과는 다른 고양이 한 마리가 가로질러 간다. 내가 그 고양이를 지켜보는 동안에도 마스터는 묵묵히 커피를 내렸고, 어느덧 은은하게 김을 내뿜으며 검고 윤기 나는 빛을 발하는 한 잔이 완성되었다.

마스터가 내리는 커피는 정말 맛있다. 시즈쿠는 그런 아빠의 딸로 태어났으면서 커피를 싫어해서 평소에는 아예 입에 대지도 않는다. 아무리 생각해도 정말 아까운 일이다. 내가 시즈쿠였다면 어렸을 때부터 엄청 좋아하면서 마셔댔을 텐데 말이다.

"슈이치."

마스터는 검은 액체가 가득 담긴 하얀 도자기 잔을 쟁반에 얹더니 내게 턱짓했다. 서빙하라는 뜻이다.

그렇다. 심하게 한가했다는 점만 빼면, 여기까지는 별다른 점이 없는 여느 오후의 커피전문점 트렁카 다방의 한 장면이었다.

그런데.

내가 커피잔을 테이블에 내려놓자 계속 아래쪽만 바라보던 그녀가 고개를 들어 나를 올려다보았다.

그러더니 어찌 된 일인지 그 커다란 눈망울이 더욱 커지면서 나를 뚫어지게 쳐다보는 것이다. 그 눈동자가 얼마나 강렬하게 나를 쳐다보았는지, 꼭 내 내면까지 다 들켜버릴 것만 같은 불안한 마음이 들 정도였다.

다음 순간, 그녀는 벌떡 일어나더니 차가운 두 손으로 내 손을 꽉 움켜쥐었다. 그리고 갑작스럽게 일어난 일에 어안이 벙벙해진 나를 향해 감격에 겨운 목소리로 말했다.

"드디어 만났네요!"

틀림없이 그렇게 말했다.

나는 아직 손을 붙잡힌 채로, 그저 멍하니 눈앞의 그녀를 보는 것밖에 할 수가 없었다. 가게 안이 순식간에 정적으로 휩싸였다.

"어? 슈이치 오빠, 아는 사이야?"

주방으로 들어가려던 시즈쿠가 눈 깜짝할 사이에 돌아와서 우리 둘을 번갈아 보았다.

나는 고개를 세차게 저으며 말했다.

"아니! 전혀 아닌 거 같은데……."

혹시나 해서 다시 한번 그 여자를 찬찬히 뜯어보며 내 기억을 더듬었다. 대학에서 만난 사람들, 고향 지인들, 친인척 등등. 하지만 역시 눈앞의 여자애를 본 기억은 전혀 없었다.

"저기……."

나는 조심스럽게 손을 풀어내며 입을 열었다. 그때까지도 계속 그 하얗고 차가운 두 손으로 내 손을 꽉 움켜쥐고 있었던 것이다.

"실례지만 누구시죠? 제가 기억하지 못하는 거라면 죄송하지만, 우리 전에 만난 적이 있나요?"

"아니요, 없어요."

그녀는 작지만 또렷한 목소리로 얘기했다. 그 박력에 밀리듯 무의식적으로 나는 반걸음 뒤로 물러났다.

"그래도 저는 당신을 오래전부터 알고 있었어요."

"네?"

"제 이름은 유키무라 치나츠예요."

"아, 어, 저는 오쿠야마 슈이치인데요……."

"처음 뵙겠습니다."

"처, 처음 뵙겠습니다……?"

머리가 완전히 혼란스러워졌다. 이런 예상치 못한 사태가 벌어졌을 때 인간이란 의외로 아무 대처도 할 수 없는 법이다. 옆에 선 시즈쿠도 너무 황당했는지 입을 딱 벌린 채 일이 어떻게 돌아가나 지켜볼 뿐이었다.

"현생에서 보는 건 처음이지만, 우린 전생에서 만났거든요."

"전생?"

"우린……."

그녀는 한번 입을 다물더니 갑자기 수줍은 듯 뺨을 붉히며 미소를 지었다. 그러면서 소중한 비밀을 털어놓는 듯이 속삭였다.

"우린 전생에 연인 사이였답니다."

그러고는 부끄러운 듯 앞머리를 만지작거리며 후후후, 하고 낮게 웃었다.

해가 거의 저물었다. 가게 안에는 일찌감치 부드러운 호박빛 조명이 밝혀졌다. 유키무라 치나츠라고 하는 여자와 나는 어느새 그 희미한 불빛 아래 마주 보고 앉아있었다.

이렇게 되어버린 이유는 시즈쿠가 "서서 이야기하기는 좀 그러니까" 하면서 일부러 자리를 마련해 주었기 때문이다. 시즈쿠는 도망치려는 내 팔을 꽉 붙잡아 앉히더니 자기도 내 옆에 버티고 앉아버렸다. 틀림없이 이 상황을 즐기려는 속셈이다.

"제가 뭐 수상한 사람이거나 그런 건 아니고요⋯⋯."

수상하기 짝이 없는 유키무라 치나츠가 입을 열었다. 어느새 처음 가게에 들어왔을 때의 그 우물거리는 새끼 사슴 말투로 돌아와 있었다.

"그러니까⋯⋯ 치나츠 언니, 라고 불러도 되죠? 치나츠 언니는 우리 가게에 오기 전까지는 정말로 슈이치 오빠를 몰랐다는 말이에요?"

붙임성 하나는 끝내주는 시즈쿠가 특기를 발휘해서 물었다.

"네, 몰랐어요."

"그렇지만 전생에서는 잘 아는 사이였고요?"

"네."

유키무라가 살피듯이 나를 흘깃 쳐다보면서 대답했다.

"슈이치 씨는 전혀⋯⋯ 생각이 안 나세요?"

"아니, 저기요. 생각이 나고말고 이전에 난 그쪽이 도대체 무슨 소리를 하는지 전혀 모르겠거든요."

내가 불쾌함을 그대로 드러내며 강한 말투로 따지자 테이블 아래서 시즈쿠가 팔꿈치로 내 옆구리를 있는 힘껏 찔렀다.

그러다 갈비뼈라도 부러지면 어떡하려고, 정말!

욱해서 시즈쿠를 흘겨보자 그녀는 맞은편의 유키무라를 턱으로 가리켰다. 유키무라는 세상의 종말을 맞이한 사람처럼 낙담한 표정으로 고개를 푹 숙이고 있었다. 나는 손가락으로 관자놀이 부근을 긁적이며 작게 한숨을 쉬었다.

"그럼 전생에서 우리는 어디서 만난 겁니까?"

"18세기 말, 시민혁명이 한창일 때 격동으로 흔들리던 파리에서 만났죠."

방금까지의 표정이 거짓말이었던 것처럼 그녀는 한순간에 환해진 얼굴로 대답했다. 시즈쿠가 옆에서 "우호~!" 하고 짐승 같은 괴성을 질렀다.

그러나 유키무라는 그런 반응에 아랑곳없이 말을 이어갔다.

"실비, 정말 보고 싶었어요……."

"예?"

"실비. 전생의 당신 이름이에요."

"제가 여자였어요?"

"네."

유키무라가 활짝 웃으면서 고개를 끄덕였다.

"우호~!"

옆에서 또다시 기괴한 탄성이 터져나왔다.

"전생에는 제가 남자였어요. 에티앙 아펠이라는 이름이었죠. 실비 솔레이유, 당신은 작은 새처럼 사랑스러우면서도 역전의 용사들마저 새파랗게 질리게 할 정도로 용감한 여인이었어요."

시즈쿠의 반응은 충분히 예상할 수 있었다. 문득 카운터 쪽으로 눈길을 돌려보니 마스터까지 소리죽여 웃느라 고개를 푹 숙이고 어깨를 바들바들 떠는 게 보였다.

"실비, 처음 당신을 만났을 때 당신은 아직 열여덟의 앳된 소녀였지요. 하지만 불타오르는 영혼을 마음속에 간직한 당신은……."

"알겠으니까 그 부분은 넘어가 주세요! 그래서 어떻게 되었나요?"

얼굴이 화끈거려서 도저히 들어주지 못할 지경이었다.

"저는 가난한 굴뚝 청소부였죠. 당신을 처음 본 것은 뤽상부르 공원이었고요. 학교에서 돌아오는 당신의 모습을 처음 본 그 순간부터 저의 마음은 온통 당신에게 사로잡혔답니다."

"우호~!"

내 옆의 여고생이 또 괴성을 질렀다.

"어떻게 하면 당신에게 한마디라도 말을 걸어볼 수 있을까, 자나 깨나 그 생각에만 골몰하면서 하루도 빠짐없이 학교에서 돌아오는 당신을 기다렸지요. 그러다가 그날, 우리의 운명이 바뀌어 버린 바로 그날이 찾아왔어요. 갑작스럽게 쏟아지는 저녁 소나기가 당신의 가녀린 어깨를 흠뻑 적셨고, 정신을 차리고 보니 저는 우산 하나를 꽉 잡고는 당신에게 달려가고 있었는데……."

"아, 네, 네, 그랬군요, 알겠습니다."

남의 반응도 보지 않고 끝도 없이 낯 뜨거운 러브스토리를 늘어놓으려는 그녀의 말을 허겁지겁 막아섰다.

"만남에 대한 자세한 부분은 이제 됐고요. 아무튼 우리, 아니 실비하고 에티앙이라고 했나요? 그 두 사람이 전생에 연인이었다는 말이지요?"

"네, 맞아요. 이렇게 다시 만나다니……. 정말 기적 같은 일이에요."

어느새 그 커다란 눈망울에 이슬처럼 눈물이 맺혔다. 그녀는 소녀 취향으로 보이는 분홍색 손수건을 가방에서 꺼내더니 눈가를 살며시 닦았다.

"뭐, 일단은 당신이 정말 전생을 기억한다고 칩시다. 그런데 어떻게 제가 틀림없이 그 사람인 걸 알아볼 수 있다는 거죠? 저로서는 그런 기억도 없고, 전혀 감이 잡히지 않는데요."

"그야…… 눈을 마주친 순간에 바로 알아볼 수 있었어요."

"운명이네요!"

시즈쿠가 몸을 내밀면서 큰 소리로 말했다.

"아마…… 그렇겠죠."

유키무라 치나츠가 수줍은 표정을 지으며 커피를 한 모금 마셨다. 그러더니 발그레 물든 눈가를 숨기려는 듯 앞머리를 자꾸 아래로 잡아당겼다.

"저야 배운 것 없이 무식한 청소부였지만, 당신은 총명하고 사명감에 불타는 사람이었어요. 그래서 아무것도 모르는 저에게 군주제가 얼마나 무서운 제도인지, 계몽사상이 우리에게 어떤 가능성을 주는지, 그리고 무엇보다 우리가 왜 지금 봉기해야 하는지 하나하나 친절하게 알려주었습니다. 그래서 우리는 앙시엥 레짐을 쓰러뜨리기 위해 많은 민중과 힘을 모아 함께 싸우게 된 거지요."

"앙시엥……?"

시즈쿠와 내가 동시에 고개를 갸웃거리자 그때까지 묵묵히 듣고만 있던 마스터가 끼어들었다.

"앙시엥 레짐. 프랑스 혁명 전, 루이 16세가 다스리던 프랑스의 당시 사회체제. 그러니까 절대왕정 체제를 가리키는 말이다. 역사 공부 좀 해라, 녀석들아."

유키무라가 마스터를 돌아보더니 "잘 아시네요" 하며 미소를 지었다.

"커피가 정말 맛있어요."

유키무라의 이어진 말에 마스터는 "아, 네. 고맙습니다" 하고 쑥스러운 표정을 지었고, 시즈쿠는 그 모습을 보더니 지겹다는 듯 "하여간 그저 여자라면 헤벌레 해서……" 하며 궁시렁거렸다.

그런 시즈쿠의 반응에 아랑곳없이 유키무라는 다시 나를 똑바로 바라보며 말을 이었다.

"우리는 이름 없는 많은 시민 중 하나였지만, 가슴 속에는 자유를 쟁취하려는 강한 의지가 불타오르고 있었어요. 그러나 그 길은 너무나 가혹했지요. 수없이 많은 사람이 피를 흘렸습니다. 싸우다가 목숨을 잃은 동지들의 시체가 거리마다 산더미처럼 쌓였고……."

마치 그 죽음을 애도하듯이 그녀는 눈을 감았다.

"그렇게 격렬해지는 싸움 속에서 저도 결국 정부군에 붙잡혔고, 얼마 후 감옥에서 목숨을 잃었어요. 혁명의 성공을 바라는 저의 마음은 마지막 순간까지 변함이 없었지요. 그리고 물론 실비, 단 한 순간도 당신을 잊은 적이 없었습니다. 아아, 당신을 남기고 혼자 죽게 되다니! 우리 둘이 손을 맞잡고 언젠가 밝아올 혁명의 아침을 함께 맞이하기로 했는데. 그토록 굳은

맹세를 했는데……."

두 손으로 얼굴을 가린 그녀가 기어이 울음을 터뜨리면서
말했다.

"실비, 정말 미안해요. 정말 어떻게든 당신에게 이 말을 전하
고 싶었어요."

21년 살아온 내 인생에서 이만큼 이해가 안 되고 황당한 경
우는 없었던 것 같다. 지금 내 눈앞에는, 나로서는 기억나는 바
가 털끝만큼도 없는 일 때문에 눈물을 흘리는 여자가 있다. 혼
란에 빠진 나머지 당장이라도 자리를 박차고 일어나 "저도 방
금 기억이 났습니다!" 하고 외치고픈 충동에 사로잡힐 지경이
었다. 여자의 눈물은 이렇게나 무섭다.

그러나 그런 충동을 애써 누르면서(그런 짓을 했다가는 정말 감
당이 안 되는 지경에 이를 테니까) 손수건으로 눈물을 훔치는 유키
무라 치나츠가 "정말 하나도 생각이 안 나세요?" 하고 아무리
물어도 말없이 고개를 젓기만 했다.

"아니, 실비. 정말 너무하잖아?! 어떻게든 에티앙에 대해서
기억을 좀 해보라고!"

시즈쿠는 나보다 더 눈물에 약한지 말도 안 되는 요구를 하
며 나를 다그치기 시작했다.

아무튼 그런 식으로 서로의 말이 엇갈린 채 이야기는 평행

선을 유지했다. 그러다가 창밖에 어둠이 깃들 무렵이 되어서야 손님 두 팀이 연달아 가게에 들어오는 바람에 자리를 파하게 된 것이다.

"오늘 느닷없이 이런 황당한 이야기를 꺼내서 죄송했어요."

유키무라가 마지막에 그렇게 말하고는 나가려 하는데,

"치나츠 언니, 언제든 또 와요. 슈이치 오빠도 그사이에 기억이 떠오를지 모르잖아요."

우리 가게의 마스코트가 쓸데없는 한마디를 해버렸다.

"저, 정말 또 와도 될까요?"

"당연하죠!"

방금까지 눈물에 젖었던 유키무라의 얼굴이 순식간에 생일상을 앞에 둔 어린아이처럼 환하게 빛났다.

"정말 고맙습니다. 너무 기뻐요."

어휴, 나는 작게 한숨을 쉬었다. 그러나 내게는 우리 마스코트의 결정을 뒤집을 힘이 없다. 시즈쿠는 유키무라 치나츠를 문 앞까지 바래다주더니 그것 보라는 표정으로 마스터를 쳐다보았다.

"재밌는 일이 생겼잖아."

며칠 후, 연말연시는 트렁카의 휴점 기간이라 나는 좁아터진 싸구려 자취방에서 하는 일 없이 빈둥거리며 지냈다.

　친구들은 고향에 내려가거나 여행을 떠났다. 고향에 내려가지 않은 것은 나뿐이었다. 대학 때문에 도쿄로 올라온 뒤로 한 번도 내려간 적이 없다. 그런데도 우리 부모는 내려오라는 연락 한 번 하지 않는다. 나도 그게 더 속이 편하다. 굳이 골치 아픈 집안일에 관여할 생각 따위 없으니까.

　시끄럽고 정신없는 신년 특집 예능을 지겨워하면서도 계속 틀어놓았다. 그사이에 자발적으로 한 일이라고는 나를 위한 커피 만들기, 딱 그것 하나뿐이었다.

　트렁크에서 아르바이트를 시작한 뒤로 마스터의 영향을 받아 전동 그라인더와 드리퍼 같은 도구를 사들여 집에서도 커피를 제대로 내려 마시게 되었다. 처음에는 맛의 차이를 거의 몰랐다. 그러나 가게가 한가한 시간에 마스터한테 이런저런 가르침을 받다 보니 차차 제대로 내린 커피와 그렇지 않은 커피의 맛 차이를 알게 되었다.

　마스터에 따르면 어떤 원두를 쓰느냐, 어떤 도구를 사용하느냐에 따라서도 맛이 좌우되지만 맛있는 커피를 만드는 데에 제일 중요한 요령은 '수고를 아끼지 않는다', 이것 하나라고 했다.

　그 말처럼 서버에서 드리퍼를 빼는 타이밍에 조금만 더 신경을 써도 완성된 커피 한잔의 맛이 완전히 달라진다. 커피의 진정한 맛을 알게 된 후에 마스터가 내린 커피와 내 커피를 맛보고는 그 차이에 망연자실한 적이 있다. 같은 원두를 썼는데도 뒷맛이 전혀 달랐다.

물론 지금은 내가 내린 커피의 맛도 월등히 좋아졌다. 그렇다고 해서 나중에 내 가게를 열겠다는 꿈이 있다거나 그런 건 아니다. 맛있는 커피를 만들 수 있다는 것만으로도 충분히 좋은 일 아닌가?

사실 난 별다른 취미나 특기 같은 것이 없다. 그러니까 커피라도 좀 잘 만들 수 있다면 그게 어딘가 싶다. 그러다 보니 아직 마스터 수준에는 한참 못 미치더라도 나름 괜찮은 정도의 커피를 집에서 내릴 수 있게 되었다.

그렇지만 정초에 자취방에서 혼자 커피를 마시고 있자니 정말 아무 맛도 느껴지지 않는다.

작년 연초에는 메구미랑 계속 같이 있었다. 굳이 추운 바깥에 나가지 않고 코타츠 난로를 켜놓고 함께 텔레비전을 보면서 새해를 맞이했다. 12시가 지나 새해가 되는 순간, 나는 커피를 내렸고, 돈을 좀 들여서 사놓은 고급 도자기 커피잔으로 둘이 건배하며 새해 복 많이 받으라는 덕담도 나누었다.

아직 맛있다고 할만한 수준이 아니었던 당시 내 커피를 마시면서 메구미는 "이렇게 새해를 맞는 것도 꽤 괜찮네" 하며 웃었다. 메구미의 그 웃는 얼굴과 목소리가 지금도 생생하게 기억난다.

메구미하고는 석 달 전쯤에 헤어졌다. 정확하게 말하면 내가 일방적으로 차였다. 그 뒤로 한동안 넋이 나간 사람처럼 지냈다. 옆에서 보기에도 심각한 상태였던 모양이다. 그래서 마스터와 시즈쿠한테 걱정을 많이 끼쳤고, 그중에서도 남 잘 챙기는 시즈쿠는 아직도 내 걱정을 많이 하는 상태다.

시간이 흘렀는데도 내 머릿속에는 시도 때도 없이 메구미가 떠오르곤 한다. 누구에게나 첫 연인은 각별하기에 유달리 미련이 남는 걸까? 아니면 내가 메구미라는 사람을 너무 좋아했기 때문에 이토록 그녀를 잊지 못하는 걸까? 그것도 아니면 내가 감상에 빠지기 쉽고 과거에서 헤어나지 못한 채 질척거리는 찐따여서인가? 무엇이든 간에 3개월이라는 시간은 완전히 잊기에는 너무 이르고, 그렇다고 과거에서 헤어나지 못한 채 질질 끌기에는 너무 한심하게 느껴지는 애매한 기간이라는 생각이 든다.

그러고 보니, 메구미랑 사귀기로 한 날은 내가 트렁카에 처음 온 날이기도 했다.

2년 전, 대학교 1학년 여름이 지날 무렵. 우리는 학교에서 돌아오는 길에 평소처럼 어딘가 들러보기로 했다. 같이 있으면 마음이 편하고 죽이 맞아서 학교에서건 밖에서건 둘이 같이 다닐 때가 많았는데, 그렇다고 확실하게 사귀는 사이도 아니었다. 친구도 연인도 아니고 그냥 썸만 타는 애매한 관계가 오래 계속되던 중이었다.

그날 메구미가 도쿄 구도심에 가보고 싶다고 해서 내 자취방에서 멀지 않은 야나카긴자 상점가를 둘러보게 되었다. 해 질 녘이 다 된 시간의 상점가는 저녁 반찬거리를 사러 나온 많은 사람으로 활기차 보였다. 폭이 좁은 도로 양옆으로 쇼와시대의 분위기가 물씬 풍기는 가게들이 늘어선 상점가를 걷고 있자니 어딘지 모르게 그리운 옛 향기가 나면서 한편으로는 신선하기도 한 묘한 기분이었다.

우리는 반찬가게에서 산 고로케를 우물거리면서 상점가 중간 정도까지 걸었다. 그때 갑자기 노란 줄무늬 고양이가 눈앞을 쏜살같이 휙 지나쳤다. 그러더니 좁다란 골목 안쪽으로 자취를 감췄다.

우리는 그 고양이를 뒤따르듯이 골목으로 들어섰다. 어른 한 사람이 간신히 지나칠 수 있을 만큼 좁은 골목이었다. 양옆으로는 주택들이 빽빽이 늘어섰는데 대문 안에 놓을 공간이 없어서인지 집 주변으로 아이들 자전거가 여기저기 놓여있는 모습이 보였다. 수많은 전봇대가 늘어서 있었고, 서로 뒤엉키지 않는 것이 신기할 정도의 많은 전선이 거기서부터 뻗어있었다.

앞장서서 걷는 메구미의 뒤를 따라가다 보니 골목 막다른 곳에 외벽이 담쟁이덩굴로 뒤덮인, 아주 오래된 건물이 나왔다. 방갈로처럼 세모난 지붕이 뾰족 솟았고, 전체가 차분한 갈색으로 통일된 그 건물은 일반 주택이 아니라 가게인 모양이었다.

"이런 데에 커피숍이 다 있네."

메구미는 유리로 된 가게 문으로 성큼성큼 다가가더니 안쪽을 살짝 들여다봤다.

"분위기가 좋아 보인다. 들어가 볼까?"

메구미는 내 대답도 듣지 않고 '커피전문점 트렁카 다방'이라는 간판이 붙은 가게 문을 열고 안으로 들어갔다.

바깥에서 예상한 대로 가게 안은 아담하니 카운터 자리를 빼면 테이블이 다섯 개뿐이었다. 이렇게 외진 곳에 있는데도 가게 안에는 비교적 손님이 많아서 한가운데 있는 테이블 외에는 다 찬 상태였다.

메구미는 비밀 아지트 같은 분위기를 가진 이 가게가 퍽 마음에 든 모양이었다. 안내를 받아 자리에 앉은 다음에도 가게 안을 이리저리 둘러보더니 벽에 걸린 그럴듯한 분위기의 나무로 된 탈을 가리키면서 "저런 건 아프리카 같은 데에서 사 왔나? 뭔가 졸린 표정이 슈이치 너랑 좀 닮았다, 그치?" 하며 웃기도 하고, 화장실 앞에 설치된 분홍색 전화기를 보고는 "우와, 아직도 저런 물건이 남아있네!" 하며 눈이 휘둥그레져서 신기해하기도 했다.

나는 그녀와 함께 가게 안을 살피는 척하면서 사실은 맞은편에 앉아 신이 나서 종알종알 떠들어대는 그녀의 얼굴을 슬쩍슬쩍 훔쳐보았다. 정말 잘 웃는 아이다. 얼굴에서 밝은 기운이 흘러넘치고 자연스럽게 웃는 모습이 보기 좋아 나까지 덩달아 미소 짓게 되는 그런 사람이다.

아아, 난 이 사람을 좋아하는구나.

그런 깨달음이 일종의 충격으로 다가왔다.

이때까지 살아온 인생에서 누군가를 진심으로 좋아한 적이 한 번도 없었다는 생각이 들었다.

부모님은 부부가 함께 술집을 운영했는데, 내가 어렸을 때에도 이미 두 사람 사이는 최악이었다. 체면과 가게의 이권 때문에 할 수 없이 쇼윈도 부부로 있을 뿐, 실제로는 각자 젊은 애인을 두고 제멋대로 살았다. 그런 부모를 보고 자라서인지 나는 누군가를 좋아한다는 감정을 이해하지 못했다. 평생 아무도 사랑하지 못하는 게 아닐까 하는 생각에 언제나 불안했다.

그러다가 도쿄에 올라와 대학에서 메구미를 만났고, 그 밝은 성격과 스스럼없는 웃음을 접하는 사이에 누군가를 좋아한다는 마음이 이런 건가 하는 감정을 가지게 되었다. 눈물이 날 만큼 기쁘고 소중한 감정이었다.

그날 집으로 돌아가는 길에 함께 밤거리를 걸을 때도 커피숍에서 불쑥 솟아난 감정이 사라지기는커녕 오히려 더해갔다. 그래서 그대로 숨김없이 그녀에게 전했다. 아니, 전했다기보다는 입에서 한꺼번에 쏟아져 나왔다고 하는 편이 맞을지도 모른다.

"이제야 네게서 그 말을 들었네. 나 진짜 행복해."

메구미는 얼굴이 엉망으로 일그러지면서 우는지 웃는지 모르는 표정이 되었다. 아하하, 하고 그녀는 밤거리에서 소리를 내며 웃었다.

"얼마나 오래 기다렸는데."

그로부터 얼마 후 트렁카 가게 밖에 붙은 아르바이트 모집 광고를 우연히 보았다. 마침 아르바이트 자리를 찾던 나는 그 광고를 보자마자 하고 싶다고 나섰다. 이력서도 들고 오지 않았는데 마스터는 흔쾌히 바로 채용해 주었다.

메구미는 손님으로 자주 찾아와서 내가 일을 마칠 때까지 가게에서 기다리곤 했다. 마스터나 시즈쿠는 그런 우리한테 "사이가 진짜 좋네" 하며 놀리곤 했는데, 쑥스러워하는 내 옆에서 그녀는 언제나 "그럼요" 하고 스스럼없이 대답하며 웃었다.

그랬던 메구미는 이제 다시 가게를 찾아오지 않을 것이다.

숨을 헐떡거리면서 가게 문을 열고 나타나는 일도 없을 테고, 커피를 마시면서 나를 기다려주는 일도 없겠지.

소중한 존재는 잃고 나서야 비로소 그 소중함을 깨닫게 된다는 흔해빠진 말이 진실임을 이제야 알 수 있다. 메구미와 헤어진 다음에야 그녀가 내게 얼마나 소중한 존재였는지 깨닫고 있다.

가능하다면 그런 깨달음 따위는 평생 얻고 싶지 않았는데 말이다.

정신을 차려보니 새해가 되어있었다.

신년 연휴 첫 번째 일요일에 유키무라 치나츠가 다시 나타났다.

그날은 시즈쿠가 외출하고 없어서 가게에는 나랑 마스터뿐이었다. 그나마 다행인 셈이다. 시즈쿠는 연말에 있었던 그 일 이후로 자꾸만 유키무라 치나츠와 나를 연결해 주려고 난리였기 때문이다. "오빠, 이건 운명적인 만남이야"라면서 말이다.

시즈쿠가 유키무라의 전생 이야기를 진심으로 받아들이나 싶어 걱정스러워진 내가 "혹시 진짜로 믿어서 하는 소리는 아니지?" 하고 물었더니, "물론 설마 하는 생각은 들지. 그래도 뭔가 낭만이 있잖아. 혁명이 일어나던 격동의 파리에서 사랑하는

사이였다니 말이야. 그리고 진짜 귀여운 사람 같지 않아? 나이
는 몇일까? 나보다 한두 살 정도 많은가? 이번에는 좀 제대로
해봐. 나도 도와줄 테니까" 하는 격려의 말이 돌아왔다.

무슨 이유인지는 몰라도 시즈쿠는 유키무라 치나츠가 아주
마음에 들었는지 처음 봤을 때부터 대뜸 언니, 언니, 하며 살갑
게 다가갔다. 시즈쿠는 여고생이라 이런 낭만적인 이야기를 좋
아하는 모양이다. 물론 단순히 재미로 둘 사이를 자꾸 부추기
려는 가능성도 충분히 있지만.

가게에 막 들어선 손님이 유키무라 치나츠라는 사실을 알아
차린 순간, 나는 그 자리에서 굳어버렸다. 오늘은 가게 안이 비
교적 혼잡한 상황이어서 그때처럼 그런 식의 이야기가 나오면
정말 난감하겠다는 생각이 들었다. 그런데 이번에 나타난 유키
무라는 지극히 상식적으로 행동했다. 나를 보자마자 고개를 깊
이 숙이면서 사과부터 하는 것이었다.

"지난번에는 폐를 끼쳐서 정말 죄송했어요."

"네? 아, 네."

내가 어쩔 줄 모르며 대답했더니 "저기, 이거, 괜찮으시면 다
들 같이 드시라고 가져왔어요" 하며 과자 상자를 내밀었다. 포
장지를 보아하니 상점가에 있는 화과자 노포에서 사 온 모양이
었다.

"아, 고맙습니다."

"혹시 단것 싫어하세요?"

야단맞을까 겁내는 아이처럼 눈치를 보며 물었다.

"아니, 그렇지는 않은데."

"그래요? 다행이다."

그녀가 안심이 된다는 표정으로 미소를 지었다. 그러더니 앞머리를 손가락으로 잡아당겨서 눈을 숨기려고 했다. 아무래도 그녀의 버릇인 모양이다.

"이 근처에 살아요?"

뒤에서 우리를 지켜보던 마스터가 우락부락한 얼굴에 최대한 친절한 미소를 지으며 물었다.

"네. 역 반대편이지만요."

"용케 우리 가게를 찾았네. 워낙 자리가 이래서 근처에 사는 사람들 아니면 있는지도 모르는데."

"아, 저기, 고양이가……."

그녀는 보는 사람이 답답해서 몸이 근질거릴 정도로 기어들어 가는 목소리로 말했다.

"에?"

"고양이가 뛰어갔는데, 그걸 쫓아오다가……."

"아아, 그랬구나."

마스터가 피식 웃었다.

"죄송해요."

"아니, 아니. 죄송할 게 뭐가 있나?"

도리어 마스터가 어쩔 줄 모르며 허둥대는 옆에서 나는 내가 처음 이곳을 찾았을 때랑 똑같은 계기로 그녀가 이 가게에 오게 되었다는 사실에 내심 놀랐다. 물론 겉으로 드러내지는 않았지만.

그런데 테이블에 앉아있던 참견 좋아하는 다키다 할아버지가 느닷없이 끼어들더니 "뭐? 고양이? 고양이를 쫓아서 여기까지 왔다고? 그럼 그거네. 왜, 그 '바람 계곡의 앨리스'랑 똑같은 거잖아" 하며 세상 요상한 말을 늘어놓았다.

나랑 마스터가 "이상한 나라의 앨리스겠지요" 하고 한목소리로 정정했다. 게다가 앨리스는 고양이를 쫓아간 것도 아니다. 토끼를 따라간 것이다.

그건 그렇고, 유키무라는 우리에게 간결하게 인사를 마치더니 카운터 자리에 얌전히 앉아 조용히 커피만 마셨다. 멀리서 보면 그런 모양의 동상이 있나 싶을 정도로 꼼짝도 하지 않았다. 그러고는 얼마 후에 조용히 자리에서 일어나 고개만 꾸벅 숙이고는 돌아가 버렸다.

"너무 조용하고 소극적인 면이 있긴 하지만, 나름 귀엽게 생겼고 괜찮은 애 같은데."

아무 말없이 돌아가 버린 그녀의 행동 때문에 약간 맥이 빠진 내 어깨를 마스터가 툭툭 치면서 슬며시 웃었다.

"너도 이제 다른 사람을 볼 때도 됐잖아?"

깜짝 놀라서 눈을 휘둥그레 떴다. 마스터도 나름대로 내 상황을 알고 걱정해 주고 있었구나 싶었다. 물론 그 아빠에 그 딸이라고, 그저 재미있어서 그렇게 말한 것일 수도 있지만.

"아무리 그래도 전생이 어쩌고 하는 사람은 좀……."

"하긴 나도 전생이니 뭐니 하는 건 전혀 믿지 않으니까. 그래도 절대 나쁜 애는 아니다."

"그걸 어떻게 알아요?"

"내가 이 장사를 하면서 사람을 얼마나 많이 봐왔을 것 같냐? 한두 마디만 해보면 어떤 사람인지 훤히 다 들여다보여."

"에이, 말도 안 돼. 점쟁이도 아니면서 뭐예요?"

마스터는 그런 내 말을 들으면서도 흐흐흐, 하고 수상하게 웃을 뿐이었다.

그날 이후로 유키무라 치나츠는 일주일에 한 번씩 꼬박꼬박 트렁카를 찾아왔다.

언제나 일요일이고, 대개는 점심시간이 지나 가게가 한가해

질 시간대다. 와서도 특별한 말이나 행동으로 문제를 일으키지는 않았다.

가게에서는 항상 커피를 시킨 다음 멍하니 허공을 바라보든지, 아니면《소공녀》나《비밀의 화원》,《빨간 머리 앤》처럼 자기보다 한참 어린 소녀들이 좋아할 법한 책을 읽곤 했다. 가끔 나랑 눈길이 마주치면 수줍어하듯이 미소를 지었다. (그때마다 난 왠지 모르게 안절부절못하게 되곤 했다) 그리고 한두 시간, 길어도 해가 질 무렵이 되면 왔을 때처럼 조용히 일어나 돌아갔다.

그러나 그런 모습에 속아서는 안 된다. 조금이라도 전생 이야기가 나오면 태도가 확 바뀌기 때문이다. 나로서는 당연히 그런 이야기를 듣고 싶지 않다. 그러나 트렁카에는 시즈쿠라는 골치 아픈 마스코트가 존재한다. 두 번째 가게에 왔을 때는 기적적으로 시즈쿠가 없을 때여서 다행이었는데, 그 뒤로는 그런 기적이 일어나 주지 않았다. 시즈쿠는 가게에 그녀가 나타날 때마다 틈만 나면 신이 나서 옆으로 다가가 자리를 잡고는 이런저런 이야기를 꺼내곤 했다.

"그때는 바스티유 감옥 습격에 성공한 직후의 밤이었어요. 우리 혁명군은 광장에 모닥불을 피우고 술을 마시며 동지들과의 결속을 다졌지요."

"오오~!"

"저랑 실비는 손에 손을 잡고 붉게 타오르는 불꽃을 바라보았답니다. 그러면서 이번 싸움이 끝나면 결혼하자고 맹세했지요. 활활 타오르는 붉은 불빛에 비친 실비의 옆얼굴이 얼마나 아름답던지……."

"우와, 듣다 보니까 속이 간질간질해지는 것 같네요."

그녀의 이야기는 항상 이런 식이었다. 너무 낭만적이고 달짝지근해서 속이 니글거리는 이야기들. 마치 사춘기 소녀가 '이렇게 사랑했으면 좋겠다' 혹은 '이런 만남이면 얼마나 좋을까' 하고 꿈꾸며 그려낼 법한 그런 이야기. 머릿속으로 그려낸 세계에 지나치게 사로잡혀 현실과 상상의 경계를 망각해 버린 건 아닐지 염려가 될 지경이었다.

이대로 방치하면 안 될 것 같다는 생각이 들기 시작했다.

"저기, 혹시……."

시즈쿠와 치나츠가 이야기를 주고받는 모습이 익숙해졌을 무렵, 타이밍을 보다가 내가 끼어들었다. 생각해 보니 이것이 내가 처음으로 그녀에게 먼저 말을 건넨 순간이었다.

"몇 살이에요?"

"저, 말인가요?"

"네."

나는 그녀의 대답을 들은 다음에 '아직도 어린애처럼 그렇게 소녀만화 같은 이야기를 하고 다니면 안 되지 않겠느냐'라고 가볍게 설교해 줄 작정이었다. 그런데…….

"스물네 살인데요."

"스물넷이면 나이도 먹을 만큼 먹었는데 아직도 어린애같이…… 응? 잠깐, 스물넷?"

그녀의 진짜 나이를 듣고 흠칫해 버렸다. 기껏해야 열여덟이나 열아홉 정도라고 생각했는데. 나보다 세 살이나 위다. 뭐야, 완전 어른 아닌가?

"왜 그러세요?"

유키무라가 어리둥절한 표정으로 나를 쳐다봤다.

"아니, 그럼, 나보다 연상인데……."

내가 우물쭈물하며 얼버무렸다. 그런 나이에 이런 만화 같은 이야기를 늘어놓다니. 이 사람 정말 괜찮은 건가? 시즈쿠도 나랑 같은 생각이었던 모양인지 옆에서 눈만 깜박거렸다.

"그, 그럼 혹시 일 같은 것도 하세요?"

"아, 일하는 곳이요? 자동차 부품 조립 공장에서 일하는데요."

"정말요? 치나츠 언니는 몸도 약해 보이는데 그런 데에서 일하면 너무 힘들지 않아요?"

시즈쿠가 내 생각을 고스란히 대변해 주었다. 수수하기는 해도 언제나 귀여운 느낌의 원피스나 블라우스를 입고 다니는 그녀가 작업복 차림으로 일하는 모습은 도무지 상상하기 힘들었다.

"머리 써서 하는 일보다는 잘 맞는 것 같아요. 하지만 우리 회사는 저 때문에 골치 아플 거예요. 워낙 만사가 느리고 굼떠서 다른 분들한테 자꾸 피해를 주니까요. 그러다 보니 고등학교 졸업하고 비슷한 직장에서 벌써 두 번이나 잘려서 지금 다니는 곳이 세 번째예요."

나도 모르게 "음" 하고 신음하는 소리를 내고 말았다. 시즈쿠도 이 말에는 어떻게 대답해 줘야 할지 모르겠는지 그냥 "그랬구나, 힘들었겠네요……" 하고 말았다.

"아니에요. 오히려 주변 분들이 아주 힘들었을 거예요. 제가 그런 타입이라 직장의 다른 분들하고도 잘 어울리지 못해서……."

"아니, 그럼……."

시즈쿠가 불쑥 물었다.

"언니, 왕따 당하는 거예요?"

"야, 갑자기 무슨……!"

나는 무척 당황해서 말을 가로막았다. 어쩌자고 이렇게 노골적인 말을 쓰냐는 말이다. 좀 더 돌려서 물어보는 방법도 있을 텐데. 그러나 유키무라는 신경이 쓰이지 않았는지 곧장 대답했다.

"왕따요? 그런 거 아니에요. 제가 너무 눈치도 없고 미련할 뿐이죠. 다른 분들 힘들게 하면서 일하느니 그냥 그만두는 게 낫다는 건 아는데, 저도 먹고살아야 해서……."

"유키무라 씨, 커피 한 잔 더 할래요?"

"네?"

"아니, 내가 갑자기 마시고 싶어져서요. 내리는 김에 한 잔 더 내릴까 하는데. 집에서 들고 온 원두로 직접 만드는 거라 돈은 안 내셔도 됩니다."

당황해서 망설이는 그녀의 대답을 기다리지 않고 곧장 주방으로 들어갔다. 마스터에게 양해를 구하고 유키무라가 항상 주문하는 콜롬비아 커피를 내려서 잠시 후에 자리로 돌아왔다.

왜 갑자기 그런 행동을 했는지 나 자신도 잘 모르겠다. 조금 전의 어색하고 힘든 분위기를 풀어버리고 싶었던 것도 있었다. 하지만 그게 다는 아니었다.

그녀의 이야기를 듣다 보니 스스로가 살짝 부끄러워진 탓이다. 나는 항상 나태하고, 세상을 삐딱하게 보고, 귀찮은 일을 회피하며 살았다. 핑계를 대며 상황을 얼렁뚱땅 넘기곤 했다. 어렸을 때부터 그런 식이었는데, 사실 이런 내 성격이 정말 싫었다. 유키무라처럼 좀 서툴러도 최선을 다해서 살아가려는 사람을 마주하면 너무 눈부셔서 눈길을 돌려버리게 된다. 그녀는 나보다 훨씬 더 노력하는 사람이다. 좀 이상한 사람이긴 하지만 (솔직히 조금이 아니라 많이 이상하다) 있는 힘을 다해 자기 삶을 지키고 꾸려나가려는 그녀는 나보다 대단하고 씩씩한 사람이다.

"맛있어요."

내가 갖다준 커피를 한 모금 마신 그녀가 살포시 미소를 지었다. 그러더니 또 앞머리를 잡아끌었다.

나는 그녀가 한 말을 못 들은척하며 다시 주방으로 들어가버렸다.

저녁에 유키무라 치나츠가 돌아가고 그 자리를 치우고 있는데 갑자기 "잠깐, 그건 버리면 안 돼!" 하며 뒤에서 시즈쿠가 꽁지머리를 시계추처럼 좌우로 흔들면서 쏜살같이 뛰어왔다.

"응? 뭐가?"

시즈쿠는 유키무라의 커피잔 옆에 있던 작고 하얀 물체를 소중하게 들어 올리더니 "이것 봐" 하며 내 쪽으로 내밀었다.

호들갑 떨더니 별것 아니었다. 우리 가게의 종이 냅킨을 발레리나 모양으로 접어 만든 인형이었다.

"그게 뭐?"

나는 계속 일손을 놀리면서 대꾸했다. 손님들이 돌아가고 난 자리에 냅킨으로 만든 종이 작품이 놓인 것은 흔한 일이었다. 어째서 시즈쿠가 뛰어와서까지 그것을 낚아챘는지 도통 이해가 되지 않았다.

"오빠는 모르겠어?"

"그러니까 뭘 말야?"

"치나츠 언니가 만든 발레리나는 다른 사람들이 접은 것과는 차원이 다르잖아!"

도대체 뭐가 다르다는 거야? 시즈쿠가 손바닥에 올려놓은 인형을 요리조리 살펴보았다. 그런데 뭐가 어떻다는 건지 도무지 알 수 없었다. 사실 난 어떤 손님이 뭘 남겼든 제대로 쳐다보지도 않고 모조리 쓰레기통에 던져 넣곤 한다.

"답답하네. 어떻게 이걸 모를 수가 있지? 치나츠 언니가 만든 발레리나는 뭔가 좀 생동감이 있잖아. 잘 보면 표정까지 있을 것 같지 않아? 게다가 팔다리의 길이도 딱 맞고. 보통은 다리가 너무 짧거나 머리가 너무 크거나, 아무튼 전체적으로 이렇게 예쁘지 않단 말이야."

시즈쿠는 마침 가게에 와있던 우리 단골 손님인 치요코 할머니(뜨개질을 좋아해서 커피를 마시면서도 항상 뭔가 뜨개질을 하신다)에게 "할머니, 이거 보세요!" 하며 발레리나를 내밀었다. 사람 좋은 치요코 할머니는 진심인지 그냥 맞춰주는 말인지 "어머, 정말 잘 만들었네~"하며 박수를 쳤다.

"그런가?"

여전히 흥미가 없다는 식으로 대답했더니 시즈쿠는 답답해서 못 견디겠는지 "그럼 오빠가 직접 만들어봐"하며 귀찮아하는 나에게 억지로 발레리나 접는 법을 처음부터 가르쳐주는 게 아닌가. 냅킨을 여러 번 접어서 가느다란 한 줄기로 만든 다음 양쪽 끝을 묶고, 거기에 작은 칼집을 내고……. 가뜩이나 손재주가 없는 나에게 이런 종이접기는 상당히 고난도의 작업이었다.

어찌어찌 간신히 완성하기는 했으나 내 손에서 탄생한 발레리나의 모습은 너무 엉망이어서 차마 눈 뜨고 못 볼 지경이었다. 코끼리 다리에다 머리통은 크고, 팔은 짧고, 몸은 드럼통 같고. 이래 가지고서야 우아하게 발레를 하는 건 불가능하다.

이런 내 작품이 치요코 할머니 눈에 너무 웃기게 보였는지, 할머니는 저렇게 웃다가 그대로 숨이 넘어가면 어떡하나 걱정될 정도로 배를 잡고 웃어댔다.

"음, 정말 보기보다 많이 어렵네."

내가 어쩔 수 없이 인정하자 "그치? 거봐, 보통 실력이 아니랬잖아"하며 시즈쿠는 자기가 접은 것도 아니면서 빼기듯이 콧김을 뿜뿜 뿜어댔다. 그러더니 뜬금없이 다 죽어가는 목소리로 이렇게 중얼거리는 것이다.

"치나츠 언니가 정말 행복해졌으면 좋겠는데…….."

"이봐, 그렇게 말하면 지금은 안 행복한 것 같잖아."

"아니, 그게 지금은 좀 상황이 그렇잖아…….."

말을 끝맺지 않은 채 고개를 푹 숙였다. 시즈쿠가 무슨 말을 하고 싶은지는 나도 어렴풋이 짐작이 간다. 그래서 더 온몸이 간질간질해지는 느낌이 들었다.

시즈쿠는 씩씩해 보이는 겉보기와는 달리 속내가 아주 여린 아이다. 남의 말이나 행동에 공감해 주다가 휩쓸려서 같이 상처받곤 한다. 뉴스에서 슬픈 소식을 들으면 그것만 가지고도 기분이 축 가라앉곤 한다. 배려심 많고 착한 아이지만 감수성이 너무 예민해서 걱정되는 일이 많다.

청춘 드라마에서 남자친구가 여주인공을 위로할 때 하듯이 긴 머리카락을 하나로 묶은 시즈쿠의 뒤통수를 가볍게 쓰다듬었다. 하지만 시즈쿠는 그런 내 손길을 탁 뿌리쳤다. 물론 예상했던 바다.

"전부터 궁금했는데, 넌 유키무라 치나츠가 왜 그렇게 좋은 거야?"

"음……" 하며 시즈쿠가 잠시 생각에 잠겼다. 그러더니 피식 웃으면서 대답했다.

"내가 아는 사람이랑 좀 닮은 데가 있어서?"

"아, 그래?"

"응. 뭐랄까, 옷의 취향이라든지 책 읽는 걸 좋아한다든지, 그냥 풍기는 분위기가 좀 비슷한 정도지만. 치나츠 언니랑 말하다 보면 뭔가 친근한 느낌이 든단 말이야."

시즈쿠는 무언가를 떠올리듯이 아빠를 닮아서 가늘고 긴 눈매를 더욱 가늘게 뜨며 말했다.

"치나츠 언니도 우리 가게가 되게 좋대. 여기 오면 마음도 편안해지고 내일부터 또 열심히 살아야겠다는 생각이 든다고 하더라고. 일요일은 공장이 쉬는 날인데 그렇게 소중한 휴일에 우리 가게에서 시간을 보내는 거야. 사실 우리 입장에서 보면 정말 눈물 나게 고마운 일 아냐?"

영업용 미소와는 달리 진심으로 활짝 웃는 표정을 지으며 시즈쿠는 카운터 안쪽에서 모둠 쿠키가 들어있던 빈 깡통을 꺼내왔다. 거기에 유키무라 치나츠가 만든 발레리나 종이 인형을 넣어두려는 것이다.

"뭐야? 일부러 모아두는 거야?"

"내 눈에 띈 이후로는 보이는 대로 모조리 여기 모아두고 있어. 앞으로는 오빠도 절대 버리면 안 돼."

그렇게 당부하면서 깡통 안쪽을 보여주었다. 안에는 벌써 선배 발레리나가 셋이나 있었다.

"나중에 이게 많이 모이면 손하고 손을 이어 붙여서 카운터 이쪽 끝에서 저쪽 끝까지 레이스로 된 아치처럼 만들까 해. 예쁠 것 같지 않아?"

"글쎄다, 잘 모르겠는데."

상상이 되지 않아 고개를 갸웃거렸다. 하지만 시즈쿠가 "그렇다니까!" 하면서 노려보는 바람에 그렇다고 하는 수밖에 없었다.

"그렇게 만들려면 아직 한참 더 필요할 것 같은데."

카운터 양쪽 끝을 이으려면 적어도 30개는 더 필요할 것 같았다. 아니, 어쩌면 50개가 필요할 수도 있다. 그러려면 일요일이 얼마나 더 지나야 할까? 진짜로 모으려는 거라면 유키무라에게 직접 부탁해서 왕창 만들어달라면 되지 않나 싶었는데 "그러면 재미없잖아!"라는 게 시즈쿠의 주장이었다.

"그러니까 치나츠 언니는 앞으로도 쭉 우리 가게에 와줘야 하는 거야."

시즈쿠가 '에헤헤' 하고 다시 한번 웃었다.

2월에 접어들어 푸근한 날들이 계속되나 싶더니, 오늘 밤은

눈발이 날리면서 급격하게 도로 추워졌다.

창틀이 헐거운 내 자취방 창문은 바람이 세게 불 때마다 덜컹덜컹 시끄럽게 흔들렸고, 창가 틈새로 얼어붙을 듯한 냉기가 사정없이 흘러들었다. 자취방 안에 있어도 허연 입김이 보일 정도다. 이렇게 춥고 허름한 방에 메구미는 어떻게 그리 자주 와서 머물 수 있었을까.

어젠 오랜만에 학생식당 입구에서 메구미와 마주쳤다. 우울한 기말시험이 끝난 다음이라 학교에 오는 사람이 별로 없겠다는 생각에(나는 보충수업 때문에 갔다) 방심해 버렸다. 메구미랑 헤어진 뒤로 가능한 한 얼굴을 보는 일이 없도록 조심해서 다녔는데.

우리 사이엔 잠시 어색한 침묵이 흐르다가 메구미가 곧바로 평소처럼 웃는 얼굴로 나에게 물었다.

"오랜만이네. 잘 지내?"

"응. 너는?"

"나도 잘 지내지."

"그래."

우리는 그 말만 주고받은 후 가볍게 손을 흔들고 헤어졌다.

이상하게 보일지 모르지만 나는 메구미에 대한 미련이 그렇게 남았으면서도 한편으로는 그녀가 행복하게 지내기를 진심으로 바란다. 잘 지내는 것 같아 다행이라고 생각했다.

그러나 그녀가 사라지자마자 가슴 속에 뻥 뚫린 작은 구멍이 결코 채워질 수 없는 슬픔으로 잠겨버리게 되는 것까지는 어떻게 할 수 없었다.

"실비, 치나츠 언니 좀 바래다주지?"

일요일 저녁에 일을 끝내고 가게에서 나가려고 하는데 시즈쿠가 나를 불러세웠다. 이미 5시라 내가 근무를 마치는 시간이었는데 어쩐 일인지 유키무라 치나츠도 트렁카에 남아있었다.

"누구 보고 실비래?"

날카롭게 째려보는 내 시선을 능청스럽게 못 본척한다. 시즈쿠는 이런 방면에서는 거의 달인의 경지에 올랐다.

"바깥이 어두워졌잖아. 전생에서는 반대였겠지만 지금은 치나츠 언니가 여자인데 오빠가 신경 써줘야지."

"아, 아니에요! 너무 실례인걸요."

허둥지둥 자리에서 일어나려는 유키무라를 "괜찮아요, 언니. 기다려봐요"라며 시즈쿠가 말렸다. 그러고는 슬그머니 빠져나가려는 내 목덜미를 확 낚아챘다.

"같이 가주는 거지?"

쐐기를 박는듯한 시즈쿠의 목소리에 하는 수 없이 고개를 끄덕였다. 솔직히 메구미를 만난 일 때문에 기분이 울적한 날이었지만, 가는 길에 바래다주는 정도는 괜찮겠지 싶었다.

"그럼 상점가를 가로질러서 전철역까지 갈 건데 같이 갈래요?"

"저, 정말 그래도 돼요?"

"어차피 가는 길인데요, 뭐."

내가 가볍게 대답하자 유키무라는 어쩔 줄을 모르면서 허둥지둥 코트를 입으려고 일어섰다.

"아, 그럼, 네! 같이 갈게요. 바로 나갈게요!"

"잠깐만요. 그렇게 서두르지 않아도 괜찮아요. 기다릴 수 있으니까."

"아, 아뇨, 이제 다 됐어요."

하지만 가방은 제대로 닫지 않아 속이 훤히 들여다보였고, 계산도 안 한 상태였다. 내가 그 사실을 알려주자 얼굴이 빨개진 그녀는 시즈쿠에게 돈을 건넸다. 그런 그녀의 행동을 지켜보다가 나는 결국 피식 웃어버렸다.

유키무라는 "네? 왜요?" 하며 어리둥절해서 눈을 깜박였는데 나는 모르는 척 시치미를 떼며 "자, 그럼 갈까요?" 하고 말했다. 그러자 그녀가 "네!" 하고 환한 표정으로 대답했다. 마치 산책하러 나가자는 주인의 말에 반색하며 꼬리를 흔드는 강아지 같았다.

내가 앞장서서 트렁카 골목(트렁카로 이어지는 골목에 시즈쿠가 마음대로 이름을 붙였는데 나도 어느새 그 이름으로 부르게 되었다)을 지나 상점가 거리로 나왔다.

저녁 시간이 다 된 야나카긴자 상점가에는 가로등이 하나둘 켜지기 시작했다. 경쾌한 음악이 흐르는 가운데 저녁 반찬거리를 사러 나온 주부들로 상점가가 북적였다. 정육점 앞을 지나치는데, 팔려고 만들어놓은 각종 고기반찬에서 풍기는 냄새가 코끝을 간지럽혔고, 배 속에서는 뭐라도 빨리 내놓으라고 아우성이었다.

방한복으로 입으려고 구제 옷가게에서 1,950엔이라는 저렴한 가격에 건진 밀리터리 코트 주머니에 손을 찔러넣고 성큼성큼 걷는 내 옆에서, 유키무라 치나츠는 처음 만나던 날에도 둘렀던 선명한 빨간색 머플러에 얼굴을 파묻다시피 하며 따라왔다. 차가운 겨울바람이 불어와 어깨 길이로 가지런히 커트한 그녀의 머리가 살랑 나부꼈다.

문득 '이 사람이랑 트렁카 말고 다른 장소에 있는 건 처음이네' 하는 생각이 들었다. 그러고 보니 유키무라가 트렁카에 나타난 날로부터 벌써 두 달이나 지났다. 처음 만났을 때 들던 거부감이나 경계심은 어느새 사라졌다. 때로는 이렇게 같이 걷는 것도 나쁘지 않다는 생각이 들었다. 아직 마스터와 시즈쿠가 자꾸 등 떠다밀듯이 연인 후보로 생각하는 건 아무래도 힘들지만.

그건 그렇고, 상점가를 가로질러 역으로 가는 코스를 잡은 것이 일생일대의 실수였다. 상점가에 들어서자마자 트렁카의 단골인 채소가게 아저씨 눈에 띄어서 "여어, 트렁카 알바 청년이네? 오늘은 데이트야?"라는 소리를 들었다. 그러자 옆의 반찬가게와 맞은편의 녹차가게에서도 "오, 데이트하나 보네", "아이고, 젊은 사람들은 좋겠다" 하며 한마디씩 거들었다.

나는 그런 소리를 들을 때마다 "그런 거 아니에요"라고 변명하며 다녀야 했다.

트렁카에서 일하다 보니 어느새 이 동네 사람들하고 친하게 알고 지내는 사이가 된 것이다. 다들 신기할 정도로 친근한 사람들이라 이렇게 될 것은 뻔한 일이었는데, 생각이 짧았다. 뭐라 말할 수 없는 어색함과 불편함을 느끼면서 발걸음을 재촉했다. 같이 가는 유키무라는 그 사람들이 우리를 놀리려고 하는 말인 줄 아는지 모르는지 부끄러워하거나 수줍어하는 기색 없이 곧잘 따라왔다.

"슈이치 씨는 난처할 때 귀를 만지는 버릇이 여전하네요."

상점가 사람들에게서 간신히 벗어나자마자 유키무라가 생

글생글 웃으며 그렇게 말하는 바람에 깜짝 놀랐다. 정말로 오래전부터 나를 잘 아는 사람의 말투 같았다. 하지만 이 또한 전생에서 그랬다는 소리라고 생각하니 못 말린다 싶어서 쓰게 웃었다.

"아, 이상한 말 해서 죄송해요."

"아니, 뭐, 괜찮아요."

그녀는 미안하다면서도 여전히 어딘지 모르게 그리운 사람을 바라보는 표정으로 내 얼굴을 쳐다보았다.

"이 근처 사람들은 정말 재미있네요."

"재미라……."

나는 피식 웃으며 대답했다.

"뭐, 친근하고 정이 많은 편이라고 할 수 있죠. 도쿄는 대도시지만 동네에 따라 정말 다른 것 같아요. 우리 고향만 하더라도 안 그런데."

"고향이요?"

유키무라가 나를 돌아보며 물었다.

"아, 네. 와카야마인데요. 우리 집은 도시 쪽이어서 동네 사람들하고 거의 교류가 없는 편이었어요."

그녀는 계속 내 얼굴을 가만히 쳐다보았다. 그러는 바람에 맞은편에서 "똥, 똥, 똥이야" 하며 신이 나서 똥 노래를 부르는 남자아이와 그 엄마가 다가오는 것도 보지 못한듯했다. 나는 유키무라의 팔을 슬쩍 잡아당겨서 피하게 했다.

"앗, 죄송해요."

"그런데 제 고향은 왜요?"

"네?"

"뭔가 되게 궁금해하는 것 같아서요."

"아, 네. 궁금해요."

"고향에 대해서요?"

단순히 나에게 흥미가 있어서 그런가? 지금까지 나에 대해서 한 번도 묻거나 궁금해한 적이 없었는데.

그러나 유키무라는 내 질문에 대답하는 대신 도리어 나에게 물었다.

"슈이치 씨는 왜 도쿄로 나온 거예요?"

"그야…… 이쪽 대학에 오고 싶어서죠."

그렇게 간결하게 대답했는데도 그녀는 다음 이야기를 기다리듯이 계속 나를 바라보고만 있었다. 그래서 약간 망설이다가 말을 이었다.

"부모님이 좀 그런 분들이어서요. 특히 아버지 쪽은 어쩌다 시작한 가게가 아주 잘 풀려서 돈이 들어오니까 내가 어렸을 때부터 완전 자기 멋대로 방탕하게 살았어요. 그래서 본가에서 벗어나고 싶었던 것도 있지요. 얼마나 말도 안 되는 사람이었나 하면, 자기 애인 집에 갈 때 아무것도 모르는 어린 나를 억지로 데려갈 정도였으니까요. 어린 아들이랑 같이 나가면 엄마 눈을 속일 수 있다고 생각한 거죠. 그래서 아버지가 그 집에서 애인이랑 같이 놀아날 때 나는 애인 집 바깥에서 마냥 기다리고 있어야 했어요. 햇볕이 쨍쨍 내리쬐는 한여름인데도요."

예전 기억을 떠올리면서 씁쓸한 기분으로 웃었다. 나도 이렇게 사람 사는 냄새가 나는 상점가 근처에서 태어나 인정 많은 사람들 사이에 둘러싸여 자랐으면 지금처럼 냉소적이고 뒤틀린 성격은 아니지 않았을까 하는 상상을 하게 된다.

"그 여자네 집은 엄청 허름했는데, 주위에 다 그런 집들만 모여있는 동네였어요. 우리 집은 돈도 많고 잘사는 편이어서 세상에는 이런 곳도 있구나, 하고 아버지가 데리고 갈 때마다 영문도 모른 채 슬퍼졌던 게 생각나요."

잊어버린 줄 알았던 옛 기억이 떠오르는 바람에 기분이 축 가라앉았다. 뜨겁게 내리쬐는 여름날, 뙤약볕에 목덜미가 새까맣게 타도록 허름한 거리에 혼자 덩그러니 서있던 나. 막막한 심정으로 그저 아버지가 여자의 집에서 빨리 나오기만을 기다리는 수밖에 없던 그때의 절망적인 기분.

"솔직히 꼭 도쿄여야만 했던 건 아니에요. 그냥 집을 떠날 수만 있으면 어디든 괜찮았어요. 아버지다 어머니나 내가 없는 편이 더 편하니까 둘 다 아주 대찬성이었고요."

그러나 내가 도쿄로 떠나오자마자 부모님이 경영하던 가게 상태가 갑자기 안 좋아져서 이제는 침몰하기 직전의 배나 다름 없는 상태가 되었다. 하긴 그렇게 경영을 엉망으로 했으니 이 상한 일도 아니었고, 오히려 파국이 늦게 찾아온 꼴이었다. 덕 분에 그 피해를 몽땅 받은 나는 이번 학기 학비랑 생활비를 마 련하려면 알바를 하나 더 늘려야 할 판이다.

정신을 차려보니 나를 바라보는 유키무라의 표정이 너무 애 처로워서 그런 이야기를 털어놓은 게 미안해질 지경이었다.

"아, 미안해요. 안 좋은 이야기만 늘어놓아서."

내가 사과하자 유키무라가 당황하면서 고개를 저었다. 어쩌 다가 그녀에게 이런 이야기까지 하게 되었는지 모르겠다.

"슈이치 씨, 저기……."

그러고 나서 유키무라는 그 뒤로 한동안 입을 다물고 있다 가 닛포리 역 출구가 보일 즈음이 되어서야 말을 꺼냈다.

"아니, 아무것도…… 아니에요. 죄송해요. 슈이치 씨한테 슬 픈 기억을 떠올리게 한 것 같네요."

"예? 아니, 왜 그렇게 생각해요? 그냥 내가 마음대로 떠들어 댔던 건데. 요즘 기분이 영 울적하다 보니 쓸데없는 이야기까지 해버렸네요."

그녀는 뭔가 해줄 말을 찾으려는 듯 다시 나를 가만히 올려다보았다. 맑고 순수한 눈동자였다. 이상하게 가슴 언저리가 갑자기 따뜻해지는 느낌이 들어 나도 모르게 황급히 눈길을 돌리고 말았다.

"저기, 저는…… 슈이치 씨를 만날 수 있어서 정말 다행이라고 생각해요. 진짜로요. 전생이 어떻고 그런 걸 떠나서라도. 그러니까, 음…… 정말 고맙습니다!"

"아니, 그게 무슨……."

"무, 무재해로 갑시다!"

그녀가 뜬금없이 이상한 소리를 질러서 화들짝 놀랐다.

"네?"

"제가 다니는 공장에서 매일 아침 미팅 마지막에 다 같이 꼭 외치는 구호예요. 오늘도 재해 없이 안전하게 일하자는 뜻으로요. 다른 분들은 이 구호를 별로 안 좋아하는 모양인데, 저는 아침마다 이걸 외치는 게 좋더라고요. 마법의 주문을 외는 것 같아서 힘도 나고, 오늘도 열심히 해야겠다고 다짐할 수 있어서요."

"아, 네에."

처음엔 머릿속에 물음표가 떠올랐는데, 생각해 보니 이해가 되었다. 아무래도 내가 너무 우울해 보이고 힘도 없어 보여서 나름대로는 힘내라고 격려하고 싶었던 모양이다.

"슈이치 씨도 같이 외쳐봐요."

"네? 저도 같이요?"

전철역 앞이어서 주변에 지나다니는 사람이 꽤 많았다. 유키무라가 아까 갑자기 외치는 바람에 이미 이쪽을 쳐다보고 있는 사람도 있었다. 이 와중에 소리를 지르라고? 그런데 유키무라는 진지하기 짝이 없는 표정으로 나를 보고 있었다.

"에, 그러니까…… 무재해로 갑시다……?"

"아니, 좀 더 큰 소리로 해주시면 좋겠는데요."

"……무재해로 갑시다!"

'에라, 모르겠다' 하는 마음으로 소리를 질렀다. 마침 우리 앞에서 걸어가던 양복 차림의 회사원이 어깨를 움찔하더니 '뭐지?' 하는 표정으로 우리를 쳐다봤다. 한겨울 거리 한복판에서 느닷없이 이런 구호를 외치는 사람이 있으면 깜짝 놀라는 게 당연하다.

"잘하셨어요. 어때요? 기분이 조금 나아지지 않아요?"

여전히 진심이 담긴 표정으로 그렇게 물어보는 사람 앞에서 나아지기는커녕 그냥 창피하기만 했다고는 차마 대답할 수 없었다. 그리고 솔직히 내용이 어떻든 입 밖으로 큰 소리를 내서 그런지 신기하게 속이 좀 후련해진 기분도 들었다. 민폐가 될지도 모른다는 이유로 평소에 소리를 크게 내는 일이 거의 없으니까.

"응, 그런 것 같네요."

자연스럽게 웃는 얼굴이 되어 그녀에게 말했다.

"다행이다."

그녀는 뭔가 큰 성과를 이루어낸 사람처럼 휴우, 하고 한숨을 내쉬었다.

그러더니 "그럼, 전 이쪽이어서" 하며 아직도 얼떨떨한 나를 역 앞에 혼자 남겨두고 가버리고 말았다.

그녀의 뒷모습을 멍하니 바라보던 내 코끝에 차가운 바람이 스치면서 "에취!" 하고 커다란 재채기를 했다.

그로부터 며칠이 지난 오후.

학교 강의가 끝나고 일하는 시간에 맞춰 트렁크카로 갔더니 가게 앞에 키 큰 남자애가 서있는 게 보였다. 근처에 사는 고타라는 고등학생이다. 학교를 마치고 바로 오는 길인지 감색 블레이저의 교복 차림이었다.

"여기서 뭐해?"

내가 말을 걸자 고타가 나를 돌아보더니 "아, 안녕하세요"

하고 인사를 꾸벅했다. 고타는 반마다 하나씩은 꼭 있을법한 분위기메이커다. 천성이 낙천적이고 아주 밝은 애다. 어렸을 때는 상당한 장난꾸러기였지 싶다. 고등학교 2학년이 된 지금까지도 이 근방 아주머니들한테는 여전히 '그 개구쟁이 녀석'으로 통한다.

"뭐 하고 있었어?"

"시즈쿠 기다려요. 아니, 근데 얘는 왜 이렇게 안 나오지?"

"시즈쿠? 볼일 있으면 안에서 기다리지 그래?"

"볼일이라니, 슈이치 형. 오늘이 무슨 날인지 몰라서 그래요?"

고타가 어이없다는 표정으로 나에게 따졌다.

"왜 그래? 무슨 날인데?"

"14일이잖아요! 발렌타인데이! 어떻게 이걸 몰라요? 바보 아니에요?"

"아아, 그렇구나."

그제야 납득이 갔다.

"그래서 시즈쿠를 기다리고 있었구나."

시즈쿠와 고타는 소위 말하는 소꿉친구로 유치원부터 고등학교까지 계속 같이 다닌 모양이다. 게다가 고타는 아주 어렸을 때부터 시즈쿠를 좋아했다고 한다. 그런 사이여서 시즈쿠는 걸핏하면 고타를 마구 부려먹곤 한다.

"슈이치 형은 흥미 없어요?"

"발렌타인데이? 음, 솔직히 말하자면 그런 식의 이벤트는 별로야. 여자가 남자한테 초콜릿 주면서 고백하는 날이라고 정한 것 자체가 제과회사가 돈 벌려고 만들어놓은 판촉 전략 같은 거라고."

"판촉 전략이라니, 너무 낭만이 없는 거 아니에요? 전에 시즈쿠하고도 그런 말을 한 적이 있는데, 슈이치 형은 가끔 뒷방 늙은이 같을 때가 있단 말이죠."

"내가?"

"네. 젊은이다운 에너지가 너무 없달까요. 고기 좀 많이 먹어요."

"젊은이랑 고기랑 무슨 상관이냐?"

그런 쓸데없는 이야기를 하고 있는데 교복 위에 앞치마를 두른 시즈쿠가 가게에서 나왔다.

"자, 받아!"

시즈쿠는 얼굴을 보이자마자 대뜸 거만하게 한마디 뱉더니, 근처에서 산 것으로 보이는 화려한 포장의 작은 박스를 내밀었다. 고타는 진지한 표정으로 그걸 받아서 포장을 이리저리 살펴보고는 "그래. 너의 사랑이 듬뿍 담긴 선물, 내가 잘 받았다"

하며 흡족한 듯 고개를 끄덕였다. 그러고는 "뭐? 사랑? 웃기고 있네!" 하는 시즈쿠의 항의를 무시한 채 "그럼 난 간다!" 하며 상점가 쪽으로 냉큼 사라져 버렸다. 분위기고 뭐고를 따질 틈이 없었다. 소꿉친구끼리는 이런 식인 모양이다.

"자기들이야말로 낭만이고 뭐고 아무것도 없는 주제에……."

난로 덕분에 훈훈해진 가게 안으로 들어서면서 내가 중얼거렸다.

"아무튼 저건 얼마나 뒤끝이 긴지, 제때 안 챙겨주면 난리가 난다니까. 한 3년은 그걸로 내내 시비를 건단 말이지. 중학교 2학년 때 깜박하고 안 준 걸 가지고 지금까지 뭐라고 할 정도니까."

시즈쿠가 교복 치마 밑으로 허벅지를 벅벅 긁으면서 차갑게 내뱉었다.

"시즈쿠, 남의 연애 걱정할 시간에 너부터 어떻게 좀 해보지 그래?"

"오빠, 난 그런 거 별로 하고 싶지 않아. 가게 일도 바쁘고, 집안일도 해야 하고."

시즈쿠네 집은 무슨 사정이 있는지(어머니는 혼자 외국에 사신다고 했다) 지금은 마스터와 시즈쿠 둘이서만 산다. 그래서 집안

일을 시즈쿠가 거의 도맡아 한다는 말을 들었다. 은근히 대단한 아이다. 커피를 못 마시는 것처럼 아직 어린애 같은 부분도 많은데 말이다.

"그나저나 오늘은 치나츠 언니도 오겠지?"

"왜? 일요일도 아닌데?"

"왜긴, 오빠한테 초콜릿 주러 오는 거지. 그리고 틀림없이 수제 초콜릿일 거야. 언니는 손재주가 좋아서 요리도 잘할 것 같거든."

시즈쿠의 말을 듣기 전까지만 해도 내 머릿속에는 그런 기대가 조금도 없었다. 나랑 유키무라 치나츠 씨는 그렇게 달짝지근한 사이가 아니다. 핵심적인 무언가가 빠져있다. 그런데 뜻하지 않게 그런 말을 듣는 바람에 나도 모르게 허둥거렸다.

"그, 그걸 네가 어떻게 아냐?"

"두고 봐, 내 말이 맞는지 아닌지. 치나츠 언니가 오빠를 얼마나 좋아하는데."

시즈쿠가 자신만만하게 장담했다.

조금 전에 고타한테 "흥미 없다"라고 한 말은 여자한테 인기가 없는 솔로남이 애써 부리는 허세가 아니다. 어릴 때부터 냉정하고 현실적이었던 나는 정말로 그런 이벤트성 기념일을 좋아하지 않을 뿐이다.

그런데 시즈쿠가 너무 자신 있게 말하는 바람에 마음이 싱숭생숭해진다. 유키무라 치나츠가 나를 위해 만든 수제 초콜릿을 주러 나타나는 장면이 자꾸 머릿속에 떠올랐다. 평소처럼 수줍은 미소를 짓고서 볼을 발그레 물들이며 앞머리를 만지작거릴 것이다. 머릿속에 떠오른 그녀의 모습이 마치 어릴 때 좋아하던 그림책을 펼쳤을 때처럼 내 마음을 푸근하게 해주었다.

"어라, 실비. 기대에 찬 얼굴이네요!"

내 머릿속이 환히 들여다보인다는 듯이 시즈쿠가 능글능글 웃으며 놀려댔다.

"누구더러 또 실비래? 그리고 기대하긴 누가?"

"기대하면 좀 어때? 난 처음부터 치나츠 언니랑 슈이치 오빠 사이를 응원한다고 했잖아. 오히려 오빠도 마음이 생긴 것 같아서 난 좋은데?"

"무슨 소리야? 전혀 아니거든."

나는 곧바로 아니라고 했지만 시즈쿠는 "아, 네네~" 하며 전혀 믿지 않는듯했다.

그러나 그날 유키무라 치나츠는 좀처럼 모습을 드러내지 않았다.

날이 저물고 저녁이 다 되어가는데도 가게 문의 벨을 울리면서 나타나는 사람은 모두 그녀가 아닌 다른 누군가였다. 겨울에는 왜 이렇게 해가 빨리 지는지 모르겠다. 하늘도 가차 없이 검게 물들어 갔다. 나는 아무렇지 않은 표정으로 평소처럼 일하면서도 마음속으로는 안절부절못하는 상태였다. 어째서 내가 이런 기분을 느껴야 하느냔 말이다! 따지고 보면 시즈쿠가 쓸데없는 말로 나를 부추겨서다. 나는 마음속으로 트렁카의 마스코트를 향해 온갖 욕설을 퍼부었다.

6시가 지날 무렵, 가게 문이 벌컥 열리면서 "안녕하세요!" 하는 젊은 여자의 목소리가 울렸다. 나와 시즈쿠는 일제히 그쪽으로 고개를 돌렸다.

"에이, 아야코 언니잖아."

시즈쿠가 노골적으로 실망을 드러냈다. 아야코 씨는 이 근방에 살고 상점가에 있는 꽃가게에서 일한다. 높은 연령대의 손님들이 압도적으로 많은 트렁카로서는 아주 귀한 젊은 단골이기도 하다. 쿨한 성격에 재미있는 누님이기는 하나 안타깝게도 오늘 우리가 기다리던 사람은 아니었다.

"뭐야, 그런 반응. 내가 오면 안 되는 거였어?"

"안 된다기보다는……. 그치, 오빠?"

시즈쿠가 나한테 덮어씌우려고 해서 나는 허둥지둥 아니라고 고개를 저었다.

"아니 아니, 절대 그런 게 아니에요."

"둘 다 왜 그래? '두드려라, 그러면 열릴 것이다'라는 말도 몰라?"

"모르는데요."

우리 둘은 한목소리로 대답했다. 아야코 씨는 좋은 말이나 격언을 들을 때마다 노트에 적어놓는 취미가 있어서인지 시도 때도 없이 이런 식으로 인용하곤 한다. 격언 마니아를 자부할 정도로 엄청난 지식량을 자랑하는데, 가끔은 이렇게 얼토당토 않은 격언이 튀어나올 때도 있다.

"이렇게 눈 오는 날에 일부러 여기까지 왔는데 너무하는 거 아냐?"

"어? 눈이 와요?"

아야코 씨가 한 말에 깜짝 놀라 큰 소리로 물었다.

"아직 펑펑 오는 수준은 아니지만, 그래도 밤까지 계속 온다던데."

창문을 열고 트렁카 골목을 내다보니 아야코 씨 말대로였다. 쌓일 정도는 아니어도 어두운 밤하늘에서 하얀 솜털 같은 것들이 끊임없이 사뿐사뿐 내리는 게 보였다. 이 정도의 날씨라면 그녀는 오지 않는다. 절대로 올 리가 없다.

낙담하는 내 옆에서 아야코 씨가 "아유, 추워. 나도 커피 한 잔 마시고 빨리 들어가야지. '숨을 쉰다고 사는 게 아니라, 행동

해야 사는 것이다'라는 말도 있으니까" 하며 또다시 뜬금없는 격언을 입에 올렸다.

그러다 기어코 가게의 영업 종료 시각인 9시가 지나고 말았다. 창밖에는 아직도 눈이 계속 내리고 있었다.

"안 왔네."

호언장담하던 시즈쿠도 결국 인정할 수밖에 없었다. 하지만 마감 준비를 하면서도 여전히 납득이 되지 않는 모양이었다.

"너무 실망하지 마, 오빠. 아마 일이 바빠서 못 왔을 거야. 아니면 전생에는 성별이 반대였으니까 오빠가 언제 초콜릿을 가지고 오나 기대하면서 기다리는 걸 수도 있고."

그런가? 내가 그녀한테 초콜릿을 줬어야 했나? 그럼 내일이라도 아침 일찍 초콜릿을 사서……. 아니지, 이게 아니지. 왜 이런 식으로 이야기가 흘러가냐고! 온종일 학수고대하느라 머릿속이 마비되어서 시즈쿠의 말도 안 되는 논리에 넘어갈 뻔했다.

바로 그 순간, 갑자기 벨이 딸랑딸랑 울리면서 가게 문이 열렸다.

"저어, 아직 괜찮을까요?"

그 목소리에 나는 심장이 멎을 뻔했다. 하늘색 우산을 들고 숨을 헐떡거리며 문에서 얼굴을 빼꼼히 보인 사람은 오늘 내가 하루 종일 기다렸던 바로 그 사람, 틀림없는 유키무라 치나츠였다. 시즈쿠는 유키무라의 모습을 보자마자 갑자기 흥분 게이지가 수직상승한 것처럼 "왔다! 왔어! 왔어! 왔어!" 하고 거물을 낚아 올린 낚시꾼처럼 소리를 질렀다.

"어라, 치나츠 씨? 오늘 이 시간에 웬일이에요?"

오늘이 발렌타인데이라는 사실을 끝끝내 알아차리지 못한 불쌍한 마스터가 카운터 안쪽에서 얼굴을 내밀며 그녀에게 물었다.

"죄송해요. 금방 나갈 건데 잠시만 괜찮을까요?"

그녀는 정말로 미안하다는 말투였다.

"그럼요, 괜찮고말고요."

마스터는 무슨 일인가 하는 표정이면서도 선선히 허락했다.

"감사합니다. 저기, 슈이치 씨."

그러면서 나에게 시선을 돌리더니 잰 발걸음으로 다가왔다. 눈 속을 뛰어와서 그런지 항상 단정하던 머리가 헝클어져 있었다. 그녀의 검은 머리카락과 어깨에 쌓인 하얀 눈이 천천히 녹으면서 반짝거렸다. 나는 거기서 눈길을 뗄 수가 없었다. 그 하얀 눈이 오렌지빛 가게 조명을 받아서 마치 보석처럼 아름답게 빛나고 있었기 때문이다.

"일하느라 너무 늦어졌는데, 저기, 이거요. 초콜릿인데, 혹시 괜찮으시면…….”

유키무라 치나쓰는 꾸지람을 들을까 겁내는 어린아이처럼 머뭇거리면서 나에게 종이봉투를 내밀었다.

“아, 고마워요.”

내가 무의식중에 귀를 만지작거리고 있음을 갑자기 자각했다. 지난번에 그녀가 지적한 대로 나는 멋쩍거나 쑥스러우면 이렇게 귀를 만지는 버릇이 옛날부터 있었다. 그렇다면 지금 내가 쑥스러워한다는 사실을 이 사람은 알아차리고 있다는 뜻 아닌가? 그러나 그건 공연한 걱정이었다. 그녀는 그녀대로 자신의 앞머리를 잡아당기느라 정신이 없었기 때문이다.

“오늘 아침에 만들어보기는 했는데 어떨지 모르겠어요. 모양도 엉망이고. 혹시 입에 안 맞으면 그냥 다 버리셔도 돼요.”

“아니, 잘 먹을게요. 고맙습니다.”

내가 진심으로 인사를 하자 유키무라 치나쓰의 볼이 순식간에 빨개졌다. 보고 있자니 신기할 정도였다. 그렇게 달아오른 볼을 숨기려고 하도 앞머리를 세게 끌어당기는 바람에 저러다가 머리가 다 빠져버리지 않을까 걱정이 될 정도였다.

머릿속으로 상상했을 때와는 달리 내 마음은 그런 그녀의 모습을 보고도 푸근하거나 편안하지 않았다. 오히려 뭔가 자꾸 불편하고 안절부절못하게 되는 기분이었다. 머리카락을 잡아당기는 가늘고 차가워 보이는 손을 내 손으로 감싸 데워주고 싶었다.

옆을 흘깃 보았더니 시즈쿠가 '진작에 이럴 줄 알았지!' 하고 득의양양한 표정으로 으스대며 고개를 끄덕끄덕거리고 있었다.

그날 밤에 내린 눈처럼 그런 사소한 일들이 하나둘씩 내 안에 쌓이면서, 우리의 관계는 겨울 끝자락에 다가갈수록 서서히 변해갔다. 작년 연말, 처음 만나던 날의 일은 마치 거짓말 같았다.

어느새 일요일마다 함께 귀갓길에 오르는 게 당연해졌다. '함께'라고는 해도 정말로 그냥 역까지만 같이 걸어갈 뿐이지 특별한 이야기를 나누는 것도 아니다. 그저 한두 마디씩 생각이 날 때마다 말을 주고받을 뿐이었다.

어느 일요일에는 그녀가 좋아하는 《빨간 머리 앤》에 등장하는 앤의 양부, 매튜 커스버트가 얼마나 매력적인 인물인지에 대해 열심히 설명하기도 했다. 그녀의 말에 따르면 "매튜는 수줍음이 많지만 성실하고 자상하고 언제나 앤을 따뜻하게 지켜보는 사람으로, 애정이 갈 수밖에 없는 인물"이라고 했다. 매튜의 캐릭터에 대해서는 딱히 공감이 가지 않았지만 적어도 그녀가 매튜라는 인물을 얼마나 좋아하는지는 충분히 알 수 있었다.

또 다른 일요일에는 고양이를 좋아한다는 그녀를 위해 우리 동네 길고양이들이 자주 모여드는 곳을 소개해 주었다. 주변의 주택 담장이나 창고 위에서 우울한 표정으로 이쪽을 노려보는 고양이들을 향해 그녀가 정중하게 고개까지 숙이며 "안녕하세요" 하고 인사하는 바람에 나는 배를 잡고 웃어버렸다.

그런 일요일을 되풀이하면서 나는 그녀에 대해 하나씩 알아갔다. 일반적인 기준으로 보면 우리는 답답하리만치 느릿느릿 서로에게 다가간 것일 수도 있다. 사실 남녀가 훨씬 더 빠르고 효율적으로 서로 간의 거리를 좁혀가는 방법은 얼마든지 존재한다. 그러나 이런 식으로 한 걸음씩 다가가는 답답한 방식이 우리에게는, 아니 적어도 나에게는 아주 걸맞다는 생각이 들었다.

내가 알게 된 바에 따르면 유키무라 치나츠는 성실하고, 겸손하고, 세상살이에 서툰 사람이었다. 남에 대한 악의라는 것이 전혀 없어서 남의 험담을 하는 일도 없을뿐더러 무슨 일에 대해서건 편견을 가지고 단정을 짓지도 않는다.

그녀와 함께 있으면 나까지도 좋은 사람이 될 수 있겠다는 생각이 들었다. 그녀 옆에 있으면 예전보다 훨씬 온화하고 너그러운 마음으로 세상을 바라볼 수 있을 것 같았다. 세상을 늘

삐딱한 눈으로 대하던 나와는 정반대로 항상 순수한 마음으로 세상을 똑바로 바라보는 그녀의 눈동자가 진심으로 부러웠고, 정말 아름답다고 느낄 정도였다.

그렇게 유키무라에 대한 관심이 점점 커지는 것과 동시에 메구미에 대한 미련은 차츰 추억 속으로 사라져 갔다. 이제 메구미는 예전에 사랑했던 사람이 되었고 그녀와의 추억은 따뜻하면서도 아주 가끔 가슴을 찌르는 무언가로 바뀌었다.

새로운 시작과 더불어 다른 무언가는 조용히 끝나간다. 이 반갑고도 쓸쓸한 예감을 겨울을 보내는 동안 계속 느낄 수 있었다.

3월 중순이 지날 무렵, 시즈쿠가 마음에 걸리는 말을 불쑥 꺼냈다.

"슈이치 오빠, 혹시 치나츠 언니한테 뭐 이상한 말이라도 했어? 지난주에 왔을 때 영 힘이 없어 보이던데."

우리 관계가 아주 순조롭다고 믿고 있던 나는 이 질문에 어안이 벙벙해졌다. 그녀는 평소와 다름없이 말이 없었고, 항상 그랬듯이 조용했다. 그래서 나는 특별히 뭔가 달라졌다는 느낌을 전혀 받지 못했다.

"내가 꼬치꼬치 물어보는데도 예전처럼 실비하고 에티앙에 대한 이야기를 안 하려고 하더라고."

"나로서는 그게 오히려 다행인 것 같은데."

넌 아직도 처음 만났을 때의 그 기억만 가지고 있구나, 하고 웃으면서 시즈쿠에게 핀잔을 주었다. 전생이 어쩌고 하는 이야기는 유키무라가 잠시 착각을 해서 꺼냈을 뿐이다. 내 머릿속에서는 이미 그런 식으로 처리된 상태였다. 이제는 그런 허황된 말로 내 주의를 끌 필요가 없어졌기 때문에 그 이야기를 하지 않게 되었으려니 생각했다.

"흐음……."

시즈쿠는 여전히 납득이 안 되는 모양이었다.

"그게 다가 아니라, 뭔가 우울하달까. 심각하게 생각하는 게 있는 느낌이었단 말이야. 그래서 난 오빠가 무슨 말이라도 한 줄 알았지."

나는 고개를 저었다. 사실은 다음 주 정도에 그녀에게 데이트 신청을 해볼까 생각하던 참이긴 했다.

이제는 슬슬 진도를 나가도 되지 않을까? 엉덩이가 무겁기 짝이 없는 내가 이제야 그렇게 생각한 것이다. 아니, 솔직히 털어놓자면 일요일의 아주 짧은 시간만 함께하는 것으로는 이제 성에 차지 않게 되었다. 그래서 화이트데이를 구실로 어딘가 같이 가보자고 제안할까 하는데 이것마저도 아직은 계획 단계에 불과하다. 그녀에게 직접 말한 적은 없다.

"그래? 아무것도 아니라면 다행이지만."

결국에는 시즈쿠도 '내 착각이었나 보네' 하며 납득한 모양이었다. 그러고는 다른 이야기로 화제가 전환되어 나도 더 이상 마음에 두지 않고 이내 까맣게 잊어버렸다.

다음 일요일, 나는 평소보다 약간 긴장한 상태였다. 그래서 트렁카 골목을 나와 상점가로 접어들자마자 그녀의 기색을 살피지도 않은 채 바로 데이트 이야기를 꺼냈다.

"언제 날 잡아서 같이 놀러 가지 않을래요?"

그런데 그 말을 들은 그녀는 내 기대와는 영 딴판인 표정을 지었다.

누가 봐도 곤혹스러운 얼굴이었다.

"네? 그건 좀……, 그러니까……."

유키무라는 고개를 푹 숙인 채 몸을 배배 꼬았다. 쑥스러워서 그러는 거면 전혀 상관이 없지만, 그게 아니었다. 그녀는 난처해하고 있었다.

"아, 혹시 내가 곤란한 말을 했나요?"

허둥지둥 물어보자 "아니, 그런 건 아닌데……" 하고 말은 그렇게 하는데, 영락없이 난감해하는 모습이었다.

나는 겉으로는 태연한 척했지만 속으로는 완전히 당황했다.

지금까지의 우리 분위기를 봤을 때 절대 거절할 리가 없다고 자신했기 때문이다. 설마 이런 반응이 나올 줄은 꿈에도 생각지 못했다.

"초콜릿에 대한 답례라도 하고 싶어서 말한 건데요……."

"네? 초콜릿이요? 아, 그건 그냥 평소에 느낀 감사한 마음을 전하고 싶어서 슈이치 씨한테 막무가내로 드린 거니까 답례까지 할 필요는 없는데……."

우물쭈물 변명하듯이 말하는 그녀의 대답을 듣고 내 마음은 실망의 늪에 빠져버렸다. 나에게 그토록 감동을 주었던 일이 그녀한테는 '그냥', '막무가내로' 한 일에 불과했다는 뜻이다. 이게 뭐람. 한껏 부풀었던 조금 전까지의 마음이 한순간에 싸늘하게 식어버렸다.

그대로 한마디도 하지 않은 채 고텐자카를 지나 역에 도착했다. 우리는 애매하게 인사를 주고받고서 불편하고 어색한 분위기를 그 자리에 남겨둔 채 헤어졌다.

그 뒤로 일주일 동안 나는 큰 낙심과 후회를 안고 지낼 수밖에 없었다.

도대체 내가 뭘 잘못했지? 어째서 그녀는 그렇게 이상한 태도를 보였지? 아무리 생각해 봐도 알 수가 없었다. 짐작 가는 부분이 전혀 없었다. 우리는 누가 봐도 전혀 나쁘지 않은 사이였다. 그런데 내가 한 발짝 다가가려고 하자 그쪽에서 벽을 쳐 버린 것이다.

도대체 이게 뭐냔 말이다.

그렇게 풀리지 않는 문제를 안고 끙끙대는 사이 다시 일요일이 찾아왔다.

같이 역으로 걸어가는 길에 무슨 말을 해야 할지 알 수가 없었다.

지난주에 그런 일이 있었는데도 유키무라 치나츠는 평소처럼 트렁카에 왔고, 언제나처럼 저녁때 자리에서 일어났고, 나도 거기에 맞춰 함께 가게에서 나왔다. 그리고 우리는(아니, 적어도 나는) 약간 어색해하면서도 평소처럼 상점가를 걸었다.

"저, 슈이치 씨."

상점가 끄트머리에 있는 '저녁노을 계단'이라는 이름의 짧은 계단에 다다랐을 때, 입을 꾹 다물고 걸음만 옮기던 그녀가 불쑥 내 이름을 불렀다.

"잠시, 아주 잠시만 시간을 내주실 수 있나요? 꼭 해야 할 이야기가 있어서요."

유키무라는 고개를 푹 숙이고 어깨에 멘 가방끈을 손가락이 빨개지도록 꽉 잡으며 말했다.

"무슨 이야기인데요……?"

나는 마음속의 동요를 숨기지 못해 갈라진 목소리로 물었다. 무슨 이야기를 하려는지 도무지 짐작이 되지 않았다. 다만 그녀의 경직된 표정만 봐도 얼마나 중요한 이야기인지는 알 수 있었다. 그리고 틀림없이 내가 좋아할 만한 이야기는 아니겠구나, 하는 예감도 들었다.

유키무라는 저녁 햇살을 온몸에 받으며 입을 꾹 다문 채 어떻게 이야기를 시작할까 망설이듯 콘크리트에 길게 늘어진 자기 그림자를 내려다보았다. 언제나처럼 밝은 음악이 흘러나오는 상점가는 평화로운 분위기였다. 심각한 표정으로 서있는 우리 둘만 그 분위기에 어울리지 않고 붕 떠있었다.

"알았어요. 그럼 여기 말고, 어디 차분하게 이야기할 만한 데로 가요."

"네, 죄송합니다……."

내가 앞장서서 조금 떨어져 있는 공원으로 갔다. 미끄럼틀하고 그네만 간신히 갖춰놓은 작은 공원이었다. 아직 주위가 밝은데도 공원의 외등이 켜져있었다. 그래도 30분 정도 지나면 주변이 어둠 속으로 가라앉을 것이다.

나는 한 발짝 뒤에 따라오는 유키무라를 그네 옆 벤치로 이끌었다. 다행히 이 시간에 밖에 있어도 춥다는 생각이 들지 않을만한 계절이 되었다.

"안 추워요?"

"괜찮아요."

유키무라는 이제야 고개를 들더니 작은 목소리로 대답했다.

"죄송해요. 매번 폐만 끼치고 힘들게 해서. 지난주에도 일부러 놀러 가자는 말을 할 정도로 저한테 신경을 쓰게 해서……."

내가 신경을 쓴답시고 놀러 가자는 이야기를 꺼냈다고……? 그 말을 그렇게 받아들였다는 건가? 너무하네. 너무 낙심해서 어깨가 축 늘어지려는데 그녀가 더욱 놀라운 말을 꺼냈다.

"하지만 이게 마지막이니까……."

"마지막이라니, 그게 무슨 뜻이에요?!"

나도 모르게 조용한 공원에 어울리지 않는 큰 소리를 내고 말았다.

"지금부터 하는 이야기를 들으면 슈이치 씨는 아마 다시는 제가 보고 싶지 않을 거예요. 그래서 앞으로는 트렁크에도 가지 않을 작정이라서……."

왜 이렇게 극단적인 결정을 내린 걸까? 그런 결심을 할 만큼 나에게 하겠다는 이야기가 심각하게 안 좋다는 뜻인가? 하지만 아직 우리는 어떤 비밀이건 당장 문제가 될 정도로 가까운 사이도 아닌데?

"사실은 그동안 거짓말을 했어요."

그녀는 무릎 위에서 꽉 잡은 두 손을 내려다보면서 중얼거렸다.

"거짓말이요?"

"네. 전생에서 만난 적이 있다는 이야기요."

방금까지의 무거웠던 분위기를 순간적으로 잊고 웃음을 터뜨릴 뻔했다. 나도 일찌감치 눈치채고 있던 일이다. 오히려 그녀가 자신의 거짓말을 자각하지 못하고 계속 주장하면 어쩌나 걱정했을 정도다. 그래서 한순간에 긴장이 풀어지려 했다.

그런데 그녀의 입에서 계속하여 나온 말들은 내가 결코 생각지도 못한 이야기였다.

"하지만 그래도 전에 우리가 만난 적이 있다는 말은 사실이에요. 꼭 말해야지 하면서도 지금껏 입을 열지 못했는데……. 정말 죄송해요."

"미안한데 무슨 소리인지 전혀 못 알아듣겠어요."

"우리는 아주 어렸을 때 만난 적이 있어요."

"네?"

반사적으로 유키무라의 얼굴을 뚫어지게 쳐다보았다. 그녀도 고개를 들고 나를 보았다. 이미 주변이 어두워진 가운데 외등 불빛이 그녀의 얼굴을 이상하리만치 하얗게 비추었다. 멀리서 개가 짤막하게 '멍' 하고 짖었다.

"슈이치 씨가 전에 그런 이야기를 한 적이 있죠? 아버지를 따라 불륜 상대의 집에 자주 갔었다고."

"응? 아아, 네."

"저도 그 자리에 있었어요."

"에? 유키무라 씨가요?"

"네. 슈이치 씨는 그 당시 일을 얼마나 기억하나요?"

"글쎄요……. 실은 그 집에 자주 갔다는 것 말고는 거의 생각나지 않는데요."

그때 나는 4살 남짓한 나이였다. 그런 경험을 했다는 사실 하나만 지금껏 마음속에 강렬하게 남아있을 뿐 세세한 부분까지는 기억나지 않는다.

"그렇군요……. 슈이치 씨는 저보다 훨씬 어렸고, 떠올리고 싶지 않은 기억일 테니까 당연하겠네요. 하지만 저도 거기 있었어요. 그 불륜 상대가 바로…… 우리 엄마였거든요."

어안이 벙벙한 표정으로 그녀를 쳐다보았다. 도저히 믿을 수가 없었다. 그런 일이 있을 수 있나? 유키무라 치나츠가 내 아버지 불륜 상대의 딸이라고? 그렇지만 우리는 얼마 전에 도쿄에서 우연히 만났을 뿐인데……. 그러나 그녀는 그것부터가 아니라고 했다.

"우연이 아니었어요. 제가 슈이치 씨를 계속 찾아다녔거든요."

"네? 어째서요?"

당혹스러움을 감추지 못한 채 물어보자 "그냥 만나고 싶었어요" 하고 그녀는 망설임 없이 대답했다. 그러더니 이야기가 좀 길어지는데 괜찮겠냐고 양해를 구하고는 더듬더듬 이야기를 이어갔다.

"우리 엄마는, 딸인 제가 이런 식으로 말하기는 좀 그렇지만, 몹시 헤픈 여자였어요. 옛날에는 안 그랬죠. 그런데 아버지랑 이혼한 뒤로 생활이 완전히 엉망이 되어서⋯⋯. 수도 없이 많은 남자를 우리 집으로 끌어들였어요. 자기가 여전히 남자의 사랑을 받을만한 존재라는 걸 그런 식으로라도 확인받지 않으면 불안해서 견딜 수 없었던 모양이에요. 지금 돌이켜보면 엄마는 그때 이미 마음에 병을 앓고 있었던 거지요.

슈이치 씨는 생각나지 않겠지만 저는 당시 일을 아주 또렷하게 기억해요. 슈이치 씨는 아버지 손을 잡고 엄마와 제가 사는 집에 자주 왔어요. 엄마는 슈이치 씨의 아버지만 집 안으로 들이면서 저랑 슈이치 씨한테는 밖에서 기다리라고 했어요. 저는 낯을 많이 가리는 아이여서 슈이치 씨하고도 금방 친해지지 못했지요. 그런데 매번 문밖에서 울상을 짓는 어린 슈이치 씨를 보다 보니, 이 아이는 내가 좀 챙겨야겠다는 생각이 들어 가까이 다가가려고 노력했어요. 그리고 덕분에 우리는 차츰 친해졌지요.

슈이치 씨는 정말 말도 못하게 귀여운 남자아이였어요. 그래서 '얘가 진짜 내 남동생이면 어땠을까?' 하며 혼자 공상에 빠져 설레곤 했지요. 우리는 집 앞 길가에서 분필로 바닥에 그림을 그리기도 하고, 근처에 있는 작은 웅덩이로 탐험을 하러 가기도 했어요. 슈이치 씨는 언제나 제 뒤를 종종거리면서 따라다녔지요. 저는 딴에 누나랍시고 이 아이는 내가 꼭 지켜줘야 한다고 혼자 결의를 다지곤 했어요.

그 당시 저는 언제나 공상에 빠져 사는 아이였어요. 책을 좋아해서 그 이야기 속에 저를 집어넣고 진짜로 일어난 현실처럼 상상의 날개를 펼치곤 했지요. '우리 아빠는 사실 엄청난 부자이고 지금은 일 때문에 외국에 나가 있는데 조만간 나를 찾으러 올 거야'라든지 '우리 집에는 비밀 통로가 있고 그 통로를 따라가면 다른 세계로 이어진다'라든지, 그런 상상들을 하곤 했죠. 언젠가 아버지를 기다리다 지쳐서 울음을 터뜨린 슈이치 씨에게 그런 이야기를 해주었더니 어찌나 좋아하던지. 그 뒤로는 수시로 이야기를 해달라며 조르곤 했어요. 저도 신이 나서 다음에 그 아이가 오면 이런 이야기를 해줄까, 저런 이야기가 좋을까 하고 매일 밤 이불 속에서 그런 생각만 줄곧 했어요. 정말 바보였지요. 하지만 슈이치 씨의 웃는 얼굴이 너무 좋고 자꾸 보고 싶어서……."

유키무라가 나를 슬쩍 보더니 잠시 후후후, 하고 부드럽게 웃었다. 바람 한 점이 그녀의 앞머리를 간지럽히듯 산들 불고 지나갔다.

그녀가 이렇게 친근하고 온화한 미소를 지으며 나를 바라보는 일이 전에도 몇 번 있었다는 사실이 떠올랐다. 내 얼굴에서 예전의 어린 나를 보고 있었던 것일까? 그러나 그 미소는 아주 잠깐 그녀의 표정에 머물더니 이내 사라져 버렸다.

"엄마는 그런 저를 보며 '넌 그 애가 그렇게 좋니?' 하면서 웃곤 했어요. 그러면서 '조금 있으면 진짜 동생이 될 수도 있어'라고 얘기했지요. 저는 그 말을 듣고는 주체할 수 없을 정도로 흥분했어요. 그렇게 되면 얼마나 좋을까? 새아버지와 남동생 그리고 엄마랑 내가 가족이 되어 멋진 삶을 시작하게 된다는 생각만으로도 집 밖으로 뛰쳐나가 춤을 추고 싶을 정도였지요."

바람이 다시 살랑 불어와 그녀의 앞머리를 흔들었다.

"그런데 가을 끝 무렵을 기점으로 슈이치 씨네 아버지는 우리 집에 오지 않게 되었어요. 슈이치 씨도 다시는 못 보게 되었지요. 그 뒤로 한번 엄마한테 넌지시 물어봤는데 너무 화를 많이 내는 바람에……. 엄마는 그 이후로 그 이야기를 절대 입에 올리지 않았고, 저도 물어보지 않았어요."

유키무라는 거기까지 이야기하더니 잠시 입을 다물었다. 그러고는 하아, 하고 작지만 아주 무거운 한숨을 내쉬었다.

어둠이 내린 공원에는 우리 둘밖에 남아있지 않았다. 주위는 고요했다. 밤하늘에 별이 희미하게 반짝였다. 멀리서 자동차 다니는 소리가 낮고 둔하게, 웅웅거리며 이명처럼 들렸다. 어딘가 멀리서 개가 또 짧게 한 차례 짖었다.

"그건…… 진짜로 있었던 일 맞죠? 공상이나 상상이 아니라."

나는 재차 그녀에게 확인하지 않을 수 없었다.

"네. 하늘에 맹세코 전부 진짜로 있었던 일이에요."

"그렇군요."

기억 속을 헤집어 당시의 일을 찾아보려 했다. 그런데 영 떠오르지 않았다. 그러고 보니 그때 거기서 나랑 비슷한 나이의 누군가와 이야기를 했던 것 같은 느낌도 들었다. 그 상대가 여자아이였던 것도 같다. 그러나 그 이상은 떠오르지 않았다. 마치 기억에 뚜껑을 닫아놓은 것처럼 희미한 광경만 떠오를 뿐이었다.

나는 기분이 어둡게 가라앉았다. 유키무라 치나츠의 이야기가 모두 사실이라면, 나로서는 도저히 받아들이기 어려운 내용이었다. 따지고 보면 모든 것이 우리 아버지 때문에 벌어진 일이다. 어린 유키무라와 그 어머니가 새로운 가정을 만들 수 있으리라고 기대하고 꿈꾸다가 우리 아버지의 배신으로 완전히 어그러졌을 때 어떤 마음이 들었을까? 두 사람은 얼마나 낙담하고 절망했을까? 도대체 아버지는 어떻게 그런 잔인한 짓을 할 수 있었을까?

유키무라는 그런 내 마음을 눈치챘는지 조용히 고개를 저었다.

"슈이치 씨네 아버지 잘못만은 아니에요. 우리 엄마 쪽도 여러 가지로 계산을 하고 있었을 거예요. 슈이치 씨의 아버지만 오는 것도 아니었으니까……. 그리고 그런 일이 현실로 일어날 리가 없다는 걸 아마 처음부터 알고 있었으리라 생각해요. 우리 엄마는 그냥 남에게 의지해야만 살아갈 수 있는 나약한 사람이었던 거죠."

나는 그 어떤 대답도 없이, 그저 애매하게 고개를 끄덕이는 수밖에 없었다.

"그 뒤로 한참이 지나 재작년에 오랫동안 몸과 마음을 앓았던 엄마에게 시간이 얼마 남지 않았다는 사실을 알게 되었어요. 그때 작정하고 슈이치 씨의 아버지에 대해서 물어봤어요.

기회를 놓치면 다시는 물어볼 수 없다는 걸 알았으니까요.

'그렇게 오래된 일이 왜 그렇게 궁금하니?' 하며 엄마는 웃었지만 그래도 가르쳐주었어요. 엄마가 슈이치 씨 아버지가 경영하는 가게에서 그 당시에 일을 했었고, 그러다가 점점 그런 관계가 되었다는 사실을요.

그 이야기를 듣고 어느 날 밤에 엄마가 알려준 가게를 찾아가 봤어요. 제가 알고 싶었던 건 딱 한 가지, 슈이치 씨가 지금도 잘 살고 있는가, 그것뿐이었어요. 그래서 슈이치 씨의 아버지께 아드님의 오래전 친구라고 하면서 지금 어떻게 지내는지 물었어요. 그렇게 아버지를 통해 슈이치 씨가 도쿄에 있다는 것과, 야나카라는 곳 어딘가에 있는 커피숍에서 일한다는 사실을 알 수 있었지요. 그 이야기를 듣자마자 오늘 용기를 내서 여기에 찾아오기를 정말 잘했다고 생각했어요. 비록 나와는 아주 멀리 떨어진 도쿄에 있다고 해도, 언제나 마음에 걸리고 궁금하던 그 애가 잘 있다는 사실을 알게 되었으니까요."

"그럼 혹시" 하고 내가 끼어들었다.

"나를 만나러 도쿄까지 온 건가요?"

유키무라는 고개를 숙인 채 앞머리를 만지작거리면서 "그럴지도요" 하고 중얼거렸다.

"처음에는 전혀 그럴 생각이 없었어요. 그런데 아까 말한 대로 엄마가 그 무렵에 돌아가셨어요. 엄마 장례를 치르고 난 이후에 갑자기 놀라운 생각이 머릿속에 떠올랐어요. 고향에 계속 머물러야 할 이유가 전혀 없다는 사실을 깨달은 거죠. 그때 문득 도쿄에 가보자는 생각이 들었어요. 도쿄에는 슈이치 씨가 있으니까요. 지금까지 살아온 삶에서 진심으로 웃었던 적이 있었나 하고 되돌아봤어요. 그런데 그 시기, 슈이치 씨랑 같이 놀았던 그때야말로 진심으로 마음껏 웃었다는 생각이 들었고, 그래서 저한테 다시없는 소중한 추억이고……. 힘들고 괴로울 때 그 추억이 얼마나 큰 힘이 되어줬는지……. 물론 오랜 시간 동안 깊이 생각하고 결정한 건 아니었어요. 그래도 어느새 그렇게 마음을 먹게 되었지요. 고향을 떠나 도쿄에서 완전히 새로운 생활을 하면 무언가가 바뀌지 않을까, 기대하기도 했고요."

유키무라는 그렇게 거의 빈털터리 상태로 혈혈단신 도쿄로 나왔다. 마침 근처 공장에서 일자리도 구할 수 있었다. 1년 하고도 몇 달 전 일이라고 한다.

"공장을 쉬는 일요일이면 이 근방을 돌아다녔어요. 솔직히 진짜로 만날 수 있으리라는 기대는 거의 하지 않았지요. 이 근처에 커피숍이 이렇게 많은지는 상상도 못 했거든요. 야나카 어딘가라는 힌트만 가지고는 도저히 찾아낼 수 없겠다고 생각했어요. 슈이치 씨가 아직도 일하고 있다는 보장도 없었고요.

그래도 쉬는 날이면 이 근방을 다니면서 새로운 커피숍을 찾으면 반드시 들어가 보곤 했어요. 1년 동안 그렇게 반복하다 보니, 나중에는 슈이치 씨를 찾는다는 목적도 거의 잊어버리고 그냥 의례적인 일과가 되었죠. 그런데 작년 말에 우연히, 정말로 우연히 트렁크를 발견했고……."

그녀는 일단 입을 닫더니 나를 흘깃 쳐다보았다. 눈이 마주치자 다시 눈길을 떨구었다.

"들어서자마자 바로 슈이치 씨를 알아본 건 아니에요. 생각해 보니 저는 슈이치 씨가 아주 어린아이였을 때의 모습만 알고 있고, 그 기억조차 오랜 세월이 지나 희미해진 상태였으니까요. 그런데 슈이치 씨가 커피를 갖다주면서 서로 눈이 마주친 그 순간, 기억 밑바닥에 있던 세세한 부분까지 한꺼번에 떠오른 거예요. 그래서 저도 모르게 외쳐버렸죠. '드디어 만났네요!'라고. 지금껏 살아오면서 그 순간만큼 기뻤던 적이 없었던 것 같아요……."

나도 그때의 일만은 선명하게 기억한다. 그녀는 나와 눈이 마주치자마자 흥분한 표정으로 그렇게 말했었다.

"그렇지만 슈이치 씨한테 사실대로 이야기하면 안 된다는 생각이 들었어요. 슈이치 씨한테는 괴로운 추억일 테고, 저를 기억하지 못할 수도 있으니까요. 혼란스럽게 하고 싶진 않았어요. 그리고 무엇보다도 어린 시절에 아주 잠깐 있었던 일 가지고 도쿄까지 찾으러 왔다는 사실을 알면 뭐 이런 여자가 다 있나 하고 이상하게 보면서 멀리할 것 같아서…….”

“그래서 전생 이야기를 꺼낸 거예요?”

이야기가 너무 극단적이라 도무지 따라갈 수가 없었다.

그녀가 사실대로 이야기할 수 없었던 이유는 충분히 이해된다. 그녀의 추측처럼 처음부터 사실대로 이야기했다면 나는 별로 반기지 않았을 것이다. 어린 시절의 안 좋았던 기억을 들춰내는 그녀에게 화를 냈을지도 모른다. 그리고 그녀를 멀리했을 수도 있다. 하지만 그렇다고 뜬금없이 전생 이야기를 꾸며낼 생각을 했다고?

“정말 순간적으로 떠오른 거예요. 지금 생각해 보면 정말 어리석기 짝이 없는 짓이었죠. 하지만 그 순간에는 달리 매끄럽게 설명할 만한 이야기가 떠오르지 않았어요. 워낙 평소에도 어이가 없을 만큼 말주변이 없는 편이라…….”

너무 열심히 이야기하느라 숨 쉬는 것을 잊었던 사람처럼 크게 숨을 들이쉬더니 말을 이어갔다.

“하지만 아까도 말했다시피 저는 상상 속의 이야기라면 얼마든지 지어낼 수 있는 사람이거든요. 사실 그때 한 전생 이야기도 언젠가 혼자 머릿속으로 상상했던 이야기였어요. 우리 둘은 전생에 그런 관계였고, 그래서 운명적으로 다시 만날 수밖에 없는 사이라고 생각하면서, 언젠가 슈이치 씨를 꼭 만나게 된다는 그런 이야기요. 어쩌면 저는 진짜로 머리가 이상한 여자일지도 모르죠. 그런 생각을 하다 보면 점점 진심으로 믿게 되니까요. 비참한 현실에서 도망치고 싶어 그런 상상만 자꾸 하게 돼요…….

슈이치 씨가 이 황당한 이야기 때문에 곤혹스러워한다는 사실도 잘 알고 있었어요. 그래도 사실대로 말해서 다시 만나지 못하게 되느니 차라리 좀 이상한 여자 취급을 당해도 계속 얼굴을 보고 싶어서……. 그런데 슈이치 씨는 그런 저한테 너무 자상하게 대해주고, 거기다 같이 놀러 가자는 말까지 하면서 배려를 해주니까……. 너무 이기적이라는 건 잘 알지만 점점 더 미안해지고, 그것 때문에 힘들어져서……. 더 이상 속이면 안 되겠다, 그냥 끝내야겠다고 생각해서……."

그녀의 목소리가 끝으로 갈수록 점점 약해지더니 마지막에는 사라져 버릴 듯이 작아졌고, 이윽고 정말로 들리지 않게 되었다.

우리는 오랫동안 말없이 가만히 앉아있었다. 적어도 이 사람이 지금 하는 이야기는 거짓말이 아니다. 어눌하지만 진지한 말투만 들어도 충분히 알 수 있었다.

그럼 나는 이 이야기를 듣고 어떤 기분인 걸까? 유키무라 치나츠에 대해 화가 나는 마음일까? 그건 아니었다. 그러나 한편으로는 무언가 마음에 묵직하게 걸리는 것들이 있어서 그녀에게 위로의 말을 건네지 못했다. 나는 옆에 앉은 그녀를 똑바로 쳐다보지 못한 채 바람 때문에 조금씩 흔들리는 주인 없는 그네에만 시선을 계속 두었다.

"제 이야기는 이게 다예요."

먼저 입을 연 사람은 유키무라였다. 그녀는 가만히 숨을 들이쉬더니 천천히 벤치에서 일어나 나를 향해 머리를 깊이 숙였다.

"시간을 빼앗은 데다가 이렇게 기분 나쁜 이야기를 해서 정말 죄송합니다. 용서받을 수 없다는 건 잘 알고 있어요. 그러니까 저라는 사람, 그리고 오늘 한 이야기는 전부 다 잊어주세요."

"아니, 그래도……."

뭔가 말해줘야 할 것 같아서 입을 열었는데 그녀가 가로막았다.

"지금까지 정말 고마웠습니다. 주제넘은 말인 줄은 알지만 앞으로도 슈이치 씨가 항상 건강하게 잘 살기를 진심으로 바라고 있을게요."

유키무라는 그 말을 하자마자 내 대답도 기다리지 않고 뛰쳐나가더니 뒤도 안 돌아보고 공원 출구로 달려가 눈 깜짝할 사이에 어둠 속으로 사라져 버렸다. 나 홀로 망연자실한 채 밤의 어둠이 내린 공원에 덩그러니 남겨졌다.

"이게 뭐야……."

나는 멍하니 그녀가 사라져 버린 방향을 바라보면서 그렇게 중얼거릴 뿐이었다.

"엉? 왜?"

그다음 주 일요일. 유키무라 치나츠는 앞으로 트렁카에 오지 않는다고 했더니 시즈쿠가 깜짝 놀란 표정으로 나를 보며 물었다.

"왜 안 온대? 오빠가 뭐라고 한 거야?"

"아니야."

"진짜야?"

"진짜야."

"그럼 왜?"

시즈쿠가 내 얼굴을 들여다보면서 심각한 표정으로 물었다.

"너무 이상하잖아? 우리 가게에 오는 걸 그렇게 좋아하던 사람인데……."

"그냥 그렇게 하기로 했다고 자기 입으로 그랬어. 진짜로."

시즈쿠에게 이런 이야기를 하려니 마음이 아팠지만 그렇다고 입을 다물고 있을 수도 없는 일이었다. 아니나 다를까 시즈쿠의 표정이 순식간에 어두워졌다. 그러면서 도움을 구하듯이 카운터 안쪽에 있던 마스터에게 눈길을 보냈다.

"슈이치, 정말이냐?"

마스터가 평소의 저음보다 더 낮은 목소리로 나에게 물었다. 더 이상 아무 말도 하고 싶지 않아서 고개만 끄덕였다.

"그렇군. 치나츠 씨 본인이 그렇게 말했다면 어쩔 수 없는 일이지. 올지 안 올지는 손님 각자가 결정할 일이니 우리가 오라 마라 할 수는 없다. 시즈쿠, 너도 멍하니 서있지 말고 마감 준비나 같이 해라."

마스터의 말은 현실적이고 냉정했지만 어딘지 쓸쓸함이 묻어나오는 목소리였다. 그런 목소리로 딱 부러진 이야기를 들으면 시즈쿠도 아무 소리 못 하는 모양이다. 시즈쿠는 입을 일자로 꾹 다물더니 테이블 자리를 정리하기 시작했다.

그 뒤로 일요일마다 오던 유키무라 치나츠는 한 번도 모습을 보이지 않았다. 시즈쿠의 과자 깡통에 새로운 발레리나가 합류하는 일도 없었다. 인형은 아직 10개도 채 되지 않았다.

3월이 꿈처럼 흘러가고 새로운 달을 맞이했다.

야나카 묘원에서는 연한 분홍색 꽃이 달린 벚나무가 아름다운 벚꽃 터널을 만들어냈다. 꽃구경 다녀온 사람들이 상점가로 밀려들면서 매일 북적북적 성황을 이루었다. 그런 곳을 지나다 보면 차가운 바람이 불어대는 상점가를 유키무라와 둘이 걷던 때가 몇 년이나 지난 옛일처럼 느껴졌다.

그래도 일요일만 되면 시즈쿠는 여전히 오늘은 혹시 유키무라 치나츠가 오지 않을까 하고 기대하며 기다리곤 했다. 핸드폰에 몇 번 전화를 걸어보기도 한 모양이다. 그런데 항상 음성 녹음으로 넘어간다고 했다.

얘는 도대체 왜 이럴까? 시즈쿠의 행동을 보며 그런 생각이 들었다. 어째서 생판 남한테, 아버지가 하는 가게에 몇 번 온 적 있는 손님일 뿐인 사람한테 이렇게 친밀한 감정을 느낄 수 있을까? 나야말로 빨리 잊어버리고 싶은데 매주 시즈쿠가 풀이 죽은 표정을 짓는 바람에 머릿속에서 유키무라를 지워버리기가 너무 힘들었다. 사실 나도 뭘 어떻게 해야 할지 갈피를 잡을 수가 없었다.

"오늘도 안 왔네."

영업시간이 끝나고, 봄비가 내리는 창밖을 내다보면서 시즈쿠가 불쑥 말했다. 최근 3주 내내 이런 식이었다. 이제껏 아무 대꾸도 하지 않고 애써 못 들은척했는데 드디어 두 손 두 발 다

들고 시즈쿠에게 물어봤다.

"시즈쿠, 너 전에 그런 말 한 적 있지? 유키무라 씨가 너 아는 누군가랑 닮았다고. 그게 누구야? 나도 아는 사람이야?"

시즈쿠는 슬쩍 미소를 짓더니 "아니" 하면서 고개를 저었다. 긴 꽁지머리 끝자락이 폴짝거렸다.

"슈이치 오빠는 모르는 사람이야. 아주 오래전에 죽은 사람이거든. 그래서 이제는 만날 수 없지. 나한테 아주 소중한 사람이었는데. 하지만 이제는 그런 거랑 상관이 없어. 그건 그냥 작은 평계, 뭐 그런 거였을 뿐이지. 그거랑 상관없이 치나츠 언니라는 사람이 좋아졌거든. 생각해 보면 참 신기하지? 얼마 전까지만 해도 전혀 모르는 사람이었는데 이제는 치나츠 언니가 없는 일요일이 이렇게 쓸쓸하게 느껴지다니."

그렇구나. 시즈쿠는 아주 소중했던 누군가의 존재를 유키무라 치나츠에게서 보고 있었구나. 나는 이제껏 전혀 그런 줄 몰랐다.

"언니는 잘 있으려나?"

시즈쿠가 창가에 기대서서 창밖의 비를 바라보며 중얼거렸다.

"일요일에는 뭐하고 지낼까? 혼자서 외롭게 지내지 않았으면 좋겠는데. 쓸데없는 참견일지도 모르지만 난 치나츠 언니가 외롭지 않았으면 좋겠어. 내가 좋아하는 사람이 외로우면 내 마음이 너무 아플 것 같거든."

시즈쿠의 말을 듣자 가슴을 무언가로 찌르는 듯한 통증이 느껴졌다.

나보다 어린 여자애한테 이런 말을 하게 해서는 안 된다. 우리 가게의 마스코트가 이런 표정을 짓도록 가만히 두어서는 안 된다. 무엇보다도 나 자신이 이런 결말에는 납득이 가지 않는다.

혼자서 지내는 일요일. 지금 유키무라는 뭘 하고 있을까? 트렁크에서 본 그녀의 수줍은 웃음과 앞머리를 만지작거리는 버릇, 하얀 눈 속을 숨을 헐떡이며 가게로 뛰어오던 모습. 지금까지 보아온 그런 모습과 표정이 내 머릿속에 선명하게 떠올랐다가 사라졌다.

"네 말이 맞네. 좋아하는 사람을 외롭게 두면 안 되는 거지."

시즈쿠의 머리를 톡톡 치듯이 쓰다듬었다.

물론 시즈쿠는 내 손을 곧바로 뿌리쳤지만.

다음 날, 공장에 도착한 시간은 저녁 6시가 지나서였다.

근무를 마치는 시간이 이때쯤이라고 예전에 들은 적이 있어 일부러 시간을 맞춰서 왔다. 엄청나게 넓은 공장 부지 안에 커다란 벚나무가 서있는데, 벚꽃은 벌써 거의 져버린 상태였다. 꽃잎이 바람을 타고 곡선을 그리듯이 발치를 흘러갔다.

마음만 앞서서 아무 생각 없이 무작정 오기는 했는데 무겁게 닫힌 철문 앞에서 어떡해야 하나 서성이고 있었더니, 조금 후에 건물 안에서 직원들로 보이는 여성들이 줄지어 나타나서 조명이 환하게 비치는 바깥 복도를 따라 다른 건물로 걸어가는 게 보였다.

그 무리 안에, 유키무라도 있었다! 회색 작업복과 모자를 착용한 그녀는 시끌벅적 즐겁게 떠드는 다른 직원들 뒤에서 구부정하게 잔뜩 움츠린 자세로 걸어가고 있었다.

그 모습이 너무 작아 보였다. 아주아주 작고 애처로워 보였다.

여기서 이름을 불렀다가는 다른 사람의 이목을 끌겠지. 그런 생각에 가로등 아래서 몸을 숨겨야지 하면서도 어쩐지 그녀한테서 눈을 뗄 수가 없었다. 그 자리에 못 박힌듯이 서서 그녀의 옆얼굴만 쳐다보았다. 그러다 불시에 그 얼굴이 내 쪽으로 향하면서 우리의 눈길이 정면으로 부딪쳤다.

아차, 싶었지만 이미 늦었다.

유키무라는 멀리서 봐도 영락없이 당황하면서 이쪽을 향해 종종걸음으로 달려왔다.

"안녕하세요."

나는 철문 너머로 되도록 밝게 인사하려고 애썼다. 그런데 그녀 쪽은 완전히 어쩔 줄 모르는 상태였다.

"어, 어, 어째서 여기 계세요?"

"죄송해요. 방해됐죠?"

"아, 아니, 그건 괜찮은데……. 그런데 여기까지 어쩐 일로?"

"지난번에 이야기하다 말고 그냥 가버렸잖아요. 그래서 이 야기를 마저 해야겠다는 생각이 들어서."

"네……? 저는 전부 다 말씀드린 것 같은데……."

"유키무라 씨는 전부 다 이야기했을지 모르지만 나는 아직 할 이야기가 남아서요."

뒤이어 내가 "시간 좀 내주실래요?" 하고 묻자 그녀는 당장 이라도 울음을 터뜨릴 듯한 표정으로 고개를 끄덕였다.

아직 야근이 남아있다는 그녀의 말에 제일 가까운 곳에 있 는 패밀리 레스토랑에서 만나기로 한 다음 공장에서 나왔다. 그리고 두 시간 후, "기다리게 해서 죄송해요" 하면서 레스토랑 에 나타난 그녀는 회색 작업복에서 하얀 블라우스에 하늘색 롱 스커트의 여성스러운 차림새로 바뀌어 있었다. 역시 유키무라 에게는 이런 스타일이 훨씬 잘 어울린다.

"저녁은 먹었어요?"

테이블 맞은편에서 고개를 푹 숙이고 앉은 그녀에게 물었다.

"네? 아, 네. 휴식 시간에 대충 먹기는 했는데……."

"그럼 다른 데로 자리를 옮길까요?"

"아, 네……. 그런데 어디로?"

"트렁카요."

내가 말하자 그녀의 표정이 한층 어두워졌다.

"네? 하지만 전 이제 그곳에는……."

"그냥 거기로 가요. 내가 커피 만들어줄 테니까."

나는 반강제로 그녀를 일으켜 세워 레스토랑에서 나왔다.

"저 왔어요."

이미 'CLOSED' 팻말이 걸린 문을 열면서 인사를 했더니 담배를 피우던 마스터가 "으헉!" 하고 짧은 비명을 질렀다.

가게 문을 닫은 뒤 시즈쿠가 2층에 있는 집으로 올라가면 혼자 남아 몰래 담배 한 대 피우는 게 마스터의 일과라는 걸 나는 알고 있다. 시즈쿠는 건강에 좋지 않다며 마스터가 담배 피우는 것을 못마땅하게 생각한다. 아니, 사실 그 정도가 아니라 담배 피우는 장면을 보면 펄펄 뛰면서 난리가 난다.

"잠시 자리 좀 빌려도 될까요?"

내 뒤에 선 유키무라 치나츠의 모습을 본 마스터가 잠시

'어?' 하는 표정을 짓다가 곧 사정을 눈치챈 모양이었다.

"문단속 제대로 해라. 그리고 담배는…… 넌 못 본 거다."

그렇게 주의만 준 다음 증거 은폐를 위해 꽁초를 쓰레기통 깊숙한 곳에 쑤셔 넣고는 2층으로 올라가 버렸다.

가게 안은 춥지도 덥지도 않고 딱 좋은 온도였다. 나는 유키무라를 한가운데 있는 테이블에 앉힌 다음 주방에서 둘이 마실 커피를 준비했다. 언제나 BGM으로 흐르던 쇼팽의 피아노곡마저 꺼진 가게 안은 무척 고요해서, 전동 그라인더로 원두를 가는 소리가 평소보다 훨씬 크게 들렸다.

몇 분 후, 커피잔 두 개에 우리가 마실 커피를 따른 다음 한 모금 맛을 보았다. 따뜻한 액체가 쌉싸름한 맛을 입안에 남기며 몸속으로 흘러 들어갔다. 꽤 괜찮은 맛이었다.

"저기……."

내가 커피를 들고 가서 맞은편에 앉자마자 그녀는 기다렸다는 듯이 입을 열었다.

"네."

"저한테 화난 거 아니에요?"

"화났죠."

단호한 말투로 대답했다.

"화났으니까 거기까지 만나러 간 거잖아요."

그 말을 듣더니 그녀는 벌 받기를 각오한 사람처럼 눈을 꽉 감고 고개를 푹 숙였다.

"그런데 이 점은 분명하게 해둬야겠어요. 나는 당신이 털어놓은 내용 때문에 화가 난 게 아니에요. 물론 그 이야기를 듣고 머릿속에서 정리할 시간이 좀 필요하기는 했지만 화가 나지는 않았어요."

유키무라는 눈을 번쩍 뜨더니 도무지 이해가 안 된다는 표정을 지었다. 나는 일단 식기 전에 커피부터 마시자고 했다.

"내가 열받은 점은, 당신이 처음부터 나한테 용서를 구해야겠다거나 사정을 말하고 이해받으려는 생각을 아예 하지 않았다는 거예요. 이야기를 꺼내기 전부터 미리 마음의 문을 닫아버리고, 어차피 끝났다고 정해놓고 도망쳐 버렸죠. 그것 때문에 너무너무 화가 났어요."

"그건, 저, 그러니까……."

뭔가 애써 변명을 하려는 그녀를, 미안하지만 일단은 가로막고서 내 말을 계속했다.

"그래서 도대체 나는 왜 이렇게 화가 날까 곰곰이 따져봤어요. 한참 뒤에야 나도 똑같아서 그렇다는 사실을 깨달았죠."

"똑같다고요?"

처음에 의례적으로 입만 댄 커피잔을 두 손으로 계속 잡고 있던 그녀는 도대체 무슨 이야기가 나올지 모르겠다는 얼굴로 나에게 되물었다.

"사실 나는 반년 전에 사귀던 사람한테 차였거든요. 그 사람을 정말 좋아했고 아주 소중히 여긴다고 믿었는데, 헤어질 때 그 사람이 말하더라고요. '슈이치, 너는 나한테 전혀 마음을 열어주지 않았어. 항상 내 눈치만 보고, 의심하고, 네 껍질 속에 숨어 지냈잖아. 그런 너를 보면서 내가 얼마나 외로웠는지 알아?' 그러더라고요. 그 말이 너무 충격으로 다가왔어요. 나도 모르는 사이에 무의식적으로 그렇게 살았구나, 하고 깨달았지요. 아마 누군가를 좋아하는 내 마음을 제대로 믿지 못했던 것 같아요."

그렇다. 나는 메구미를 소중하게 여긴다고 믿었다. 그러나 그 마음은 나 혼자만 가졌을 뿐 그녀에게 충분히 전달하지 않았다. 그런 나의 모습을 마지막까지 깨닫지 못한 채 내 손으로 가장 소중한 관계를 망가뜨리고 말았다. 그 사실이 너무도 큰 충격이었다.

"그날 당신이 처음부터 '오늘이 마지막'이라고 혼자 결론을 내리고 내 말을 전혀 들어보지도 않고 떠나버렸다는 점이 나로서는 정말 슬프고 힘들었어요. 슬프면서도 허무한 기분이 들었죠. 그러다 한참 뒤에서야 깨달았어요. 나도 연인이었던 그 사람한테 같은 짓을 했었구나, 하고요. 그제야 그 사람이 한 말의 진정한 뜻을 알 수 있었어요. 그러니까 그날 공원에서 당신이 돌아가고 난 다음에 그토록 화가 난 이유는, 예전 나의 모습을 그대로 보는 것 같아서였어요."

나는 거기까지 단숨에 말한 다음 커피를 한 모금 마셨다. 아까 내린 커피가 어느새 꽤 식어있었다.

이렇게 숨김없이 누군가에게 내 마음을 말한 게 얼마만의 일인가? 어쩌면 태어나서 처음인지도 모른다. 이런 고백은 내 앞에 있는 이 사람과 전혀 상관이 없는 일이고, 어쩌면 '그래서 어쩌라고?'라고 생각할 수도 있다는 점은 나도 잘 안다. 그래도 유키무라에게 그날 밤 이후로 오늘까지 내가 어떤 마음으로 지냈는지 알리고 싶었다. 그녀가 내 마음을 이해해 주기를 바랐다. 그리고 그녀의 마음도 이해하고 싶었다. 이렇게 간단한 일을 나는 지금껏 못하고 살았다.

"솔직히 말하면, 당신이 나를 찾으러 도쿄에까지 나왔고, 1년에 걸쳐서 나를 찾았다는 말을 듣고 정말 기뻤어요. 나 같은 놈과 지냈던 추억을 그렇게 소중히 간직한 사람이 있었다는 사실을 알고는 가슴이 뜨거워지는 것 같았죠."

"하지만…… 찝찝하거나 그러지는 않았나요? 난 당연히 소름 끼치고 싫을 거라고 생각했는데……."

유키무라가 내 말을 도저히 못 믿겠다는 듯이 재차 물었다.

"그야 놀라기는 했죠. 많이 놀랐고, 좀 혼란스럽기도 했어요. 그래도 소름이 끼치다니요. 그런 식으로 생각하지는 않았어요. 솔직히 전생 타령을 했을 때가 훨씬 소름이었지요."

내 딴에는 농담을 한답시고 그 이야기를 꺼냈더니 그녀가 "그 점은…… 정말 미안하게 생각해요. 정말 죄송했어요" 하고 순식간에 위축되는 게 보여서 허겁지겁 얼버무렸다.

"아니, 괜찮아요, 그냥 농담으로 한 말이에요. 그렇게 사과할 필요 없어요."

"그래도……."

"괜찮다니까요. 당신이 무엇 때문에 그런 이야기를 꺼냈는지 이제는 충분히 이해하니까."

그녀에게 씩 웃어주었다.

"게다가 사과해야 할 사람은 바로 나예요. 나도 당신에게 꼭 사과하고 싶었어요. 당신이랑 당신 어머니께."

"네?"

나는 자세를 바로 고치고 앉아, 밑바닥에 검은 액체가 조금 남아있는 내 커피잔을 옆으로 치운 다음 그녀의 눈을 똑바로 바라보았다.

"저희 아버지가 두 분께 저지른 잘못을 사과합니다. 정말 죄송했습니다."

이 사과의 마음만큼은 어떻게든 그녀에게 분명하게 전하고 싶었다. 나는 진심을 다해 사죄하며 테이블에 이마가 닿을 정도로 고개를 깊숙이 숙였다.

"아니에요, 아니에요. 엄마도 저도 슈이치 씨 아버지를 원망한 적은 없어요."

"그래도 제대로 사죄하지 않으면 내 마음이 편치 않아서요."

"저는 오히려 감사하고 있을 정도예요. 사실 그분 덕분에 제가 슈이치 씨를 만날 수 있었던 거잖아요."

그러니까 제발 고개를 들어달라고 그녀가 울듯한 목소리로 애원했다. 그러더니 "사실은요……" 하고 머뭇거리면서 말을 이어갔다.

"이걸 말해야 할지 말아야 할지 몰라서 지난번에는 결국 그냥 넘어갔는데, 슈이치 씨의 아버지는 엄마가 입원했을 때 병문안을 여러 번 와주셨어요."

"아, 그랬어요?"

그 말이 효과 만점이었다. 나는 반사적으로 고개를 들어버렸다.

"슈이치 씨의 아버지를 만나러 가게에 간 적이 있다고 했잖아요? 실은 그때 엄마의 딸이라는 걸 단번에 알아보시더라고요. 제 생김새가 엄마랑 많이 닮았다면서. 그래서 엄마는 어떻게 지내시냐고 물으시길래……. 엄마는 슈이치 씨의 아버지를 마지막으로 만났을 때 눈물을 흘리더라고요. 더구나 우리 집이 많이 궁하다는 걸 아시고는 '지금은 이 정도밖에 없지만……'이라고 하면서 치료비와 입원비에 보태라고 돈까지 주셨어요. 그러지 마시라고 하는데도 '제발 받아줘요. 좀 더 긁어모아 볼 테니까'라면서 억지로 제 손에 쥐여주셨지요. 결국 사양하지 못하고 감사한 마음으로 요긴하게 잘 썼어요."

"그랬구나……."

지난번에도 그랬지만 오늘도 그녀의 입에서 나오는 이야기는 충격적이다. 정말이지 대단한 사람이다. 그녀는 내가 놀라는 표정을 부정적으로 해석했는지 한층 위축된 모양이었다.

"아마 그래서일 거예요. 슈이치 씨 학비를 부모님이 내주시지 못하게 된 원인이. 빌려주신 돈이라 생각하고 있으니까 전액 다 모으면 고스란히 슈이치 씨 아버지께 돌려드릴 작정이에요."

"아니 아니, 그렇지 않을 거예요. 그리고 가령 그 말이 맞다 해도 나는 상관없어요. 그러니까 돌려줄 필요도 없고요. 지금 그 이야기를 듣고 마음이 좀 편해졌거든요. 그 사람한테도 그나마 사람다운 면이 조금은 있다는 걸 알게 됐고, 유키무라 씨네 모녀한테 조금이나마 도움이 되었다면 오히려 감사하죠. 솔직히 지금 이야기를 듣기 전까지만 해도 아버지하고 완전히 인연을 끊을 작정이었거든요."

유키무라가 또다시 말을 할까 말까 망설이는 표정을 짓더니, "슈이치 씨한테는 정말 잘못한 일밖에 없다는 말씀도 하셨어요. 하지만 사과를 하려고 해도 차마 얼굴 보기가 미안해서 그러지도 못한다고요"하며 전혀 예상치 못한 이야기를 했다. 이렇게 예상 밖의 이야기를 연이어 들었더니 이제 달관의 경지에 이른 것 같았다. 물론 그렇다고 아버지에 대해 맺혔던 응어리가 단숨에 풀린 것은 아니지만 그래도 가슴에 꽉 막혀있던 무언가가 좀 풀리는 느낌이었다.

"그렇게 생각한다면 다음에 만나서 주먹 한 방 날려줘야겠네."

"네? 아니, 아무리 그래도, 폭력은……."

"농담이에요."

예상대로 허둥대는 그녀를 향해 웃음을 던지면서 말했다.

"하지만 그 정도 자격은 있을 것 같은데."

"그래도 주먹질은……."

"농담이라니까요. 폭력은 나도 싫어요. 언젠가 찬찬히 이야기해 보려고요. 피하기만 해서는 아무것도 해결되지 않을 테니까."

이런 식으로 생각할 수 있게 된 것도 어찌보면 눈앞에 있는 이 사람 덕분이다. 마주하기 싫다고 눈을 돌리고만 있으면 아무것도 해결되지 않는다는 사실을 유키무라를 통해 알게 된 것 같다. 물론 본인은 내가 이렇게 이야기해 봐야 무슨 소리인가 하고 어리둥절하겠지만.

밤이 점점 깊어갔다. 시계의 시침이 벌써 10시 너머를 가리키고 있었다. 내일도 아침 일찍 출근해야 하는 그녀를 더 이상 붙잡아 둬서는 안 되겠다는 생각이 들었다.

"이야기가 좀 이상한 방향으로 흘러갔네요. 이제 슬슬 집에 가야 할 시간이죠? 그런데 마지막으로 한 가지, 내가 잘못 알고 있는지도 모르지만, 어쨌든 딱 하나 물어보고 싶은 게 있어요."

"네? 어, 어떤 건데요?"

그녀가 다시금 바짝 긴장하면서 자세를 고쳐 앉았다.

아무리 노력해도 유키무라를 만난 어린 시절에 대해 생각나는 부분이 거의 없었지만 딱 하나, 문득 머릿속에 떠오른 단어가 있었다. 유키무라를 만나게 되면 꼭 확인해 봐야겠다고 생각했다.

"혹시 말인데요, 우리 어렸을 때 내가 당신을 '치짱'이라고 부르지 않았나요?"

내가 그 호칭을 입에 올리자마자 맞은편에 앉은 그녀의 어깨가 흠칫하고 떨리는 것 같았다. 그리고 한순간 눈을 크게 뜨는가 싶더니 재빨리 두 손으로 얼굴을 가리고 말았다. 너무 갑작스러운 반응이라 내가 뭔가 잘못 말했나 싶어 당황했다. 그런데 조금 뒤에 쥐어짜는 듯한 목소리가 얼굴을 가린 손가락 틈새로 흘러나왔다.

"맞아요……."

이윽고 그녀는 어깨를 바들바들 떨면서 흐느끼기 시작했다. 계속 억누르고 있던 감정이 일시에 터져나온듯 조용하고도 격한 울음소리였다. 음악도 없고 무서우리만치 고요하기만 한 가게 안에 그 소리가 울려 퍼졌다.

"저는 슈이치 씨를 '슈짱'이라고 불렀어요."

왜였을까? 떨리는 목소리로 그녀의 입에서 나온 그 호칭을 듣자마자 가슴속에 따뜻한 무언가가 왈칵 솟구치는 느낌이 들었다. 눈물이 날 것 같았다. 간신히 그 충동을 억누른 나는 여전히 소리 내어 우는 그녀의 등을 쓰다듬어 주었다.

"그렇구나. 우리는 전생이 아니라 이생에서 만났었네요. 지금 진짜로 그걸 실감했어요. 이렇게 소중한 추억을 나는 까맣게 잊고 살아서 미안해요."

그녀는 손으로 얼굴을 가린 채 세차게 고개를 저었다.

"있잖아요, 유키무라 씨. 아직 내가 하지 않은 말이 있거든요. 들어줄래요?"

얼굴을 파묻고 있던 양손 틈새로 눈물에 젖은 커다란 눈동자가 나를 쳐다봤다.

"난 당신이 좋아요. 아주 많이요. 그러니까 다시는 만나지 않겠다느니 그런 걸 혼자서 결정하지 말아주세요. 난 그러기 싫어요. 그렇게는 못 살겠어요. 만약 내가 너무 싫어서 얼굴도 쳐다보기 싫다면 그땐 제가 포기할게요. 하지만 그런 게 아니라면 '이게 마지막' 같은 소리는 하지 말아요. 그렇게 슬픈 결정을 혼자서 하면 안 돼요. 나는 앞으로도 유키무라 씨를 보고 싶어요. 지금까지처럼, 아니, 그보다 훨씬 더 오랫동안 옆에 있고 싶어요. 그러면 안 될까요?"

"안 되기는요. 그럴 리가요……."

그녀는 그렇게 대답하더니 다시금 두 손에 얼굴을 파묻고 울음을 터뜨렸다.

"그럼 다시 이 가게에 와줄 거죠? 시즈쿠도 마스터도 당신이 와주기를 기다린단 말이에요."

"정말 그래도 될까요? 슈이치 씨를…… 다시 만나러 와도…… 다른 분들을 보러 여기 와도 될까요……?"

"내가 그렇게 부탁하는 거라니까요."

나는 그녀의 등에서 나오는 따스한 온기를 손바닥에 느끼면서 말했다.

"정말 기뻐요……. 이렇게 하찮고 쓸모없는 사람인데……."

"그게 무슨 소리예요. 그런 말 하는 거 아니에요."

"하지만…… 저는……."

"당신은 하찮은 사람이 아니에요. 나는 알아요. 당신에 대해 모든 걸 다 안다고 할 수는 없지만 그래도 이것 하나만큼은 확실하게 말할 수 있어요. 당신은 하찮거나 쓸모없는 사람이 아닙니다. 누가 그렇게 말한다 해도 절대 믿으면 안 돼요."

내가 단호하게 말했다. 왜냐하면 진작부터 알고 있었기 때문이다. 눈처럼 아주 조금씩 쌓인 나날이, 흘러간 많은 일요일이 그 사실을 알게 해주었다.

그녀가 냅킨으로 접은 발레리나를 시즈쿠가 소중하게 수집해서 과자 깡통 안에 넣어둔다는 사실을 아직 그녀는 모른다. 그 발레리나는 유키무라 본인이다. 문득 그런 생각이 들었다. 섬세하고, 부드럽고, 하지만 혼자 있으면 너무 외로워 보여서 감싸주고 싶은 사람.

그러니까 나는 그녀를 혼자 두지 않을 작정이다.

그러기 위해 나 자신이 조금 더 강해져야 한다. 그녀가 지금껏 혼자 감당해 온 아픔과 슬픔을 함께 짊어질 수 있게 말이다. 그녀의 마음이 조금이라도 편하게 기댈 수 있는 존재가 되기

110

위해서. 그러려면 나는 조금 더 타인의 아픔에 공감할 수 있는 사람이 되어야겠다. 언젠가, 발레리나 인형들로 아치를 만드는 날이 올 때까지 말이다.

누군가를 위해 내가 바뀌고 싶다고 생각하는 게 이렇게 기분 좋은 일인지 몰랐다.

"이럴 때야말로 그 말을 같이 외쳐야 하는 거 아니에요?"

아직도 울음을 그치지 않은 그녀의 얼굴을 들여다보면서 내가 밝은 목소리로 물었다.

"네?"

유키무라 치나츠가, 치짱이, 살짝 고개를 들었다.

"무재해로 갑시다!"

나의 소중한 사람은 그 말을 듣고서야 비로소 작은 미소를 보여주었다.

한참 전에 식어버린 커피를 다시 내리기 위해 나는 서둘러 주방으로 달려갔다.

2.
재회의 거리

30년 하고도 몇 년 만이다, 이 가게에 온 것은.

아니, 정확히 말하자면 이제 예전의 그 커피숍은 아니다. 하루가 멀게 드나들던 무렵, 이곳의 이름은 '노무라 커피'였고, 주인은 여든을 훨씬 넘겼을 법한 꼬부랑 할머니였다.

한여름에는 먼지를 뒤집어쓴 채 비명을 질러대는 에어컨을 최대한으로 틀어놓았음에도 불구하고, 가만히 앉아만 있는데도 등에서 땀이 솟아나곤 했다. 겨울에는 가게 구석에 있는 석유난로에서 불이 시뻘겋게 타오르고 있는데도 얼어붙을 듯한 바람이 창문 틈새로 사정없이 몰아쳐서 덜덜 떨리기는 마찬가지였다.

그런데 이제는 주택가 골목의 막다른 곳에 '커피전문점 트렁카 다방'이라는 그럴싸한 이름으로 가게가 들어서 있다. 스피커에서는 당시 라디오에서 자주 틀어주던 홀&오츠(Hall&Oates, 1970년부터 활동한 미국의 남성 듀오 – 역주) 대신 쇼팽의 피아노곡이 흘러나온다. 물론 할머니도 없다. 가게 주인은 마흔 후반 정도로 보이는 우락부락한 생김새의 남자다.

이런 변화에 약간 서글픔을 느꼈다.

뭐, 그렇다고 낙담할 정도는 아니지만.

그날 이후로 돌이킬 수 없을 만큼의 세월이 흘렀다. 이 자리에 커피숍이 아직도 남아있다는 사실이 오히려 놀라울 정도다. 당시의 노무라 커피는 언제 망해도 전혀 이상하지 않을 만큼 손님이 없는 가게였기 때문이다. 내가 그곳을 자주 드나들었던 가장 큰 이유도, 어느 시간대에 가든 가게가 텅 비어있어서 아무리 오래 버티고 앉아있어도 눈치가 전혀 보이지 않았기 때문이다.

그래도 혹시…….

혹시 여기만큼은 예전과 같은 모습으로 남아있지 않으려나. 가게에 오기 전까지 마음속으로 그런 기대를 품었었다. 여기에 오기만 하면, 마치 그 무수한 세월 동안 아무 일도 없었다는 듯 모든 것이 옛날 모습 그대로 다시 돌아오지 않을까. 가게 문을 열고 들어서면 허리가 굽은 노무라 할머니가 "어서 와요"라고 인사하고, 여전히 손님은 없고, 가게 안은 어두컴컴하고 우중충하고, 여름에는 푹푹 찌고, 겨울에는 뼛속까지 춥고, 나는 평소처럼 안쪽에 있는 4인석으로 빨려 들어가듯이 걸어가고……

적어도 이곳만큼은 시간이 멈추는 마법에 걸린 잠자는 숲속의 공주처럼, 내가 다시 찾아올 때까지 잠들어 있다가 내가 발을 들여놓는 순간 다시 깨어나지 않을까 하는 그런 기대.

물론 내 상상 속 노무라 커피에는 사나에가 있다. 당시의 젊은 모습 그대로. 나도 쓸데없이 붙은 살로 축 늘어진 무거운 몸을 벗어던지고 예전의 나로 돌아가겠지. 젊고, 겁 없고, 아직 상실에 대한 두려움을 모르던 때의 나로.

한심하기는.

나는 트렁카 카운터 자리에 앉아 그런 유치한 망상을 떨쳐버리려고 고개를 흔들었다. 눈앞에 놓인 하얀 도자기 잔에 남은 커피가 어느새 완전히 식어버렸다. 잔 속을 들여다보니 검은 액체에 흐리멍덩한 윤곽의 내 얼굴이 비친다. 그 모습에서 눈을 돌리듯이 남은 커피를 단숨에 들이켰다.

"리필 해드릴까요?"

주방 쪽에서 갑자기 말소리가 들렸다. 가게 주인이다. 최근 며칠간 거의 날마다 왔는데 내게 말을 건 것은 처음이다.

"요즘 들어 자주 와주시는데, 감사의 뜻으로 한 잔 대접하겠습니다."

카운터 안쪽에 선 가게 주인을 올려다보았다. 우락부락한 얼굴에 어울리지 않는 산뜻한 미소를 지으며 나를 쳐다보고 있다. 웃으니까 의외로 동안이다. 살집이 없는 근육질의 탄탄한 몸매, 까무잡잡한 피부, 풀을 먹여 잘 다린 흰 셔츠에 검은 앞치마를 두른 차림새가 깔끔하고 격이 있게 보인다.

평일 대낮에 매일같이 와서 커피 한 잔 시켜놓고 오랜 시간 자리만 차지하고 있는 후줄근한 늙다리를 보고 가게 주인은 과연 무슨 생각을 하려나. 아니다, 그만두자. 그런 걸 생각해 봐야 무슨 소용이 있겠는가.

"……그래도 되려나?"

"네. 블렌드 커피를 드시죠?"

내가 끄덕이자 점장은 아까와는 전혀 다른 진지한 표정으로 커피를 새로 준비하기 시작했다.

무척 작은 가게다. 상점가 큰길을 벗어나 양쪽으로 주택이 빽빽이 들어선 좁은 골목 안쪽에 있어 찾아오기도 힘들다. 요 며칠 지켜보니 손님들이라고는 근처 사는 노인네들이 대부분인 모양이다. 그러나 가게 주인의 빠릿빠릿한 움직임과 진지한 눈길을 보면 자기가 하는 일에 자부심이 있다는 사실을 알 수 있다. 진지하고 성실하게 자기 일에 집중하는 '진짜 남자'의 모습. 그런 그에게 나는 약간의 부러움을 느꼈다.

"뭐 좀 물어봅시다."

가게 주인이 움직이는 모습을 눈으로 따라가면서 정말 오랜만에 자발적으로 입을 열었다.

"네, 그러시죠."

"이 가게는 언제 생긴 거요?"

은색으로 반짝이는 드립 주전자를 손에 든 가게 주인이 이쪽으로는 눈길도 주지 않고 필터에 담긴 원두 가루에 원을 그리듯이 뜨거운 물을 부었다. 이윽고 안에 있는 원두 가루가 바리스타의 마음에 따라주듯이 봉긋 솟아올랐다.

"글쎄요, 벌써 20년도 더 되었겠네요."

"20년……."

"네. 원래 이 자리에는 다른 커피숍이 있었습니다. 부부가 함께 꾸리던 가게였는데 사장님이 돌아가신 뒤로는 사모님 혼자서 이어갔지요. 그런데 그 사모님도 연세가 많으셔서 가게를 접을 수밖에 없게 되었습니다. 저는 예전부터 그분들과 잘 아는 사이여서 그 이야기를 듣고 가게를 매입하게 된 겁니다."

"그럼 그 할머니는?"

"가게를 그만두신 후로 이 근처에 있는 댁에서 혼자 사셨는데, 한 12년 전쯤에 돌아가셨습니다."

"그렇군……."

작은 한숨이 나왔다. 그러나 시간이 흐르고 나이를 먹고 세상을 떠나는 것은 무엇보다도 자연스러운 섭리다.

"노무라 할머니의 지인이신가요?"

"지인, 이라고 할 것까지는 없지. 예전 그 가게에 자주 출입했다는 정도니까."

생각해 보니 나는 할머니와 개인적인 이야기를 나눈 적이 한 번도 없었다. 할머니에게 들은 말이라고는 '어서 와요', '커피 나왔어요', '네, 고마워요' 정도밖에 없었고, 나 또한 대답도 없이 고개만 끄덕였을 뿐이다.

"아아, 그 가게 단골이셨군요."

가게 주인은 내 말에 의외로 큰 반응을 보였다.

"사실 이 가게를 인수한 뒤에 외부는 손을 많이 봤지만, 내부 인테리어는 거의 손을 대지 않았어요. 제가 그 가게 분위기를 많이 좋아했거든요."

"그렇군. 어쩐지 분위기가 비슷하다 했어."

가게 안을 다시 훑어보았다. 홀 테이블 자리에 놓인 반들반들 윤기 나는 나무 의자, 빛바랜 벽돌로 이루어진 벽, 천장에서 늘어뜨린 소박한 램프 조명, 화장실 앞에 설치된 핑크색 전화기. 내가 나이를 먹었듯이 예전보다 훨씬 낡았어도 모두 그 당시 물건들이다.

그러나 분위기는 예전과 비교할 수 없을 정도로 밝다. 어두컴컴한 분위기가 특징이었던 그 가게와 결정적으로 다른 점이다. 노무라 커피가 바람이 머무는 막다른 곳이었다면, 트렁카는 바람이 시원하게 불어서 지나는 길이랄까. 그런 인상이다.

"참 반가운 일이네요. 노무라 커피의 단골이었던 손님이 방문해 주시다니. 이 근처에 사셨나요?"

나는 고개를 작게 흔들었다.

"아는 사람이 살았지. 나는 전철로 두 정거장 떨어진 동네에 있었고."

"아아, 그러셨군요."

여기서 야나카긴자 상점가를 따라 죽 걷다가 요미세 거리를 지나면 산사키자카라는 커다란 언덕이 나온다. 사나에가 살던 2층 연립주택은 그 언덕 중간에 보이는 작은 목욕탕 바로 뒤에 있었다.

실은, 며칠 전에 그곳에도 다녀왔다. 뜻밖에도 목욕탕은 아직도 그 자리에서 영업하고 있었다. 근처 주택들도 예전 분위기 그대로인데 어째서인지 사나에가 살던 연립주택만 보이지 않았다. 그 자리엔 좁은 주차장이 딸린 3층짜리 작은 아파트가 들어서 있었다. 아쉽지만, 그 또한 자연스러운 일이다.

또다시 옛날 일을 떠올리며 감상에 젖은 사이에, "블렌드 커피 나왔습니다" 하고 가게 주인이 새 커피를 내어주었다. 김이 모락모락 피어오르는 커피를 잠시 내려다보다가 천천히 잔을 들어 한 모금 마셨다.

"맛있군."

나도 모르게 이런 말이 튀어나왔다. 가게 주인이 고맙다는 뜻으로 가볍게 목례했다.

이 남자가 만드는 커피는 정말 맛있다. 혀에 지저분하게 남는 잡다한 맛도 없고, 뒷맛도 깔끔하다. 커피를 내릴 때 타이밍을 딱 맞춰서 그런지 원두의 깊이 있는 맛이 그대로 전해진다. 한 모금 마실 때마다 커피가 온몸으로 스며드는 느낌이 든다.

개인적인 취향을 떠나서라도, 그냥 우연히 들어온 커피숍에서 이 정도로 순수하게 맛있다고 느낄 수 있는 커피를 만나는 일은 드물다. 적어도 커피 맛 하나만큼은 노무라 커피보다 훨씬 낫다고 장담할 수 있다. 500엔이라는 가격도 요즘 물가를 생각해 봤을 때 상당히 양심적이다.

커피잔을 막 내려놓는데, 가게 문에 달린 벨이 딸랑딸랑 맑은 소리를 냈다. 바깥의 환한 햇살이 가게 안으로 한순간 비쳐 들더니 이어서 "안녕하세요!" 하고 밝게 인사하는 소리가 들렸다.

저절로 시선이 그쪽을 향했다. 여느 때처럼 회색 파카에 청바지를 입은, 발랄한 차림새의 키 크고 늘씬한 20대 중반의 여성이 가게 안으로 거침없이 들어왔다.

"아야코 언니, 어서 와."

주방에서 가게 주인의 딸이라는 소녀가 얼굴을 비쭉 내밀며 인사했다.

"안녕, 시즈쿠."

나는 눈길을 제자리로 돌렸다.

절대로 말을 걸지 않는다. 그저 내 커피잔만 가만히 쳐다본다. 열렸던 가게 문이 닫히고 내 뒤로 그녀가 지나가는 기척, 그리고 소녀와 그녀가 친근하게 주고받는 이야기……

"오늘은 날도 퍽 따뜻하니 아이스티나 마셔야겠다. 그나저나 시즈쿠, 너 학교는? 아직 2시밖에 안 됐잖아?"

"뭐라는 거야? 오늘 토요일이잖아."

"아, 그렇구나! 이런 일을 하다 보면 요일 감각이 완전 맞이가는 것 같단 말이야."

"팔자 편한 자유인 같으니!"

"얘가 뭘 모르네? 나름 힘들게 살거든. '슬픔 한 자락 없는 순수한 행복은 찾아보기 힘들다'라고도 하잖아."

"또 나왔네, 언니의 그 요상한 격언."

"요상하다니! 유명한 시인이 한 말인데. 빨리 하이네한테 사과해. 그건 그렇고, 시즈쿠. 네 가슴은 언제 커질래? 초딩 때나 지금이나 똑같은 것 같은데."

"언니한테 들을 말은 아닌 것 같은데. 뭣보다, 그거 성희롱이 거든?!"

"아이코, 죄송합니다~!"

아하하, 하고 아야코가 높은 소리로 즐겁게 웃었다. 밝고 통통 튀는 목소리다.

그 목소리가 귓속에서 울린다.

나는 도대체 뭘 바라며 이러고 있는 걸까? 그녀가 오기를 이렇게 기다려서 뭘 어쩌려고? 뭐라고 한마디도 못할 거면서. 심지어 그녀는 사나에가 아니다. 그녀에게 집착하는 게 무슨 의미가 있단 말인가?

맘속으로 스스로를 향해 따져 물으며 남은 커피를 홀짝 마셔 치우고는 자리에서 일어나 도망치듯이 밝은 바깥으로 나왔다.

나의 30년은 잘못의 연속이었다. 잘못된 행동에 잘못된 대처를 하고, 다시 잘못된 방법으로 그것을 덮으려다 망하고 마는…… 그런 과오를 되풀이했다.

첫 번째 잘못을 저지른 건 21살 때였다.

그것은 내 인생 최대의 잘못이기도 했다. 바로 사나에를 버린 일이다.

사나에는 내가 대학생 무렵 사귀던 여자애다. 그녀는 우리 하숙집 근처 세탁소에서 일하고 있었다. 가난뱅이 대학생이었던 나에게 세탁소는 달의 뒤편만큼이나 아무 상관이 없는 곳이었다.

그러다가 대학 1학년 가을에 도쿄의 큰어머니가 돌아가셔서 장례식에 가야 할 일이 생겼다. 하는 수 없이 하나뿐인 양복을 드라이 맡기러 세탁소에 갔다. 거기서 사나에를 처음 만났다.

드라마에 나올 법한 첫 만남과는 거리가 멀었다. 어깨 길이의 머리카락을 뒤로 질끈 묶고 화장기도 없는 그녀를 처음 봤을 때는, 그저 볼품없고 촌스럽다는 느낌뿐이었다. 그녀와 엇비슷한 나이에 캠퍼스를 활보하는 여대생들의 화려함과 너무 대조적이었다.

하지만 이상하게 한편으로는 그녀에게 마음이 자꾸 끌리는 듯했다. 굳이 비유하자면 고개를 푹 숙이고 밤길을 터덜터덜 걷다가 무심코 올려다본 하늘에서 창백하게 빛나는 달을 발견했을 때의 그런 영문 모를 설렘과도 같은 마음이었는지도 모른다.

그 기묘한 느낌을 다시 맛보고 싶어서 그 뒤로 세탁소에 드나들기 시작했다. 세탁할 필요성이라고는 조금도 없어 보이는 색 바랜 트레이닝복이나 소매가 뜯어지기 일보 직전인 재킷을 넣은 종이봉투를 들고서.

그러다 정신을 차려보니 어느덧 나는 사랑에 빠져있었다. 작정하고 반년 동안 끈질기게 공을 들인 끝에, 드디어 그녀와 사귀게 되었다. 그 뒤로 나는 하숙집에는 거의 들어가지 않고 이 동네에 있는 그녀의 집에서 줄곧 지냈다.

의지할 데 없이 혼자 살며 세탁소 일로 생계를 꾸리던 사나에의 생활은 아주 검소했다. 그녀의 집은 석양이 되어서야 햇빛이 강하게 드는 다다미 여섯 개 크기의 단칸방이었다. 오래전이기는 하지만 당시로서도 젊은 여자애 혼자서 사는 방치고 참 누추했다. 같은 건물에 사는 사람들도 다 바닥 인생들이라 서로 싸우는 소리가 얇은 벽 너머로 종종 들려오곤 했다.

그래도 난 그 집이 좋았다. 사나에와 그 단칸방은 어딘가 비슷한 느낌이 있었다. 다다미 냄새가 피어오르는 좁은 공간에서 그녀가 뜨개질에 몰두하거나, 밥을 하거나, 다림질하는 모습을 바라보면 알 수 없는 행복감이 가슴을 가득 메우곤 했다.

"히로 씨."

그녀는 약간 콧소리가 섞인 목소리로 그렇게 나를 불렀다. 그럴 때마다 내 가슴이 살짝 설렜다.

히로 씨, 오늘은 뭐 먹을까?

히로 씨는 워낙 말이 없으니까.

히로 씨, 오늘 학교 갔다 왔어?

히로 씨, 우리 이렇게 계속 같이 지내자. 앞으로도 오래오래 같이 살았으면 좋겠다.

나는 그런 그녀의 말에 솔직한 반응을 보이는 게 쑥스러워 언제나 무뚝뚝한 반응을 보이곤 했다.

그녀와 같이 지내던 이 동네에 애착을 갖게 된 것도 그 무렵이다. 목조건물이 다닥다닥 붙어있는 주택가, 좁은 길을 사이에 두고 다양한 가게들이 늘어선 활기찬 상점가, 숨바꼭질하듯 곳곳에 빼꼼히 얼굴을 드러내는 신사, 작고 구불구불하고 어디로 이어질지 예측하기 힘든 골목길. 이 동네에는 구획정리가 된 깔끔한 주택가와는 다른 분위기와 감성이 있었다.

나는 사나에와 함께 발길 가는 대로 동네를 돌아다니곤 했다. 저 귀퉁이를 돌아가면 뭐가 나타날까? 이 길은 어디로 이어질까? 어렸을 때처럼 기대에 차서 설레는 마음으로 동네를 탐색했다.

노무라 커피는 그렇게 골목골목을 탐색하다가 우연히 발견한 가게다. 이윽고 나와 그녀의 단골 커피숍이 되었고, 최종적으로는 사나에와 내가 그녀의 단칸방을 제외하고 제일 많은 시간을 보내던 장소가 되었다.

블렌드 커피 한 잔에 230엔. 도저히 맛있다고 할 수 없는 커피였다. 그래도 당시 우리에게는 그 한 잔이 더할 나위 없이 소중한 외출의 맛이었다.

그러는 한편, 그 무렵의 나는 누구보다 큰 야심을 가진 사내였다. 소음과 굴뚝으로 둘러싸인 공업지대였던 고향이 너무 싫어서 대학 입학과 동시에 도망치듯이 도쿄로 뛰쳐나왔기에, 상경한 뒤로도 늘 뭔가를 이루어야 한다는 초조함을 안고 살았다. 언젠가 크게 성공할 거라는 꿈을 남몰래 품고 있었다. 밝게 갠 날에도 햇빛이 제대로 들지 않던, 그 어두컴컴한 고향 촌구석에서 시시하게 끝날 인생이 아니라고 굳게 믿었으니까.

사나에와 사귄 지 1년 반 정도 지났을 즈음, 내게 기회가 찾아왔다. 3박 4일간의 임상실험 아르바이트에 참여했을 때 옆 침대를 쓰던 남자가 같이 사업을 해보지 않겠느냐는 제안을 해온 것이다. 그 사람 말에 따르면 자기 아버지가 무역 관련 일을 하고 있고, 그 연줄을 최대한으로 이용해서 수입업을 시작할 계획인데, 자기를 도와주지 않겠느냐는 것이었다. 약간 미심쩍은 이야기였지만 나는 그 제안을 덥석 받아들였다. 내 처지에 다시 없을 좋은 기회일 것만 같았고, 귀가 솔깃할 정도로 흥미로운 이야기였다.

'유러피언 앤티크'라는 말을 생전 처음 들어봤을 정도로 아무것도 모르고 시작했지만, 그 사업은 어이없을 정도로 잘 풀렸다. 1970년대 말, 일본이 급속도로 풍요로워지는 가운데 서양의 낡은 가구나 식기를 찾는 부자들이 수도 없이 많은 데 반해 그런 상품을 들여오는 업자는 손에 꼽을 정도였다. 인터넷은 물론이고 핸드폰조차 없던 시대였다. 외국 현지에서 싸게 들여온 평범한 탁상시계와 작은 책상 하나를 사려고 원가의 10배 이상이나 되는 돈을 턱턱 내는 손님들도 있었다. 내가 상대한 손님들은 하나뿐인 양복을 입은 평범한 대학생인 나에게 아무 의심 없이 큰돈을 내밀었다. 내가 양복 안에서는 진땀을 흘리며 일하고 있는 줄도 모르고 말이다.

순식간에 바빠졌다. 멈춰있던 내 삶의 톱니바퀴가 느닷없이 요란하게 돌아가기 시작했다. 지금까지는 남아돌던 시간이, 커피숍에서 한가로이 보내던 시간이, 거짓말처럼 당장 처리해야 하는 업무들로 메워졌다. 외국을 여기저기 돌아다니는 일도 많아졌다.

나는 차츰 사나에의 집으로 오지 않게 되었다. 일주일, 때로는 열흘 이상.

그래도 가끔 불쑥 얼굴을 내밀면 사나에는 밥을 차려놓고 기다리고 있었다. 웃는 얼굴로 "히로 씨, 일하느라 힘들지?" 하며 나를 맞아주었다.

그런데 그런 사나에의 태도가 점점 짐처럼 부담스럽게 느껴졌다. 변함없이 얌전히 기다려주는 그녀가 고맙기보다는 답답하고 짜증스러웠다. 그녀의 집이, 이 동네가 갑자기 초라하게 느껴졌다. 좁은 골목에 우두커니 서서 그녀의 집 창문에서 새어나오는 불빛을 올려다보며 '나는 왜 그동안 이런 곳에서 제자리걸음이나 하고 있었지?' 하는 생각을 했다.

그러다가 결국, 어느 비 오는 밤을 기점으로 사나에에게 다시는 가지 않게 되었다.

사나에라면 잘살 거야.

나 같은 놈보다 훨씬 좋은 남자를 만날 수 있을 거야.

그녀는 나처럼 야심으로 가득 찬 인간과는 어울리지 않는다.

그녀에게는 평범한 행복이 필요할 테니까.

떳떳하지 못한 내 마음을 정면으로 마주하지 않으려고 그렇게 말도 안 되는 변명을 속으로 늘어놓았다.

헤어지자는 말을 꺼내자 백열등 불빛에 비친 사나에의 볼에 눈물이 반짝였다. 미안한 마음을 담아 얼마간의 돈을 건네려 했는데 그녀는 끝까지 그 돈을 받지 않았다.

"나는 그 커피숍에서 마시는 커피, 당신이랑 같이 마시는 그 커피가 제일 맛있었어요" 하고 그녀는 마지막에 단호하게 말했다.

강한 의지가 담긴 그녀의 눈동자를 바라보고 있자니 내가 지금 뭔가 엄청난 잘못을 저지르는 게 아닐까, 혹시 돌이킬 수 없는 과오를 저지르는 게 아닐까 하는 생각에 오금이 저려왔다. 그래도 나는 자꾸만 마음속에 솟아나는 그런 생각들을 떨쳐내고 비 내리는 거리로 뛰쳐나가면서 그녀를 떠났다. 그리고 다시는 이곳으로 돌아오지 않겠다고 결심했다.

일은 잘 돌아갔다. 사업이 확장되었고, 자잘한 부자들을 상대하다가 나중에는 더 큰 거래를 하게 되었다. 명함이 부끄럽지 않을 만큼의 직위에 올랐고, 일하는 데에서 기쁨도 찾았다.

서른 중반 무렵이 되자 결혼 이야기가 나왔다. 중간중간 여자랑 적당히 만남은 있었어도 결혼에 대해서는 한 번도 생각해보지 않았다. 그런데 우리 회사에 꽤 큰 지분이 있는 자산가 노인의 딸이, 파티에서 몇 번 만난 나를 퍽 마음에 들어한다는 이야기였다.

두 번의 이혼 경력, 나보다 열 살 가까이 연상이라는 점, 누가 봐도 센스가 있다고 보기 힘든 화려하기만 한 옷차림 등 마음에 들지 않는 요소는 수도 없이 많았다. 그러나 당시의 내게는 그런 것들이 보이지 않았다. 그녀가 가진 배경이, 그녀 뒤로 훤히 보이는 것들이 너무도 매력적으로 다가왔기 때문이다.

바로 이것이 두 번째로 저지른 큰 잘못이었다.

제대로 된 결혼생활은 3년도 채 지속하지 않았다. 너무도 어이없게 파탄이 났다. 아내는 결혼 후 얼마 지나지 않아 다른 남자에게 빠져버렸다. 나로서도 처음부터 거의 없었던 아내에 대한 애정이 완전히 사라졌다.

그런데 아내는 체면을 따지면서 자기와 이혼할 거라면 지금 회사에서도 나가라고 윽박질렀다. 자기 얼굴에 먹칠하게 내버려 둘 수 없다면서. 아내의 말은 곧 그녀의 아버지가 하는 말이기도 했다.

이혼하면 지금껏 필사적으로 쌓아온 모든 것을 잃게 된다는 생각에 아내의 기분을 거스르지 않게 고심하면서 겉으로만 순조롭게 보이는 부부생활을 이어가야 했다. 일에 대해서도 예전처럼 마음을 쓰지 못하게 되었다. 그런 생활을 6년이나 지속했다.

아내와의 생활이나 일에 대한 중압감으로부터 벗어나기 위해 차츰 술에 손을 대기 시작했다.

이것이 세 번째 잘못이었다.

술에 취하면 모두 잊을 수 있었다. 하찮은 인간관계도, 앞이 보이지 않는 미래도, 수시로 나를 괴롭히는 허무함도.

그러나 술이 깨면 또다시 마주하고 싶지 않은 일상이 찾아왔다. 주량은 점점 늘어갔고, 나중에는 일하면서도 술을 마시게 되었다. 음식을 먹으면 모조리 토해버릴 정도로 속이 망가졌는데도 술을 마시지 않고는 견딜 수가 없었다.

그러던 어느 날, 결국 쓰러져서 병원에 실려 갔다. 직장을 잃었고, 집에서도 쫓겨났다.

그 뒤로는 나도 나를 어쩌지 못할 지경에 이르렀다. 브레이크가 고장 난 기관차였다. 그래도 돈은 아직 충분히 있었다. 나는 밤낮 없이 술에 절어 살았다. 허름한 빌라 단칸방에 틀어박혀서 끝없이 마셔댔다. 그렇게 마시면서 이렇게 망가져 버린 나 자신과 이 세상을 원망했다.

한밤이 되면 나는 종종 울면서 다짐했다. 내일부터는 술을 끊고 인생을 다시 살아보자, 내일부터 정신 차리자, 오늘까지만 마시는 거다, 그런 일이 매일 반복되었다. 거울을 보면 눈두덩이가 축 처진 생전 처음 보는 추레한 남자의 얼굴이 있었다.

그 무렵부터였다. 사나에가 생각나기 시작한 것은.

술에 잔뜩 취한 머리가 되면 나는 그녀를 그리워했다. 세탁소에서 일하던 모습, 커피잔을 두 손으로 감싸듯이 드는 버릇, "히로 씨" 하고 나를 부를 때의 간질간질하고 달콤한 목소리…… 수십 년 세월이 지났어도 그 모든 것이 선명하게 떠올랐다.

그때가 나의 가장 행복한 시절이었는데.

당시의 나는 그런 날들을 쓰레기처럼 취급했다. 얼마나 소중한지 깨닫지 못하고 이제는 필요 없다면서 쓰레기통에 처넣었다. 현재의 내가 과거의 나에게 욕을 퍼부었다. 멍청한 놈. 사실 사나에를 잃고서라도 꼭 가져야만 하는 무언가 따위는 처음부터 존재하지도 않았는데. 그 사실을 지금에서야 깨닫다니.

사나에가 보고 싶다.

그녀의 얼굴을 다시 보고 싶다. 그 부드러운 목소리를 듣고 싶다.

하지만 어떻게 이런 모습으로 그녀 앞에 나타날 수 있을까? 어떻게 이 만신창이가 된 얼굴로 그 동네에 돌아갈 수 있겠는가?

괴로워하던 어느 날, 나는 휘청이는 걸음으로 탐정사무소를 찾아가 사나에를 찾아달라고 의뢰했다. 찾아낸다고 해서 당장 그녀를 만나러 갈 생각은 아니었다. 다만 그녀가 지금 어떻게 지내는지 알고 싶었다. 잃어버린 공백의 시간 동안 그녀가 어떤 식으로 살아왔는지 궁금했다. 떠나면서 내가 바랐던 것처럼 행복하게 잘 지내고 있을까?

그러나 탐정사무소가 전해준 사실은 가혹하기 그지없었다.

사나에는 2년 전에 사망했다고 했다. 암이었다. 재발한 암이 여기저기 전이되어 그녀의 목숨을 앗아갔다.

충격이었다. 술기운에 몽롱한 머리를 한 대 얻어맞은 것 같이 띵해졌다.

사나에가 죽었다고?

어떻게 그럴 수가 있어?

나는 탐정사무소 직원이 내민 서류를 갈가리 찢어버린 다음 조사를 담당한 남자의 멱살을 잡고서 고래고래 소리쳤다.

"야, 이 새끼야! 너 무슨 헛소리를 하는 거야? 내가 주정뱅이라고 깔보고 조사도 제대로 안 했지? 당장 다시 찾아봐!"

사무소에 있던 남자들이 소리소리 질러가며 난동을 부리는 나를 덥석 잡더니 사무소 밖으로 내동댕이쳤다. 갈가리 찢어진 조사서도 함께 내팽개쳐졌다. 나락으로 떨어진 듯 비참한 기분이 되어 집으로 돌아갔다. 내가 찢은 조사서를 테이프로 일일이 붙인 뒤 그제야 꼼꼼히 들여다보았다. 그 서류에는 내가 몰랐던 사실들이 담겨있었다.

내가 떠나고 5년 후에 사나에가 결혼했다는 사실, 원래 살던 단칸방에서 그리 머지 않은 곳에서 계속 지냈다는 사실, 딸이 한 명 있으며 이름이 아야코라는 사실.

아야코, 하고 멍한 머리로 중얼거렸다.

사나에가 남긴 딸.

정신을 차려보니 나는 어느새 그 이름에서 구원을 찾고 있었다. 그 이름은 저 멀리 천상에서 어두운 지옥으로 내려진 한 자락 구원의 끈처럼 느껴졌다.

그렇게 나는 본 적도 없는 존재에 매달리다시피 하며 밑바닥을 헤매던 상태에서 벗어나겠다는 각오를 겨우 갖게 되었다.

이튿날도 장기 숙박하는 비즈니스호텔에서 나와 또다시 트렁카로 향했다.

도대체 언제부터 이 상점가에 이렇게 많은 관광객이 오게 되었을까? 예전에는 이런 구도심 서민 동네를 구경하려고 일부러 찾아오는 사람은 아무도 없었다. 이 또한 시대의 흐름인 걸까.

나는 사람들로 넘쳐나는 큰길을 피해 다닥다닥 붙은 처마 밑으로 빨래가 죽 널려있는 좁은 골목길을 걸었다. 이윽고 저 멀리 막다른 곳에, 외벽의 삼분의 일 정도를 초록색 담쟁이가 뒤덮은 갈색 건물이 보였다.

이미 잘 알고 있다. 여기는 이제 예전의 그 커피숍이 아니다. 사나에는 이제 없다. 게다가 아야코가 드나든다고 해도 나와 무슨 상관이 있겠는가.

하지만 서글프게도 달리 갈 곳이 마땅히 떠오르지 않았다.

술기운에서 벗어난 지 오래됐는데도 여전히 꿈속에 있는 사람처럼 발걸음을 옮기다 보면 어느 결에 여기 와있다.

"어서 오세요."

오늘도 가게 주인이 근엄한 목소리로 나를 맞았다. 스테인드글라스 창문으로 희미한 빛이 비쳐 들면서 창가 자리는 푸르스름하니 신비한 색깔로 물들어 있었다. 나는 항상 앉는 카운터 제일 끝자리로 향했다.

오늘은 아야코가 없다. 조금 실망했다. 아야코가 가게 안에 있으면 있는 대로 안절부절못하면서 없다고 실망하다니, 내가 봐도 우스울 따름이다.

지금쯤 그녀는 요미세 거리에 있는 꽃집에서 아르바이트를 하고 있을 것이다. 몇 번 그곳에서 그녀를 본 적이 있다. 5월의 햇살처럼, 마치 오늘 날씨처럼 밝고 화사한 기운을 뿌리며 손님을 맞는 모습이 눈앞에 선하다. 아마도 본업이 따로 있는 모양인데 무슨 일을 하는지는 알 길이 없다.

평소 습관대로 블렌드 커피를 주문했다. 가게 주인이 "네" 하고 늘 그렇듯 조용히 응대했다. 어제 몇 마디 말을 주고받아서 그런지 가게 주인에 대한 친근감이 느껴졌다. 이 남자와 조금 더 이야기해 보고 싶었다.

그러나 이 나이 들어서 말하기엔 좀 민망하지만, 나는 예전부터 극단적으로 낯을 가리는 편이다. 내가 지닌 이 무뚝뚝하고 퉁명스러운 말투는, 그런 나의 본심이 자칫 드러나 얕보일까 싶어서 야쿠자 영화에 나오는 남자들의 말투를 흉내 내다 보니 어느새 버릇이 들어버린 것이다. 몇십 년 동안 이런 말투로 살아왔기 때문에 지금에 와서 고칠 수도 없다. 화가 났거나 기분이 나빠서 그런 태도가 나오는 게 절대 아닌데, 가게 주인이 과연 그 사실을 눈치챘을까 모르겠다.

"커피가 몸에 안 좋다고 하던데, 도대체 어디에 안 좋은 건지 모르겠네."

뭐라도 말을 걸어보고 싶은 마음에 혼잣말처럼 불쑥 중얼거렸다. 괜한 말이었나 싶었는데, 가게 주인은 자기한테 말을 걸었다는 사실을 알아차렸는지 이쪽으로 얼굴을 돌렸다.

"아아, 그런 말이 예전부터 있기는 했지요."

"그렇지……"

"네……"

침묵.

나는 으흠, 하고 헛기침을 한 다음 말을 이어갔다.

"그게, 내가 몸이 좀 안 좋은데…… 이렇게 매일 커피를 마셔도 괜찮나 싶어서……"

"아, 혹시 위가 안 좋으신 건가요?"

"그런 건 아니고."

"그러면 크게 상관이 없을 것 같네요."

가게 주인이 싱긋 웃으면서 말했다.

"카페인에 발암 성분이 없다는 사실은 이제 충분히 밝혀졌으니까요. 다만 커피에는 위액 분비를 촉진하는 작용이 있어서 위가 안 좋으신 분들은 자제하시는 편이 낫겠지요."

"그럼 위장에 문제가 없는 사람은 걱정하지 않아도 된다는 뜻이겠지?"

"그렇지요. 예전에는 담배처럼 커피도 몸에 해롭다고 믿는 사람들이 있었던 모양인데, 커피를 담배 같은 발암물질하고 똑같이 취급할 수는 없지 않겠습니까? 적어도 좋은 원두를 써서 제대로 내린 커피라면 건강에 나쁜 영향을 줄 가능성은 거의 없다고 보셔도 됩니다. 물론 지나치게 섭취해서 좋은 건 아무것도 없겠지요. 그게 알코올이건 고기건 커피건, 결국 적당히 즐기는 게 제일 중요한 일 아니겠습니까?"

가게 주인은 "간단한 원리죠" 하고 마지막 한마디를 덧붙이며 미소를 지었다.

"적당히 즐기는 게 중요하다……."

나는 자조 섞인 한숨을 쉬면서 중얼거렸다. 몇 년 전의 나는 그런 간단한 원리조차 제대로 알지 못했다.

이 동네로 돌아오기 위해, 아야코를 한 번만이라도 보기 위해 술을 끊어야겠다고 결심하고 찾아 들어간 알코올의존중 전문치료센터에는 나와 같거나 나보다 더 비참한 사람들로 가득했다. 간단한 원리를 깨닫지 못한 우리는 그곳에서 과거의 잘못에 대한 대가를 톡톡히 치러야만 했다. 그곳에 있는 모든 이들이 술에 손을 댔던 예전의 자신을 원망하면서 과거의 자기를 만날 수 있다면 죽도록 패서라도 그만두게 할 거라고 진지하게 말하곤 했다.

뭐, 일단 다 지난 이야기다. 나는 생각하고 싶지 않은 날들을 떨쳐내듯이 고개를 저으며 다시 대화를 이어갔다.

"그러면 어째서 커피가 몸에 안 좋다고 생각하는 치들이 그리 많은 거지?"

"아마 빛깔도 그렇고, 쓸쓸한 맛이 별로 유익하게 보이지 않아서겠지요. 그리고 커피 중독자 중에는 미친 듯이 일하면서 끊임없이 마셔대는 사람도 있지 않습니까. 그렇게 제대로 식사도 하지 않으면서 매일 커피만 마시면 누구나 건강을 해치겠지요. 그런 나쁜 이미지들이 이것저것 뒤섞여서 그런 소문이 나온 게 아닐까요?"

가게 주인은 커피 이야기를 할 수 있어서 반가웠는지, 아니면 그냥 떠드는 걸 좋아하는지, 한번 입을 연 뒤로는 끝없이 말을 이어갔다.

"게다가 옛날에 '악마의 음료'라는 별명으로 불린 적도 있어서 그런 부정적인 이미지가 뿌리 깊게 자리 잡았을 수도 있겠네요."

"악마의 음료라고?"

호기심이 생겨서 김이 살짝 피어오르는 커피를 입에 갖다 대며 물었다. 나에게 악마의 음료라면 영락없이 술인데 말이다.

"원래 커피는 17세기 초반까지 이슬람 문화권의 음료여서 그 문화권 바깥의 사람들 대부분은 부정한 음료라고 여겼던 모양입니다. 그런데 로마 교황 클레멘스 8세—였던 걸로 기억하는데요—가 한 모금 마시고는 그 맛에 완전히 매료되었다고 하지요. 그래서 고육지책으로 커피에 세례를 주고는 부정함을 없앴다는 명분을 내세워서 기독교인들도 마실 수 있게 했다는 이야기가 있습니다."

"커피에 세례를? 말도 안 되는군."

뜨거운 커피를 마시면서 피식 웃어버렸다. 악마의 음료라는 말이 무색하다.

"말도 안 되는 일이지요. 하지만 교황은 그렇게 해서라도 커피를 마시지 않고는 견딜 수 없었을지도 모르니까요. 그게 바로 악마에게 매료된 게 아닐까요?"

"그래서 악마의 음료라고 부르게 되었다는 건가? 이제야 납득이 되는군."

트렁카라는 이름이 처음에는 영 어색했는데 커피도 맛있고, 이 남자는 의외로 아는 게 많다. 나름 괜찮은 곳 같다.

나는 괜히 으흠, 하고 헛기침을 한 차례 한 뒤에 "이야기가…… 꽤 흥미롭군" 하고 말했다.

가게 주인은 "감사합니다" 하면서 한껏 미소를 지었다. 나름 칭찬한답시고 한 말이었는데 과연 제대로 알아들었을지 모르겠다.

날이 저물기 전에 트렁카에서 나왔다.

오랜만에 다른 사람과 제대로 된 대화를 주고받아서인지 평소보다 약간 기분이 좋았다. 그래봤자 아주 조금이지만 말이다.

수채화 물감으로 칠해놓은 듯 연한 파란색으로 빛나는 하늘 아래 골목을 벗어난 내 발걸음은 자연스럽게 요미세 거리 쪽으로 향했다. 센베이(일본의 전통 과자 – 역주)가게, 약국, 생선가게 등 언제나처럼 같은 가게들을 지나 얼마쯤 더 가자 달콤한 향기가 풍겨왔다.

아야코가 일하는 꽃집이다.

어쩌면 전에 없이 들뜬 상태여서 그랬는지도 모른다. 여느 때 같으면 꽃집도 흘깃 곁눈질만 하고 지나치곤 하는데, 오늘은 나도 모르게 발걸음을 멈추고 말았다. 그리고 형형색색의 꽃들을 멍하니 쳐다보았다. 꽃의 종류에 대해서는 아는 게 거의 없어서 튤립과 팬지 정도만 그나마 알아봤다. 노란색, 빨간색, 보라색, 하얀색. 갖가지 꽃들이 햇살을 받아 저마다 선명한 색채를 내뿜고 있다.

"어서 오세요. 어떤 꽃을 찾으시나요?"

말소리에 깜짝 놀라 고개를 들었더니 아야코가 바로 옆에 서 있었다. 평소처럼 편한 청바지에 가게 이름을 새긴 앞치마 차림이었다. 길고 풍성한 머리는 하나로 묶었고, 눈부시도록 환한 미소를 지은 얼굴이었다.

"아니, 그게……."

몰래 숨죽이면서 그녀 주변을 맴돌기 시작한 지 2주가 지났다. 처음으로 말을 섞었다. 그러고 싶지 않은데 마치 누군가 내 목을 억지로 고정해 놓은 것처럼 정면으로 그녀를 응시하게 된다.

아야코는 내 눈길이 자기에게 고정되어 있다는 사실을 알아차리고는 어리둥절한 표정으로 고개를 갸웃거렸다.

"왜 그러세요?"

아니, 아무것도.

그렇게 말하려는 순간, 느닷없이 시야가 일그러졌다. 정신을 차려보니 땅바닥에 한쪽 무릎을 대고 있었다. 심장박동이 급격하게 빨라지면서 머릿속까지 심장이 방망이질하는 소리가 울려왔다. 갑자기 숨쉬기가 힘들어졌다.

이 동네에 온 이후로 신기할 정도로 컨디션이 좋아서 잊고 있었다. 오랫동안 알코올에 빠져 살았던 나는 간이 파괴되는 사태만은 간신히 모면했으나 심장이 그간 지나치게 무리를 했다. 그 영향이 아직도 계속되어서 가끔 심한 발작이 파도처럼 들이친다.

그런데 하필 이 타이밍이라니 너무하지 않은가.

"어머, 저기, 괜찮으세요?"

당황한 아야코의 목소리가 머리 위에서 들렸다. 나는 눈도 뜨지 못한 채 "으응……" 하며 간신히 고개를 끄덕였다.

"하지만 전혀 안 괜찮은 것 같은데. 자, 일어서 보세요."

그녀가 내 팔을 잡고 억지로 잡아 일으켜 세웠다. 그러고는 무거운 내 몸을 가냘픈 어깨로 떠받쳐서 꽃집 안쪽을 가로질러 철제 의자에 앉혔다.

"뭐라도 드릴까요? 물?"

"아니, 됐어……. 조금만 기다리면 괜찮아져."

아야코와 눈을 마주친 순간에 발작이 시작되다니. 뻔뻔스럽게 이 동네로 돌아온 나에게 천국에 있는 사나에가 벌을 내린 것인지도 모른다.

숨을 헐떡이면서 그런 바보 같은 생각을 했다. 약도 들고 오지 않은 상태라 아픔이 지나가기를 기다리며 견디는 수밖에 없다.

이윽고 파도가 밀려가듯이 미치도록 날뛰던 심장박동이 잠잠해졌다. 그러나 금방 다시 찾아올 것이다. 여기에 이렇게 있을 수는 없다. 나는 떨리는 무릎에 힘을 주며 어떻게든 일어서려고 했다.

"자, 잠시만요. 아직 좀 더 앉아 계셔야지, 지금 일어나면 안 돼요. '조심은 때에 따라 최대의 미덕이 되기도 한다'라는 격언도 있잖아요. 괜히 눈치 보실 필요 없어요. 아무도 뭐라고 하지 않으니까요."

"그래. 하지만 이젠 정말 괜찮아."

그때 가게 밖에서 "저기요!" 하고 아야코를 부르는 손님 목소리가 들렸다. 어쩌지, 하고 망설이면서 나와 바깥쪽을 번갈아 쳐다보는 아야코를 향해 괜찮은 척 손님한테 가보라고 손짓했다.

"금방 돌아올 테니까 여기 얌전히 계셔야 해요."

그렇게 말하며 아야코는 손님에게로 갔다. 나는 그녀가 손님을 상대하는 사이에 살짝 빠져나왔다.

그날 이후로 사흘 동안, 병원에 갈 때 말고는 내내 호텔 방에
누워 천장만 바라보며 지냈다. 처방받은 약만 제대로 챙겨 먹
으면 발작은 한결 나아지는데, 대신 몸이 땅속으로 푹 가라앉
는 것처럼 너무 힘들고 지쳐서 움직이지를 못했다.

오랜만에 병원을 찾아갔더니 의사가 "이제 망설일 시간이
별로…… 결단을 내리셔야 합니다" 같은 말들을 연달아 입에
올렸다. 수술을 하라는 뜻이다. 그러나 나는 멍한 표정으로 의
사가 하는 이야기를 듣는 둥 마는 둥 했다.

"환자분 본인을 위해서 충고 말씀을 드리는 겁니다."

진찰을 끝낸 의사가 결국 한마디 내던졌다.

"하지만 누마타 씨 본인이 그런 식이면 의사로서는 어찌할
방도가 없네요."

그러더니 딱한 표정으로 한숨을 푹 쉬고는 항복이라는 듯이
두 손을 들었다.

나는 아무런 대답도 하지 않았다. 나 자신도 어떻게 하고 싶
은지 몰랐기 때문이다.

호텔 방에서 천장만 바라보며 며칠 누워있었더니 바깥 공기

를 쐬고 싶어졌다.

오랜만에 호텔을 나섰다. 오늘도 해가 나서 따뜻하다. 하늘이 높다. 길가에 늘어선 벚나무는 싱그러운 연두색 잎들로 치장하고서 바람에 몸을 맡기고 한들한들 춤을 춘다.

매일 좋은 날씨가 계속되어서 그런지 같은 날이 몇 번이고 되풀이되는 듯한 착각이 든다. 언젠가 그런 줄거리로 된 외국 영화를 봤던 기억이 난다. 주인공인 중년 남자 혼자서만 시간의 흐름에서 뚝 떨어져나와 같은 날을 계속해서 되풀이한다는 내용이었다. 딱 지금의 나 같지 않은가. 결국 그 남자는 그 무한 세계의 밖으로 나올 수 있었던가? 결말이 기억나지 않는다.

한참을 망설이다가 결국 트렁카로 이어지는 골목으로 발을 들여놓았다. 갑자기 그 가게 주인이 만드는 커피가 몹시 마시고 싶어졌다.

가게로 들어가 평소에 앉던 카운터 끝자리로 가려는데 벌써 어떤 중년의 남녀가 차지하고 앉아있었다. 하지만 테이블 자리는 영 내키지 않았다. 나중에 다시 와야겠다고 생각하며 막 나가려던 순간이었다.

"어라~?"

테이블 자리 쪽에서 커다란 목소리가 들렸다.

"아, 아저씨!"

허둥거리면서 이쪽으로 오는 체크무늬 셔츠의 여자. 누군지 보지 않아도 알 수 있었다. 아야코다.

아야코는 가게에 있는 사람들의 시선이 집중되는 것도 아랑곳하지 않고 큰 소리로 나에게 말을 걸었다.

"역시 지난번 그 아저씨네!"

"아, 음……."

어색하고 불편한 심정으로 어정쩡하게 대답했다. 그녀가 이곳에 있을 가능성은 충분히 있었다. 그러나 설마 내 얼굴을 기억하고 말을 걸어오리라고는 생각지도 못했다.

"다행이다. 그 뒤로 괜찮았어요? 무슨 나쁜 짓이라도 하다 들킨 사람처럼 도망치듯이 가버렸잖아요? 계속 마음에 걸렸는데 어떻게 여기서 만나게 되네요."

그녀에게 걱정을 끼친 것이 창피했다. 하긴, 2주 동안 지켜본 아야코의 성격으로 봤을 때 걱정하지 않았을 리가 없다. 그런 점을 뻔히 알면서 굳이 이곳으로 오다니, 내 행동을 보면 아무래도 마음속 어딘가에서는 그녀가 나를 알아봐주기를 바랐는지도 모른다. 꼴사납고 한심하기 짝이 없다.

"지난번에는 신세를 많이 졌지. 미안하군."

인사라도 제대로 해야겠다는 생각에 꾸중을 들은 어린아이처럼 우물쭈물 말했다. 그녀는 아하하, 하며 밝게 웃어넘겼다.

"신세는 무슨요. 이제 괜찮으신 거예요?"

"음……."

'결단을 내려야 합니다'라고 의사가 한 말이 문득 뇌리를 스쳤다. 하지만 지금은 그냥 고개를 끄덕였다.

"다행이다."

"아야코쨩, 이쪽 손님하고 아는 사이?"

가게 주인—다치바나라는 성은 지난번에 대화를 나누며 처음 알게 되었다—이 문 앞에 서서 이야기하는 우리 옆으로 다가와 뜻밖이라는 표정으로 물었다.

"아, 마스터. 지난번에 일이 좀 있어서."

"그래? 그럼 자리에 앉아서 이야기하지 그래?"

아야코는 다치바나의 말에 "음" 하며 잠시 생각하더니 "하긴, '인생은 만남이고 그 초대는 두 번 되풀이되지 않는다'라는 말도 있으니까, 잠시 앉을까요?" 하며 나를 향해 생긋 웃었다. 그 얼굴을 본 나는 반사적으로 고개를 끄덕이고 말았다.

"그런 차림이면 덥지 않나? 겉옷은 좀 벗지 그래요?"

아야코는 테이블 자리 앞에서 어쩔 줄 몰라 하는 나에게서 반강제적으로 재킷을 벗겨 벽에 있는 옷걸이에 걸었다. 추레하니 볼품없이 축 늘어진 재킷이 꼭 내 모습 같아서 보기 싫었다.

무슨 말을 해야 할지 몰라 입을 꾹 다물고 있었다. 가게 주인의 딸내미가 들고 온 커피를 한 모금 마시려는데 손이 떨려서 잔을 제대로 들 수가 없었다. 알코올 금단증상이 다시 찾아왔나 하고 당황했지만 그럴 리가 없었다. 1년 동안 술이라고는 한 방울도 입에 대지 않았으니까. 그렇다면 심장은 왜 비정상적으로 빨리 뛰고 있는 걸까. 게다가 발작을 일으킬 때와는 증상이 좀 달랐다.

아무래도 긴장한 모양이다. 손바닥이 찐득한 땀으로 젖은 것도, 심장이 쿵쾅거리는 것도 모두 그 때문이었다. 오랫동안 이런 감정을 잊고 살았는데, 사나에의 딸을 앞에 두고 감당이 안 될 정도로 긴장해 버린 것이다.

아무 말도 못 하고 있었더니 아야코는 내가 불쾌해서 그런다고 착각한 모양이었다.

"혹시 제가 너무 친한 척 무례하게 굴었나요? 이 동네 사람 아니죠? 제가 워낙 여기서 나고 자라서 이 동네 사람들하고는 격의 없이 편하게 지내거든요……."

"아니, 상관없어."

내가 퉁명스럽게 고개를 저었다.

"응?"

"그러니까, 괜찮다고."

"진짜로 괜찮아요?"

"그래. 아까처럼 편하게 대해도 상관없다는 말이야."

내가 필사적으로 말하자 그녀가 생긋 미소를 지었다. 그 웃는 얼굴을 똑바로 쳐다볼 수가 없었다.

"응, 그럼 그렇게 할게요."

그렇게 말하더니 "저는 혼죠 아야코. 나이는 스물여섯이에요"라고 간단하게 자기소개를 했다. 나는 이름만 말했다. 아야코는 여전히 활짝 웃는 얼굴로 말을 이었다.

"아저씨 혹시 '뭐지, 이 이상한 여자는' 하고 생각하고 있는 건 아니죠? 아무리 이런 성격이라고 해도, 모두에게 이런 식으로 대뜸 친한척하지는 않거든요. 그치만 이 동네가 워낙 느긋한 분위기잖아요. 그래서 사람도 느슨해진달까, 그렇게 되더라고요. 아, 햄샌드위치 좀 드셔보실래요? 이렇게 아는 사이가 됐으니까 기념으로 하나 줄게요."

아야코는 내가 가게에 들어오기 전에 주문해 두었던 샌드위치를 한입 가득 우물거리면서 놀라울 정도로 쉴 새 없이 재잘거렸다.

"괜찮아. 배가 안 고파서."

사실은 아침부터 먹은 게 없었다. 그렇지만 아무것도 먹히지 않을 것 같았다.

"그래요? 진짜 맛있는데."

처음 아야코를 봤을 때는 사나에하고 별로 안 닮았다고 생각했다. 아담한 몸집이었던 사나에와 달리 키도 크고, 무엇보다도 풍기는 분위기가 다르다. 사나에는 길가에 홀로 핀 들꽃 같다고나 할까, 아무튼 조용하고 온화한 여자였다. 그런데 아야코는 꽃집에서 제일 앞줄에 장식하는 화려한 꽃과 같은 밝은 분위기를 가지고 있다.

그래도 핏줄은 틀림없구나, 하고 느끼게 되는 부분들도 있었다. 가까이서 보니 코와 귀의 모양이 많이 닮았다. 말투는 전혀 다른데 콧소리가 약간 들어간 목소리는 똑같이 들린다. 그리고 무엇보다 눈을 가늘게 뜨고 미소를 짓는 표정 속에 사나에의 모습이 그대로 겹쳐 보여 자꾸 내 마음이 이리저리 흔들렸다.

누군가 내 상황을 알게 된다면 한때 연인이었던 이의 딸과 만난 정도로 뭘 그리 난리냐고 비웃을 수도 있다. 나도 내가 왜 이러나 싶다. 그러나 오십 평생 유일하게 사랑했던 여자, 다시는 보지 못하리라고 생각했던 여자가 지금 내 눈앞에 있는 이 아이의 핏줄 속에 확실하게 존재하는 게 느껴졌다. 너무도 애틋하고 그리워서 가슴이 찢어질 것 같았다.

"흐음~?"

샌드위치를 깔끔하게 먹어 치운 아야코는 무슨 이유에서인

149

지 미심쩍어하는 표정으로 나를 이리저리 훑어보기 시작했다.

"갑자기 든 생각인데, 혹시 우리가 전에 만난 적 있던가요? 한참 전에."

"아니, 전혀 없어."

그녀의 질문에 깜짝 놀라 허겁지겁 부인했다. 최근 2주를 제외하면 정말 한 번도 만난 적이 없다.

"그런가요? 이상하게 아저씨 얼굴이 많이 낯이 익은데……."

아야코는 그렇게 중얼거리면서 밀크 포트를 들더니 커피에 우유를 천천히 부었다. 하얀 액체가 검은 표면에 동그라미를 그리며 조용히 녹아들어 전체를 부드러운 갈색으로 바꾸었다. 그리고 보니 사나에도 커피에는 언제나 우유를 듬뿍 넣어야만 마실 수 있는 사람이었다. 원두커피라면 블랙으로 마셔야 제맛이라고 생각했던 나는 그녀가 커피에 우유를 섞을 때마다 이해할 수 없다는 눈길을 보냈고, 사나에는 "히로 씨가 마시는 게 아니잖아?" 하며 삐지곤 했다.

"엉뚱한 소리를 해버렸네, 죄송해요. 그러고 보니 '우리 전에 만난 적 있나요?'라는 말은 헌팅할 때 쓰는 고전적인 수법인데 말이죠."

아야코는 자기 이마를 탁 치면서 "아니, 그럼 내가 처음 보는 아저씨를 헌팅해 버린 거네?"하며 너스레를 떨었다. 아무래도 내가 여전히 당혹스러워하는 표정을 짓는 바람에 눈치를 보는 것 같다. 나는 흐읍, 하고 작게 숨을 들이쉬고는 커피를 반 잔 이상 단숨에 비웠다. 따뜻한 액체가 목구멍을 타고 내려가 텅 빈 위 속으로 들어가는 감각 덕분에 그나마 정신을 좀 차릴 수 있었다.

"꽃집에서 일하는 모양이군."

"알바생이지만요. 우리 가게 사장님이랑 사모님도 제가 어릴 때부터 잘 알던 분들이라 일손을 거들게 됐어요. 본업은 일러스트레이터고요. 그 일만 해서는 먹고살기가 힘들다는 게 애석한 부분이죠."

"그런가?"

일러스트레이터라니 뜻밖이었다. 사나에는 바느질과 뜨개질은 잘해도 그림 솜씨만큼은 엉망이었는데.

"기세등등하게 프리랜서로 나섰는데, 와아! 이 업계가 장난이 아니더라고요. 꾸준하게 들어오던 일이 지난달에 끝나는 바람에 지금은 잡지의 컷 그림 하나만 하고 있어요."

"그렇군."

"아저씨는 어때요?"

"어떻다니, 뭐가?"

뭘 질문하는지 몰라서 다시 물었다.

"그러니까, 무슨 일을 한다든지, 뭐 그런 거요."

"아아…… 얼마 전까지 무역 관련된 일을 했었지."

"흐음, 지금은?"

"지금은…….."

"아, 혹시 실례되는 질문이었나요?"

"아니, 그렇지는 않은데. 지금은 아무 일도 안 해."

"아아, 그렇구나. 뭐, 살다 보면 그럴 수도 있는 거죠."

어설픈 맞장구를 쳐주니까 오히려 더 비참한 기분이 들었다. 나는 다시 커피잔에 입을 대며 대답했다.

"다 내 잘못으로 벌어진 일이야. 그러니 남 탓도 할 수 없고."

"그래도 '성취하려던 뜻을 단 한 번의 실패 때문에 저버리면 안 된다'라는 말도 있잖아요."

"그게 대체 무슨 소리야?"

이 애는 가끔 요상한 말을 입에 올린다.

"격언이요. 어렸을 때부터 격언을 무지 좋아해서 뭔가 도움이 되겠다 싶으면 모조리 적어두는 습관이 있거든요. 물론 경우에 안 맞는 격언을 인용해서 여기 마스터한테 웃음거리가 되는 일도 많지만. 방금 그건 셰익스피어……였나? 아무튼 한 번 실수했다고 그대로 포기하지 말라는 뜻이잖아요. 그러니까 아저씨도 새로 시작하면 된다고요."

"새로 시작하다니, 무리야."

"단칼에 잘라버리네."

아야코가 웃었다. 표정이 수시로 바뀐다.

"그래도 저는 그런 생각이 항상 들더라고요. 뭔가 삐걱거리고 잘 안 되는 일이 있을 때도 있지만, 언젠가는 그런 실패도 소중한 경험이 될 거라고. 게다가 새로운 일을 시작할 때는 귀찮은 것도 많지만 막 기대되고 설레기도 하잖아요."

"긍정적이네."

"유일한 장점이죠. 3년 전에 엄마가 돌아가셨을 때는 정말 넋이 나간 애처럼 지냈는데 계속 그런 식으로 살면 안 되겠다는 생각이 들어서."

"······그렇군."

커피잔을 내려다보면서 내가 중얼거렸다. 아무래도 사나에는 대단한 딸을 둔 모양이다.

"네. 그러니까 아저씨나 저나 너무 열심히는 말고, 적당히 열심히 살아요. '세상은 아름답다. 싸울만한 가치가 있다'라는 말도 있으니까요. 이건 미국의 대작가인 헤밍웨이의 말이에요."

그녀는 그런 격언을 내뱉으며 손가락으로 V자를 만들어 보였다.

그렇게 한 시간가량 우리는 이런저런 대화를 주고받았다. 물론 대부분은 아야코가 말을 하고 나는 가끔 맞장구를 치는 정도였지만. 그런데도 그 시간이 무척 좋았다. 헤어질 무렵에 나는 용기를 쥐어짜서 그녀에게 물었다.

"우리, 또 만날 수 있나?"

아야코는 한순간 허를 찔린 사람처럼 눈을 동그랗게 떴다가 금세 웃는 얼굴이 되어 "물론이죠!" 하고 대답해 주었다.

"히로 씨."

누군가 이름을 불러서 돌아보니 사나에였다. 다다미 여섯 장의 간소한 단칸방, 2층짜리 연립주택의 2층 제일 끝 집, 코를 찌르는 다다미 냄새⋯⋯. 저녁 햇살이 창문으로 강렬하게 들어와 다다미 바닥에 빛의 사각형을 그려놓는다.

나는 창문틀에 앉아있다. 창밖으로 석양에 물든 경치가 보인다. 키 작은 집들이 다닥다닥 붙어 선 주택가에 밤이 찾아오려 하고 있다. 기와지붕들과 전봇대가 오렌지색으로 물들고, 길을 오가는 사람들은 길게 늘어진 그림자를 질질 끌며 걸어간다. 근처에서 아이들의 통통 튀는 웃음소리가 들리고 저 멀리서 구급차 사이렌 소리가 가까워졌다가 다시 멀어진다.

아무래도 사나에와 함께 지내던 시절의 꿈을 꾸는 모양이었다.

"무슨 생각을 하고 있어?"

꿈속에서 정좌한 자세로 뜨개질을 하던 사나에가 창가에 있는 나에게 말을 걸었다. 빨간 방석이 그녀가 늘 앉던 자리다.

"아무 생각도. 그냥 바깥을 보고 있었지."

현실에서도 이런 일이 있었지, 하고 생각하면서 내가 대답했다.

"히로 씨는 로맨티스트네."

"뭐가?"

사나에가 뜻밖의 소리를 하기에 되물었다.

"저녁때만 되면 그렇게 바깥을 내다보고 있잖아."

"어쩌다 보니 그런 거지."

"그런가?"

"그렇다니까."

내가 고집을 부리면서 강조해도 사나에는 웃음을 머금고 내 얼굴을 빤히 쳐다볼 뿐이었다.

"히로 씨는 이 동네 저녁노을이 좋아?"

"글쎄. 저녁노을은 어디나 똑같지 않나?"

"나는 참 좋더라."

사나에가 내 옆으로 다가와서 엉덩이를 옆에 살짝 붙이며 앉았다.

"여기서 이 작은 동네에 해가 지는 풍경을 보고 있으면 뭔가 마음이 푸근해지고, 그러면서도 좀 쓸쓸한 기분이 들거든."

"로맨티스트는 내가 아니라 사나에 같은데."

내가 그렇게 말하며 웃었다.

"사실 그렇지. 몰랐어?"

재미있어하는 사나에의 볼이 마지막 석양빛을 받아 동네 풍경처럼 오렌지색으로 물들었다. 예쁘다. 진심으로 그렇게 생각했다. 이렇게도 아름다운 존재가 이 세상에 있다는 사실이, 그리고 그 존재가 손을 뻗으면 닿는 곳에 있다는 사실이 조용한 감동으로 다가와 내 마음이 벅차올랐다.

그 모습에서 눈을 뗄 수가 없어 물끄러미 바라보았더니 바깥을 내다보던 사나에가 "왜 그래?" 하며 내 쪽으로 고개를 돌렸다.

"아니, 아무것도 아냐."

쑥스러운 마음에 아무 말도 못하고 눈을 돌렸다. 내가 뜬금없이 그녀한테 예쁘다고 말하면 어떤 반응을 보일까? 깜짝 놀라서 "한여름에 눈이라도 내리겠네" 하며 웃어버릴까? 내 마음을 그녀에게 제대로 전하지 못해 영 답답했다. 조금이라도 내 마음을 알리고 싶어서 내가 할 수 있는 최대한의 말을 늘어놓왔다.

"나도 여기서 보는 저녁노을이 좋아. 이렇게 둘이서 같이 보는 게 말이야."

사나에가 부드럽게 미소를 지었다. 그리고 뭔가 생각하는 듯 어딘지 쓸쓸한 눈망울로 하늘을 쳐다보았다.

"만약에 말이야. 만약 우리가 언젠가 따로따로 떨어져 살게 되더라도…… 난 히로 씨랑 여기서 같이 본 저녁노을은 잊지 못할 것 같아. 몇 년이 지나고, 몇십 년이 지나도 생각날 거야. 이렇게 아름다운 하늘은 다시 보기 힘들 테니까……."

그때 난 뭐라고 대답했었더라. 아마 멍청한 표정으로 그녀를 쳐다보고 있었을 것이다. 사나에는 내 시선에서 도망치듯이 "아, 내가 이상한 소리를 해버렸네. 저녁 준비나 해야겠다" 하며 가만히 일어나 창가에서 멀어졌다.

'왜 그런 생각을 해? 우리는 앞으로도 항상 같이 있을 텐데. 둘이 함께 나이를 먹으면서 계속 같이 살아야지.'

그때 그녀의 등에 대고 그런 말을 할 수 있었다면, 우리의 미래가 달라졌을까? 얕은 잠 속에서 그런 생각을 했다.

그러나 꿈속의 나는 아무 말도 하지 않고 그저 가만히 창가에 앉아있을 뿐이었다.

오렌지색 하늘이 검게 변해가는 모습을 바라보면서 그저 그 자리에 가만히.

"히로 씨!"

구부정하게 등을 굽히고 걸어가는데 뒤에서 갑자기 누가 부르는 바람에 흠칫 어깨를 떨었다.

"아, 혹시 이렇게 부르는 거 싫으세요? 이름이 누마타 히로유키라고 했잖아요. 언제까지 아저씨라고 부르기도 좀 그래서. 아니면 누마 씨가 더 나아요?"

야나카긴자 상점가 한가운데에 긴 머리를 뒤로 묶고 회색 파카를 입은 아야코가 서있었다. 나는 그녀가 알아차리지 못하도록 한숨을 살짝 내쉬었다. 이름을 듣고 돌아볼 때까지만 해도 내가 아직도 꿈속에 있나 싶어 잠시 혼동이 왔다.

"트렁카 가는 길이죠? 그럼 같이 가요. 일하는 꽃집에서 화분을 받았거든요. 트렁카 창가에 장식하면 어떨까 해서 가져가는 길이에요."

아야코는 손에 든 투명한 봉지를 들어 보이며 "아마릴리스라는 꽃이에요" 하고 말했는데, 작은 화분 속의 식물은 이제 겨우 꽃봉오리가 맺힌 모습이었다. 물론 꽃이 피어있다 한들 나는 그게 아마릴리스라는 사실조차 몰랐을 테지만.

그런 사정으로 아야코와 나란히 상점가를 걷기 시작했다.

"오늘도 날씨가 좋네."

아야코가 높은 하늘을 올려다보며 한가로운 목소리로 말했다.

"그렇군."

"구름이 솜사탕 같지 않아요?"

"그렇군."

"내일도 오늘처럼 날씨가 좋대요."

"그렇군."

"거짓말인데~! 내일은 흐리다고 일기예보에서 그랬거든요. 슬쩍 흘렸는데 바로 낚였네. 히로 씨, 아무 생각 없이 적당히 대답하는 거죠?"

아야코가 내 팔을 가볍게 주먹으로 터치하며 타박했다. 아야코가 "히로 씨"라고 부르기만 하면 누가 등줄기를 살살 간지럽히는 것처럼 오싹오싹 소름이 돋는다. 그러나 그녀는 그렇게 부르기로 아예 작정한 모양이다.

"……미안하군."

"커피 한 잔 사면 없던 일로 해줄게요."

"알았어."

"아니, 아니에요! 그냥 해본 말인데. 설마 내가 진짜로 얻어 마실 거라 생각한 건 아니죠?"

"아니, 지난번에 일러스트레이터 일이 별로 없다고…….."

"아무리 그래도 커피 마실 돈이 없을까! 프리랜서는 말이죠, 앞날을 대비해서 나름 돈을 모아둔다고요. 게다가 나보다는 히로 씨가 백수잖아요. 일 안 해도 괜찮아요?"

"아직 버틸 만큼은 여유가 되니까."

내가 대답하자 아야코가 "우호~!" 하고 이상한 소리를 냈다.

"히로 씨, 도대체 모아둔 돈이 얼마나 되는 거예요? 다음에 우리 서로 통장을 까보자고요. 그래서 적게 가진 쪽이 싹쓸이하는 걸로. '너희는 이웃과 나누라'라고도 하니까."

"그럴 생각 없어."

"단칼에 잘라버리네."

우리는 멍하니 걸어가다가는 자칫 들어가는 모퉁이를 놓쳐 버릴 만큼의 좁은 골목 안으로 한 사람씩 들어섰다.

아야코하고는 그날 이후로도 두 번이나 트렁크에서 마주쳤다. 한 번은 내가 나가던 참이어서 인사만 주고받았고, 두 번째는 이야기를 조금 더 할 수 있었다. 처음 봤을 때처럼 그때도 아야코가 거의 대부분 떠들고 나는 제대로 맞장구나 쳤는지도 모를 수준의 대답을 했을 뿐이었지만, 그것만으로도 좋았다.

그렇게 몇 마디 주고받았을 뿐인 대화가 놀라울 정도로 내 마음을 긍정적으로 바꿔놓았다. 이 동네에 머물 이유가 새롭게 생긴 것 같았다. 아야코와 이야기를 나누기 전까지는 이방인처럼 불편한 마음으로 이 동네에서 지냈다. 그런데 고작 그녀와 몇 마디 나눈 것뿐인데도 낯설게만 느껴지던 이 동네 분위기가 푸근해지고, 예전처럼 나도 그 일부가 된듯한 느낌이 들었다. 그 점이 무엇보다 반갑고 기뻤다.

그런데 아야코는 어떻게 생각할지 궁금하다. 지난번에 "또 만날 수 있나?"라는 말을 나도 모르게 꺼냈는데, 아야코 쪽은 나랑 떠드는 걸 어떻게 생각하는지 도통 모르겠다. 그녀는 내가 자기 엄마의 옛날 애인, 그것도 가차 없이 엄마를 차버린 남자라는 사실을 전혀 모르니까. 그녀 입장에서 보면 나는 우연히 알게 된 추레한 아저씨에 불과하겠지. 나를 수상하게 여겨도 전혀 이상하지 않다.

그러나 이렇게 재잘거리며 옆에서 걷는 아야코의 모습을 보고 있노라면, 적어도 나랑 같이 있는 것이 불쾌하거나 짜증스러운 것 같지는 않았다. 오히려—내 착각이 아니라면— 나름 즐기는 것처럼 보이기도 했다. 아니면 본심을 감추는 데에 익숙한 사람인 건가? 적어도 지금까지 내가 파악한 바에 따르면 아야코는 사나에 버금갈 정도로 어수룩하고 사람이 좋다. 어쩌면 보잘것없고 불쌍해 보이는 중년 남자가 딱해서 좀 상대해 줘야겠다는 생각을 가졌을지도 모른다.

이런저런 추측을 아무리 해봐야 소용이 없다. 사람의 속내는 절대로 알 길이 없으니까. 이 동네로 돌아올 때까지만 해도 아야코와 말을 섞을 수 있으리라고는 상상도 하지 못했다. 그런데 지금 그녀가 나와 이야기 상대를 해주다니 그것만으로 충분하다.

트렁카에 들어선 우리는 지난번 그 테이블 자리에 마주 앉았다.

나는 평소처럼 블렌드 커피, 아야코는 카페오레를 주문했다.

다치바나가 원두를 그라인더로 갈기 시작했다. 스테인드글라스 창문으로 부드러운 햇살이 소리 없이 비쳐 든다. 아야코가 "역시 여기 오면 마음이 편하다니까" 하고 느긋한 말투로 말하면서 어깨에 걸쳤던 커다란 가방을 옆자리에 휙 던졌다.

이 가게에 시도 때도 없이 와있는 다키다라는 이름의 흰머리 성성한 할아버지가 커피를 마시면서 다치바나에게 불평을 쏟아냈다.

"이 동네도 얼마나 변했는지 모른다니까. 안 그래? 옛날에는 온 사방이 공터였고, 애들이 거기서 신나게 뛰어놀았는데 말이야. 요새는 어디를 보나 집이랑 건물들만 있거든. 동네를 활보하던 고양이들도 잘 안 보이고."

다치바나는 단골의 투덜거림에 쓴웃음을 지을 뿐이었다. 이
또한 자주 보는 광경이다.

얼마 지나지 않아 우리가 주문한 커피를 아르바이트 청년이
들고 왔다. 아야코는 화분을 그 청년에게 건네면서 농담 섞인
말투로 말을 걸었다.

"어이, 소년 가장. 고생이 많네."

"소년도 아니고 가장도 아니지만, 화분은 감사합니다."

이 청년은 항상 어딘가 쿨하니 젊은 사람 같지가 않다. 젊음
이 가진 특유의 번들번들한 기름기가 전혀 느껴지지 않는다.
하지만 눈치도 빠르고 은근히 배려심도 있어서 호감이 간다.
아야코는 이 청년과도 꽤 친한 모양이다.

"혹시 이번 '헌책 한 박스 시장(참가자들이 과일 상자 하나 분량
의 헌책을 들고 와서 서로 교환하거나 판매하는 벼룩시장 – 역주)'에 갔
었어?"

"당연히 갔죠."

동네 주민이라야 알만한 화제로 둘이 떠들기 시작했다.

"그리고 보니 슈이치, 너 요즘에는 다른 데서도 알바하느라
힘들어한다고 시즈쿠가 그러던데? 취직 준비는 제대로 하는
거야?"

"양쪽 다 열심히 하는 중입니다."

"이야, 씩씩해진 것 보소! 얼마 전까지만 해도 '그냥 한 해 끓을까?' 하면서 징징거렸으면서."

"지난날은 잊어주시죠. 이제는 내가 한 말에 책임지는 남자가 되었으니까요."

알바 청년은 끝까지 침착하고 쿨하게 대답하고는 고개를 꾸벅 숙이며 "맛있게 드세요" 하고 인사하더니 주방으로 들어갔다.

"젊어서 좋네. 계기만 있으면 순식간에 씩씩해진다니까. 저건 틀림없이 사랑의 힘이야."

아야코가 청년의 뒷모습을 바라보며 감회가 새롭다는 듯이 말했다.

그러고는 또다시 "오오, 사랑은 우리를 행복하게 한다네. 오오, 사랑은 우리를 풍요롭게 한다네"라며 묘한 격언을 인용했다.

어이가 없어서 내가 한마디 던졌다.

"본인도 충분히 젊지 않나? 사귀는 사람 없어?"

"아, 애인 같은 거? 음, 최근에는 그런 게 전혀 없네요. 지금은 열심히 일할 때라고 스스로 정했으니까요."

아야코는 카페오레를 한 모금 마시더니 윗입술에 묻은 거품을 날름 핥고는 "워낙 능력이 모자라서 일이랑 연애를 한꺼번

164

에 못 해요" 하고 단정 지었다.

"그래?"

"네, 그래요. 그래도 가족은 꼭 갖고 싶으니까, 일 쪽이 어느 정도 안정되면 신랑감을 찾아보려고요."

아야코는 그렇게 말하더니 아하하, 하고 명랑하게 웃었다. 이 친구는 묘하게 달관한 것 같은 부분이 있는가 하면 어린애 같은 부분도 동시에 있어서 영 뒤죽박죽이다. 그런데 그 점이 아야코의 매력이라는 생각도 들었다.

"히로 씨는요? 가족 없어요?"

"없어."

내가 고개를 저으며 대답했다.

"한 번 결혼했는데 실패했지."

아야코가 "아아, 그렇구나" 하면서 일에 대한 이야기를 했을 때처럼 심각한 표정을 지었다. 속으로 무슨 생각을 하는지 표정에 그대로 드러나는 것도 엄마를 쏙 빼닮았다. 나는 공연히 무거운 이야기를 하고 싶지 않아서 "그러나저러나" 하며 화제를 돌렸다.

"이 가게에는 오래전부터 드나든 모양이던데."

"그야말로 중학생 때부터 계속 왔죠. 시즈쿠는 유치원 들어가기 전의 애기 때부터 알았고. 저 애 성격이랑 말투는 좋은 의미에서든 나쁜 의미에서든 나한테 영향을 많이 받았을 거예요.
도시코 씨—아, 마스터의 아내 분인데—도 지금은 외국에 사
는데, 예전에 여기 있을 때 나한테 정말 잘해줬어요."

"그렇군."

아야코한테는 트렁카 다방이 무척 소중한 장소인 모양이다.
나에게 노무라 커피가 가진 의미하고 비슷한지도 모른다. 나는
일단 그런 공통점을 알게 되어 만족스러웠다.

"헌데, 왜 항상 그렇게 큰 가방을 들고 다니지?"

내가 아야코 옆에 놓인 가방을 턱짓으로 가리키면서 물었
다. 동네 안에서만 돌아다니는 사람치고는 너무 큰 가죽 가방
을 항상 들고 다녀서 그 점이 늘 궁금했다.

"아아, 여기에는 스케치북 같은 것들이 들어있어서."

"그럼 거기에 그림도 있는 건가?"

내 예상이 맞았구나, 생각하며 몸을 살짝 앞으로 내밀었다.
사나에의 딸내미가 도대체 어떤 그림을 그리는지 꼭 보고 싶
었다.

"그야 스케치북에 소설을 쓰는 사람은 없을 테니까."

"……좀 봐도 될까?"

"뭐, 보여줄 수는 있는데, 그냥 낙서 같은 거예요."

그녀는 약간 쑥스러웠는지 그렇게 말하면서 스케치북을 내

밀었다.

두꺼운 스케치북에는 연필 스케치라고 부를만한 그림들, 그러니까 연필만 가지고 근처의 풍경과 길고양이들, 그녀가 일하는 꽃집의 전경, 길가 벤치에 앉은 노인의 모습 등을 그린 그림들이 있었다. 지금 우리가 앉은 자리에서 바라본 트렁카 가게 안을 그린 그림도 있었다. 창문으로 비쳐 드는 햇살, 약간 묵직하면서 온기가 느껴지는 가게의 인테리어 등 그림만 보고도 그 분위기를 충분히 느낄 수 있었다.

"산책하면서 눈에 띄는 풍경이 있을 때 연습 삼아 대충 스케치해 둔 거예요."

아야코는 아무것도 아닌 듯 말했지만, 대충 연습 삼아 그렸는데도 이 정도 수준의 작품이 나올 수 있다는 말인가?

크림색 노트에 검은 선만으로 표현된 그림들은 이 동네 분위기하고도 정말 잘 어울렸다. 나는 스케치북을 한 페이지씩 넘기면서 황홀경에 빠진 사람처럼 정신없이 들여다보았다. 이 동네가 스케치북 안에서 살아 숨 쉬는듯했다.

"대단하네."

아야코의 그림을 보면서 진심으로 감탄했다.

"아니, 진짜로 그냥 낙서 같은 거라니까요."

"이게 낙서라고? 아니, 이건 낙서라고 부를 수준이 아니야.

이렇게 잘 그리는데도 일이 안 들어올 수 있다는 건가?"

"에이, 훨씬 더 잘 그리거나 개성 있는 그림을 그리는 사람들이 얼마나 많은데요."

그 말이 사실이라면 일러스트레이터라는 직업의 세계가 도대체 얼마나 가혹하다는 말인가?

"그런 세계에 뛰어들 결심을 하다니……."

내가 여전히 스케치북에 코를 박고서 그렇게 중얼거렸더니 아야코가 "아, 그건 엄마의 영향이죠" 하며 웃었다.

그 말에 나도 모르게 고개를 들고서 "어머니가?" 하고 되물었다.

"네. 미대에 가도 되나 망설였을 때도, 졸업한 다음에 어딘가에 취직할지 그냥 프리랜서로 밀고 나갈지 고민할 때도, 나를 지지해 준 사람은 엄마였으니까요. '네가 하고 싶은 대로 해'라면서요. 사실 제가 어릴 때 아빠가 집을 나가버리는 바람에 엄마가 세탁소에서 일하면서 힘들게 저를 키웠거든요. 우리 집은 항상 가난했고요. 그런데도 '그런 것 신경 쓰지 말고 네가 원하는 길을 가. 네 꿈이 엄마 꿈이기도 하니까'라면서 밀어줬어요. 미대 학비가 장난 아닌 걸 알면서도."

"그렇군."

사나에다운 결정이다. 그래, 그녀라면 틀림없이 그렇게 했겠지.

"우리 엄마는 원래 그런 사람이었어요. 항상 자기보다 나를 먼저 생각하고, 응원해 주고……."

"그랬군."

알만하다. 눈에 보일 듯 선명하다.

"네."

아야코는 잠시 입을 다물더니 눈을 가늘게 떴다.

"가끔은 그런 엄마의 애정이나 희생이 너무 무겁게 느껴질 때가 있더라고요. 그래서 그렇게 살뜰하게 챙겨줬는데도 고맙다는 말을 거의 못했어요. 그러면서도 언젠가 크게 성공해서 엄마를 깜짝 놀라게 해줘야겠다고 결심했죠. 엄마 딸이 이렇게 대단한 사람이 되었으니까 자랑스럽게 생각하라고. 그게 고맙다는 말을 대신해 줄 거라 믿었어요. 이렇게 빨리 돌아가실 줄도 모르고. 정말이지 '좋은 기회란 눈앞에서 사라져 버릴 때까지 알아차릴 수 없는 것이다'라는 말처럼."

"병 때문에 그리 되셨나?"

가슴이 찢어질 듯한 아픔을 느끼면서 그렇게 물어보았다. 아야코는 한숨을 쉬더니 평소보다 훨씬 작은 목소리로 대답했다.

"네. 판정받고 순식간에 그렇게 됐어요. 1년도 안 걸렸으니까."

"그랬군."

"아, 죄송해요. 엄마 이야기만 나오면 나도 모르게 축 가라앉게 되어서. 어쨌든 지금 제가 열심히 살 수 있는 건 다 엄마 덕분이라는 말이에요. 그러니까 엄마한테 부끄럽지 않게 살려고요. 가족이 있어야겠다고 한 말도 그것 때문이고. 엄마를 많이 존경하니까 나도 언젠가 누군가의 엄마가 되고 싶어요."

그녀는 다시 원래의 밝은 표정으로 돌아와서 말했다. 그런데도 그 목소리에서 약간의 쓸쓸함이 느껴지는 건 내 착각이려나.

"아마……."

흔해빠진 위로의 말이라고 생각은 했지만, 그래도 이렇게 말하지 않을 수가 없었다.

"……어머니도 천국에서 응원해 주실 거야."

아야코는 눈물을 참으려고 그랬는지 몇 번씩 눈을 깜박거리다가, 이윽고 미소를 지었다.

"그렇겠죠. 응, 틀림없이 그럴 거야."

"그럼, 그렇고말고."

내가 힘을 주어 말하며 고개를 끄덕였다. 그런 내 표정이 그녀의 눈에 웃기게 보였던 모양이다.

"뭐예요, 히로 씨답지 않게!" 하면서 아야코가 미간을 살짝 찌푸리며 놀리듯이 웃었다.

"나답지 않다니, 무슨 소리야?"

나도 모르게 따졌더니 아야코는 더욱 크게 웃었다.

"하긴, 히로 씨랑 알게 된 지 얼마 되지도 않았으니 서로에 대해 모르는 게 더 많겠네요. 뭐, 그렇다고 해두자고요. 그나저나 그렇게 내 그림이 마음에 들면 한 장 그려줄까요?"

느닷없이 그런 제안을 했다.

"나를 그린다고?"

"네. 이 정도 수준으로도 괜찮다면 10분이면 충분하거든요. 히로 씨는 분위기 있는 얼굴이라 그리는 보람도 있을 것 같고."

아야코가 스케치북을 펼치고 연필을 들더니 장난스러운 표정으로 씨익 웃으며 말했다. 나는 허둥지둥 거절했다. 그런 남부끄러운 일을 부탁할 수는 없다.

"아니, 오늘은 거절할게. 언젠가 기회가 있으면 하는 걸로."

"에이, 재미없어. '그날그날이 1년 중에 제일 좋은 날이다'라는 말도 몰라요?"

아야코는 그렇게 말하면서 삐졌다는 듯이 입을 삐쭉 내밀었다.

6월에 들어서면서 한낮의 햇살이 조금씩 강렬해졌다.

나는 여전히 비슷한 생활을 하면서 지냈다. 정신을 차리고 보니 벌써 한 달 이상을 이곳에 머물고 있었다. 트렁카 창가에 놓아둔 화분에서는 벌써 선명한 빨간색 아마릴리스가 피어나 —그렇게 피고 나서야 아마릴리스가 어떤 꽃인지 알 수 있었다. 나팔 모양을 한 묘한 꽃이다— 창문을 통해 들어온 햇빛을 조용히 만끽하는 중이다.

"그런데 말이야……."

"네."

"오늘은 많이 덥군."

"그러네요."

"여름이 다 된 모양이야."

"그 전에 장마가 오겠죠."

다치바나와 내가 이렇게 주고받는 대화도 어느새 트렁카에서 매일 펼쳐지는 광경이 되었다. 점심시간이 지난 트렁카는 적당히 한적하니 편한 분위기여서 지나치게 오래 붙어있게 된다.

"오늘은 아야코쨩이 안 올 모양이네요. 워낙에 출입이 들쭉날쭉해서 언제 올지 모르기는 하지만. 일러스트 일을 하느라 밤을 새우는 경우도 있는 것 같고요."

다치바나 눈에 내가 심심하게 보였는지 그런 말을 꺼냈다.

"아무래도 상관없어. 그 아가씨하고는 오다가다 알게 된 것

뿐이니까. 그보다 좀 묻고 싶은 게 있었는데."

마침 아야코도 없고, 손님도 적은 시간대를 이용해서 예전부터 궁금하던 점을 물어보기로 했다.

"네, 말씀하세요."

"어쩌다 이 가게를 인수한 거요?"

다치바나는 원래의 근엄한 얼굴에다 더욱 근엄한 표정을 짓고 팔짱을 끼더니 "으음……" 하고 신음 소리를 냈다.

"미안하군. 말하고 싶지 않으면 안 해도 괜찮아."

엉겁결에 지나치게 사적인 질문을 했는지도 모른다. 다치바나도 나에게 날씨 등 일반적인 이야기를 할 때는 있어도 내 경력이나 사생활과 같은 개인적인 부분을 물어본 적은 한 번도 없었다. '이크, 내가 또 실수했구나' 하는 생각이 들었다.

"말하기 싫거나 그런 건 아닌데, 별로 재미있는 이야기가 아니라서요. 그래도 상관없으시면 말씀드리지요."

다행히 다치바나는 별로 신경이 쓰이지 않는다는 투로 대답했다. 나는 가슴을 쓸어내리며 말했다.

"괜찮다면 나는 듣고 싶은데."

"흔한 경우지요. 회사를 그만뒀거든요."

"그럼 그 전에는 회사원이었단 말인가? 상상이 안 가는데."

내가 눈을 끔벅거렸다. 정말로 상상이 되지 않았다. 이 남자는 태어날 때부터 카운터 안쪽에 서서 자부심 넘치는 얼굴로 커피를 내릴 것만 같았다. 그 정도로 지금 일하는 모습이 천직처럼 자연스럽다는 뜻이다.

"과연 그걸 회사원이라고 부를 수 있을지는 모르겠습니다만, 실은 금융회사에서 부채를 회수하러 다니는 일을 오랫동안 했지요. 그렇다고 어디 이상한 사채업자나 그런 회사는 아니고요. 그래도 어쨌든 그다지 기분 좋은 업무는 아니었습니다. 오늘 당장 끼니를 걱정해야 하는 사람들한테서 어떻게든 돈을 쥐어 짜내야 하는 일이니까요."

우락부락하게 생긴 얼굴 이면에 그런 과거가 있었구나. 나는 진짜로 놀랐다. 이 남자가 이 얼굴에다 무서운 표정을 장착하고 어깨에 힘을 주면서 돈을 갚으라고 엄포를 놓는 모습을 상상해 보니 그를 마주했을 채무자들이 불쌍해졌다.

"그래도 일은 일이고 저도 나름대로 소화해야 할 할당량이라는 게 있었으니까 열심히 일했습니다. 먹여 살려야 하는 가족도 있으니까요. 그런데 오랫동안 그런 일을 하다 보니 점점 감각이 마비되어 버리더군요. 한마디로 말하자면, 제가 상대하는 사람들이 돈으로만 보이게 되더라는 거지요."

"그렇군."

나도 같은 경험을 한 적이 있다. 일을 처음 시작했을 땐 내가 손님이라고 상대하는 부자들이 그저 돈다발로만 보였다. 그리고 그런 식으로 오래 일하는 사이 그게 이상하다는 생각조차 하지 못하게 되었다.

"그러다 그 일이 벌어졌지요. 제가 담당했던 40대 남자가 욕실에서 자살 시도를 한 겁니다. 간신히 목숨은 부지했어요. 마침 그 타이밍에 제가 그 집을 방문했고, 현장을 발견하자마자 구급차를 불렀으니까요. 그 남자는 도박에 빠져서 다른 회사에도 빚이 잔뜩 쌓인 상태라 빼도 박도 못하는 상황이었습니다. 벼랑 끝에 몰린 셈이지요."

"벼랑 끝이라……."

다치바나의 말을 씁쓸한 마음으로 곱씹었다.

"그래도 돈 때문에 목숨을 내던지다니 그건 너무 어리석은 일 아닙니까? 그런데 그 지경에 이르도록 몰고 간 사람이 바로 저였던 거지요. 그때까지 제 눈에는 그 남자가 돈으로만 보였으니까요. 그 사실을 깨닫고는 너무 무서워졌지요. 마침 제가 그 자리에 있었기에 망정이지 그렇지 않았다면 그 남자는 틀림없이 죽었을 겁니다. 그런 생각이 드니까 정말 온몸에 소름이 돋으면서 진땀이 확 나더군요. 갑자기 제가 하고 있는 일이 무엇인지 피부로 느껴지면서 그 중압감이 어깨를 짓눌렀습니다."

다치바나는 거기까지 말하더니 그때가 생각났는지 작게 한숨을 쉬고는 "잠시만요" 하고 양해를 구하더니 서랍을 열고 뒤적거렸다. 그리고 무언가 확인하듯이 주변을 살핀 다음 담배에 불을 붙였다.

이 남자, 지난번에 담배는 발암물질이고 커피는 그렇지 않으니까 똑같이 취급하면 안 된다고 강력하게 주장하지 않았던가? 그런 사람이 지금 내 눈앞에서 연기를 깊이 빨아들였다가 사뭇 만족스러운 표정으로 연기를 내뿜는다. 한마디 해줄까 하다가 이야기를 계속 듣고 싶어 애써 모른척했다.

"그 뒤로 그 남자가 퇴원하자마자 제가 아는 변호사한테로 데리고 가서 어떻게 하면 빚을 정리할 수 있는지 상담받게 했지요. 이렇게 하면 조금은 숨을 돌릴 수 있을 테니까 이제 죽을 생각일랑 다시는 하지 말라고 하면서요. 물론 저 같은 일을 하는 사람이 그렇게 하면 안 되는 거였습니다. 회사가 빌려준 돈을 제대로 갚게 하는 게 제 일이었으니까요. 우리 회사 입장에서 봤을 때 채무자가 자기 권리를 알고 스스로 그것을 요구하면 순순히 따라주지만, 이쪽에서 먼저 알려주는 건 말도 안 되는 일이었지요.

당연히 금방 회사에 들켰고, 그 일로 저는 잘렸습니다. 첫째 딸이 태어난 지 얼마 되지 않았던 때라 앞으로 어떻게 살아야

할지 막막하더군요. 고민에 고민을 거듭한 끝에 집 근처에서 커피숍을 해야겠다고 결심했습니다. 어릴 때부터의 꿈이었거든요. 그래서 마침 가게를 막 접은 노무라 할머니한테 부탁해서 여기를 매입하게 된 거지요. 그러느라 모아둔 돈도 탈탈 털고, 빚도 얻고, 그래도 모자라서 처가 도움도 받고, 아무튼 있는 돈 없는 돈 모조리 박박 긁어모았습니다. 자금부터 다른 부분까지 준비하는 데에만 반년이 걸리더군요. 돌아보면 어떻게 그런 위험한 도박을 할 생각을 했는지 모르겠습니다. 그렇지만 이제는 손님을 사람으로 볼 수 있는 일을 하고 싶다고 생각했지요. 그리고 가능하면 제가 만든 무언가로 그분들을 웃게 하고 싶었습니다."

지난번 아야코가 보여준 그림도 그렇고, 오늘 들은 다치바나의 이야기도 그렇고, 나는 이 가게에서 여러 사람한테 압도당하는 느낌이다. 세상에는 정말 다양한 사람들이 산다. 들어보지 않으면 모르는 일들이 정말 많다. 어떻게 말해야 할지 모르겠지만 나는 다치바나의 이야기에 큰 감동을 받았다.

"그래서 그 남자는 그 뒤로 어떻게 되었지?"

"몇 년 전에 우리 가게에 찾아와서 눈물을 흘리며 고맙다고 하더군요. '지금 제가 살아있는 건 당신 덕분입니다'라고 하면서요."

"아, 정말 그랬나?"

"아니요, 거짓말입니다."

"엥?!"

완전히 걸려든 나는 입을 떡 벌리며 큰 소리를 내고 말았다. 다치바나가 한 건 했다는 표정으로 피식 웃었다.

"그런 일이 있었다면 완벽한 해피엔딩이 되었겠지요. 실제로는 그 뒤로 한 번도 본 적이 없습니다. 그렇게 애써줬는데 고맙다는 인사 한마디 없어서 화가 나기도 했지요. 나는 당신 때문에 회사에서 잘리고 가족들과 함께 길거리에 나앉을 뻔했는데, 하는 생각이 들어서요. 하지만 지금은 고맙게 생각합니다. 그 일이 저에겐 인생을 돌아보고 새롭게 출발하게 만든 좋은 기회가 되었으니까요. 그때 그 일이 없었다면 이렇게 매일 열심히 커피를 내리고 있지는 않았겠지요. 이 길이 백 퍼센트 정답이었다는 말은 아닙니다. 다만 그 일이 하나의 계기가 되었다는 뜻이지요."

다치바나는 담배를 아슬아슬하게 필터 끝까지 태우더니 재떨이에 꾹 눌러 끄고는 "그러니까 그 사람이 오래오래 잘 지냈으면 좋겠고, 언젠가 여기 와서 제가 내린 커피 한 잔 마실 수 있으면 좋겠다고 생각합니다"라는 멋진 한마디로 이야기를 끝맺었다.

"그렇군. 그렇게 개인적인 이야기를 하게 해서 미안하네."

"별로 재미있는 이야기는 아니었을 텐데요."

"아니. 충분히 재미있었어. 아주 흥미로웠지."

나는 거짓 없는 마음으로 그렇게 대답했다.

그러고는 커피와 함께 그가 한 이야기의 여운에 잠기려는 순간.

"아빠!!!"

큰 소리와 함께 문이 벌컥 열리더니 눈을 무섭게 부릅뜬 다치바나의 딸내미가 폭풍처럼 들이닥쳤다.

"또 담배 피웠지?!"

다치바나는 딸내미가 나타나자 조금 전까지의 남자다움은 어디로 사라졌는지 토끼처럼 움찔움찔 겁에 질려 딸을 쳐다보았다.

"아, 아니 시즈쿠. 이건 그게 아니라……."

"아니긴 뭐가 아냐? 그럼 이 꽁초는 뭐야? 누마타 씨는 담배 안 피우는 사람이니까 아빠가 피운 거잖아."

"그건 그러니까, 다른 손님의 것을 치우려다가 깜박한 건데……. 그렇죠, 누마타 씨?"

"말도 안 되는 거짓말하지 마! 내가 없다고 신이 나서 피운 거잖아. 피우고 싶으면 피우라고. 누가 말려? 나중에 땅 치고 후회할 사람은 어차피 내가 아닌데. 그치만 '이제 절대 안 피운다, 이따위 담배는 백해무익하다, 내가 이걸 한 번이라도 다시 피우는 날에는 너한테 100만 엔 주겠다'라고 큰소리 쾅쾅 친 사람이 누구야? 끊지 못하겠으면 아예 그런 말 자체를 꺼내지 말든지. 그래놓고는 슬금슬금 눈치 보면서 어떻게든 나한테 안 들키려고 몰래 피우고. 아빠가 불량 학생이야? 약속대로 지금 당장 은행에 가서 100만 엔 가져오든지! 애초에 우리 집에 그런 돈이 있기나 해?!"

나는 어안이 벙벙해져서 두 사람이 실랑이 벌이는 모습을 쳐다보았다. 그러다가 느닷없이, 정말로 뜬금없이 커다란 웃음이 터져나왔다. 뭐지, 이 가게는? 뭐지, 이 부녀는?

스스로도 어이없을 만큼 웃고 또 웃었다. 카운터에 엎드려서 어깨를 바들바들 떨면서 웃었다. 이렇게 배를 잡고 웃어본 게 도대체 몇 년 만인가?

그렇게 박장대소를 하는 나를 본 다치바나와 그의 딸내미는 평화로운 전쟁을 그만두었다. 그러고는 어째서 내가 이렇게 웃어대는지 영문을 모르겠다는 표정으로 서로의 얼굴을 멍하니 바라보았다.

그 얼굴이 웃겨서, 그리고 이상하게 너무도 사랑스러워서 나는 또다시 웃었다.

"히로 씨, 뭔가 분위기가 좀 바뀐 것 같은데요?"

평소처럼 오후에 둘이 앉아 커피를 마시고 있는데 아야코가 나를 이리저리 찬찬히 살펴보더니, 갑자기 그렇게 말했다.

"내가?"

"네. 뭐랄까, 처음 봤을 때보다 좀 사람이 둥글둥글해졌달까요?"

"몸무게는 거의 안 늘었는데……."

"아니 아니, 살이 쪘다는 게 아니라."

아야코는 무슨 소리냐는 표정을 지으며 아니라고 손을 저었다.

"이걸 어떻게 설명해야 하나. 처음 만났을 때는 좀 사람을 경계하는 느낌이었는데, 그게 좀 부드러워진 것 같다는 말이에요."

"그래?"

전혀 실감이 나지 않아 눈썹을 찡그렸다.

"응, 히로 씨는 어딘지 모르게 비밀스러운 데가 있잖아요. 그래서 가까이하기 힘든 부분이 있었는데 지금은 전보다 사람이 부드러워 보인다는 거죠."

"비밀스럽기는 무슨."

"비밀스러운 거 맞잖아요. 뭐 하는 사람인지도 모르고, 어디

사는지도 모르고, 만화에 나오는 전설의 스나이퍼처럼 말도 잘 안 하고, 그러면서 의외로 자상하기도 하고."

어떻게 대답해야 할지 알 수가 없었다. 아야코가 나를 그렇게 보고 있으리라고는 생각지도 못했기 때문이다. 아무리 그래도 전설의 스나이퍼라니? 난 그렇게 무섭지도 않고, 냉혹한 얼굴로 살인을 하는 킬러도 아닌데. 그리고 하나 더 보태자면 나는 자상한 인간도 아니다.

"그냥 백수지."

커피를 마시면서 아야코의 말에 간결하게 대답했다.

"집도 없는 떠돌이라 지금은 호텔에서 지내고 있어."

"우와, 그럼 더 비밀스러운 사람이네요. 그렇지만 그 비밀스러운 부분까지 다 포함해서 난 히로 씨가 좋아요."

아야코가 활짝 핀 꽃처럼 화사하게 웃는 얼굴로 그런 말을 하는 바람에 나는 손에 들고 있던 커피잔을 떨어뜨릴 뻔했다.

"뭐?!"

"아니 아니 아니! 남녀 사이의 그런 뜻이 아니라. 사람으로 좋다는 거죠. 뭐랄까, 나이 차이가 크게 나는 친구 같은 느낌? 얘기하는 게 재밌고, 같이 있으면 뭔가 안심이 되는 느낌도 들고요."

아야코는 그렇게 말하더니 우유를 듬뿍 넣은 커피를 마시며 생긋 미소 지었다.

"설마 그럴 리가."

나는 조금 흥분하면서 부정했다.

"다른 사람들은 나랑 있으면 불편하다고 하던데."

"그럼 난 그 '다른 사람들' 안에 포함되지 않네요. 시즈쿠도 가끔 '누마타 씨는 정말 재미있는 것 같아'라고 하던데."

"공연히 내 눈치 보면서 그런 말 안 해줘도 돼. 솔직히 본인도 불편한 거 맞잖아? 그냥 내가 불쌍해 보여서 같이 있어주는 거겠지. 외로운 아저씨니까 위로해 주고 힘이 되어줘야 한다고 생각하는 거 아냐? 아야코는 누구에게든 친절하잖아."

내 입으로 이 말을 하면서도 진흙탕 속을 기어다니는 것 같은 비참한 기분이 들었다. 실상은 그러려니 알고는 있었어도 막상 구체적으로 말로 표현하니 생각보다 충격이 컸다.

그런데 아야코가 "도대체 뭐라는 거예요?!" 하며 갑자기 버럭 화를 냈다.

"내가 무슨 성인군자인 줄 알아요? '모든 사람의 친구는 누구의 친구도 아니다'라는 말도 있잖아요. 난 그렇게 오만하지도 않고 한가한 사람도 아니라고요. 히로 씨랑 이야기하는 것도 내가 좋아서 그러는 거지. 나보다 인생을 두 배는 더 산 사람이 그것도 몰랐단 말이에요?"

"하지만……."

그래도 내가 부인하려고 하자 아야코는 눈을 부라리면서 나를 노려봤다.

"여기서 '하지만'은 필요 없어요. 거기서 한마디만 더하면 나 진짜로 화내요."

"화를 내면 곤란한데……."

"그러니까 이 얘기는 여기서 끝!"

아야코가 딱 잘라서 대화를 끝내버리고 말았다.

이런 기분을 어떻게 설명해야 할까?

아야코는 내 기분을 이렇게 매번 끌어올려 준다. 물론 본인은 그걸 의식하지 못할 것이다. 그러나 그녀와 이야기를 나눌 때마다 얼마나 위로받는지 모른다. 그녀와 시간을 함께 보내다 보면 그 자체만으로 발작에 대한 공포가 줄어든다. 심지어는 내가 그런 폭탄을 안고 산다는 사실 자체가 착각처럼 느껴져서 '혹시 의사가 오진했을 가능성도 있지 않나' 하는 생각까지 든다. 아야코와 대화를 나누고 온 날 밤은 호텔에 돌아가서도 마음이 편안해서 금세 잠이 들 수 있다. 마음속에 남은 그녀의 기운이 나를 불안과 초조로부터 지켜준다.

이것 참 낭패다. 아무래도 나는 딸뻘 되는 나이의 여자애한테 완전히 의존하게 된 모양이다.

"근데 히로 씨가 묵는 호텔은 어디쯤 있어요?"

다음 날, 웬일로 이틀 연속 트렁카에 나타난 아야코는 점심으로 주문한 치킨 카레를 부지런히 먹으면서 나에게 그런 질문을 했다.

"시노바즈 거리를 쭉 가다 보면 비즈니스호텔들이 모여있는 곳이 있는데, 혹시 아나? 그 근처야."

왜 그런 질문을 하는지 몰라서 그렇게만 대답했다.

그건 그렇고, 정말 잘 먹는 친구다. 이 가느다란 몸 어디로 그 많은 음식이 들어가는지 모르겠다. 식욕이 거의 없어서 편의점에서 산 모닝빵으로 끼니를 때우는 나로서는 보고도 믿기가 힘들었다.

"아아, 알겠다. 근데 거기 좀 비싼 데 아닌가? 생각해 봤는데, 왜 집을 안 얻어요? 호텔에서 그렇게 오래 살면 돈만 많이 들 텐데."

"귀찮아."

"또 또! 그런 식으로 말한다!"

아야코가 미간에 주름을 잡으며 혼내는 표정을 지었다. 내대답이 마음에 들지 않을 때면 꼭 짓는 표정이다.

"어젯밤에 혼자 그런 생각을 했는데, 히로 씨도 이 근처로 이사하는 게 어때요? 그렇게 하는 편이 여러 가지로 편할 텐데.

이제 일도 다시 시작해야 할 테고. 이 동네, 좋지 않아요? 다들 사람 좋고, 각박한 느낌도 없고, 상점가는 활기차고, 커피숍도 여기저기 많고. 아니면 귀찮다는 것 말고 비밀이 많은 남자로서 뭔가 다른 사연이라도 있는 건가?"

"사연은 무슨."

내가 퉁명스럽게 대답하자 아야코는 "그럼 괜찮은 거잖아요" 하고 곧바로 반박했다. 그녀의 표정에는 털끝만큼도 악의가 보이지 않았다.

"아, 혹시 쓸데없는 간섭이었을까요? 그래도 친구로서 도움을 주려는 생각에 꺼낸 말인데. 일단 내가 먼저 제안한 거니까 집 찾는 것도 도와줄 수 있고요!"

"아니, 싫다거나 그런 건 아니고. 사실 한 번도 그런 생각을 해본 적이 없어서."

여기에 정착한다는 생각은 꿈에도 한 적이 없다. 그런 가능성을 머리에 떠올린 적도 없다. 당연히 언젠가 떠난다고만 생각했다. 그게 당연하다고 여겼다. 그런데 아야코가 던진 뜻밖의 제안에 마음이 흔들리기 시작했다. 사나에가 살던 동네, 그리고 지금은 아야코가 사는 동네. 여기에 정착한다. 새로운 일을 찾고 새로운 생활을 시작한다.

"그것도 나쁘지 않겠군."

"엇, 그럼 조금은 가능성이 있는 건가요?" 하고 아야코는 탐험을 앞두고 흥분한 어린아이처럼 눈빛을 반짝였다.

"그럼 내가 아는 부동산 중개업자를 소개할게요."

그러나 역시 내 인생이 그렇게 순조롭게 흘러갈 리가 없었다.

이번에 온 발작은 지난번 꽃집에서 쓰러졌을 때와는 비교도 할 수 없을 정도였다.

밤에 호텔에서 샤워를 하는데 갑자기 찾아왔다. 아무런 전조현상도 없이 갑작스럽게 가슴이 아프기 시작하더니 고통이 너무 심해서 더 이상 견디지 못하고 뒤로 넘어가고 말았다. 그러는 바람에 딱딱한 욕실 바닥에 머리를 세게 부딪쳤다. 바로 위에서는 뜨거운 샤워기 물이 계속 쏟아지는데, 그걸 피하려고 벌거벗은 몸으로 욕실 바닥을 엉금엉금 기어 온 방 안을 물바다로 만들면서 간신히 침대 옆까지 갔다. 그러고는 온 힘을 다해 방에 설치된 전화기를 들었다. 프런트 데스크에 직통으로 연결된 수화기에 대고 무슨 말을 했는지 전혀 기억나지 않지만, 어쨌든 뭐라고 한 모양이다. 정신이 없었다.

그 뒤로 얼마나 시간이 지났는지 모른다. 의식이 멀어지는 가운데 누군가 방문을 다급하게 쾅쾅 두드리는 소리가 들렸고, 다시 눈을 떴을 때는 벌써 병원 침대에 누워있었다.

의사 말에 따르면 나는 꼬박 하루 이상 의식불명 상태로 있었던 모양이다. 구급차로 실려 왔을 때는 상당히 위독한 상태였다고 한다. 욕실에서 넘어지면서 머리를 부딪쳤던 것 때문인지 머리에 하얀 붕대가 감겨있었다.

눈을 뜬 나는 상당히 당황했다. 쓰러진 일 때문이 아니다. 발작을 일으켰을 때 내가 했던 행동 때문이었다.

어떻게든 살아보겠다고 침대 옆에 있는 전화기까지 죽을 힘을 다해 기어갔다. 사실 그전까지만 해도 죽는 게 별로 두렵지 않다고 생각했다. 의사도 생에 의지가 없는 나를 보고 고개를 저을 정도였다.

그런데 막상 발작이 일어났을 때 내 마음속을 가득 채운 것은, 죽음에 대한 공포였다. 죽고 싶지 않았다. 죽는다는 것이, 아무에게도 이별을 고하지 못한 채 나라는 존재가 이 세상에서 사라진다는 것이 너무나도 무서웠다.

"어쨌든 무사해서 다행입니다."

의사는 침대에 누운 나에게 가만히 다가오더니 또렷한 목소리로 말했다.

"그렇지만 다음에는 어떻게 될지 모릅니다. 정말로 이대로 손 놓고 있을 겁니까? 저도 의사로서 누마타 씨가 걱정되어 드리는 말씀입니다."

나는 아무 말도 할 수 없었다.

이대로 수술을 받지 않으면 앞으로 반년.

처음 발작을 일으키고 병원에 실려 와서 의사한테 그런 선고를 받은 것이 석 달 전이었다. 그러니까 지금은 남은 시간이 석 달도 채 안 되는 셈이다.

간신히 알코올 지옥에서 빠져나와 이제 희망의 빛이 좀 보이나 싶었는데, 결국 이 모양 이 꼴이다. 인과응보라고는 해도 너무하다는 생각이 들었다.

수술 성공률은 60퍼센트 남짓. 담당 의사는 이렇게 말했었다.

"그래도 환자분은 아직 나이가 그렇게 많지 않으니 충분히 회복할 가능성이 있습니다. 포기하기에는 아직 이릅니다."

그러면서 수술을 강하게 권했는데 나는 고집스럽게 고개를 저었다. 잘 고민해서 결단을 내리라고 의사가 끝까지 설득했지만 그때 나는 생각하는 게 그저 귀찮고 싫었다.

60퍼센트의 가능성에 걸어서 다행히 수술에 성공한다고 해도 그 뒤로 다시 긴 재활이 기다린다. 경우에 따라서는 추가로 수술을 몇 번 더 해야 할 수도 있다. 나는 그 과정을 견딜 기력이 없었다. 그렇게까지 해서라도 기대하면서 바라볼 만한 미래가 없었다. 물론 돈 문제도 있다. 더구나 나머지 40퍼센트에 포함되었을 경우라면 어떻게 될지는 상상하기도 싫었다.

그런 복잡하고 힘든 여러 가지를 정면으로 마주하기가 귀찮아서 여태껏 결단을 미루고만 있었다.

그리고 그 결과가 이거였다. 죽음이 분명한 형태를 갖추고 코앞까지 다가온 지금이 되어서야 나는 오금이 저릴 정도의 공포를 느꼈다. 온몸이 벌벌 떨릴 지경이다. 내가 봐도 한심하기 짝이 없다.

'세상은 아름답다. 싸울만한 가치가 있다.'

처음 트렁카에서 대화했을 때 아야코가 한 말이 생각난다. 그런 신념을 가지고 이 상황에 맞설 수 있다면 얼마나 좋을까? 그 헤밍웨이인가 하는 대작가 선생은 도대체 무슨 근거를 가지고 그런 말을 했을까?

"일단 수술 결정은 보류하더라도 입원만이라도 하시지요. 누마타 씨는 가족이 아무도 없다고 하셨지요? 그렇다면 더더욱 입원하셔야 합니다."

지금까지 의사가 하는 말을 늘 거부하기만 했던 나도 이번에는 순순히 받아들일 수밖에 없었다. 이제 언제 무슨 일이 벌어져도 이상하지 않은 상태이기 때문이다.

최악의 경우, 트렁카에서 쓰러지기라도 하면 큰일이다. 그 가게에 피해가 생기게 할 수는 없다. 그 선량한 사람들에게, 한낱 뜨내기에 불과한 나 같은 놈이 그런 폐를 끼쳐서는 안 되는 것이다. 그러니 의사의 말을 따를 수밖에 달리 방법이 없다.

"그럼 사흘 후에 입원하시는 걸로 하겠습니다. 빠를수록 좋고, 마침 그날 침대가 하나 비니까 타이밍도 맞겠네요."

"그러죠."

나는 언제나처럼 무뚝뚝하게 대답한 다음 "잘 부탁합니다"하고 조용히 덧붙였다.

입원하기 전에 묵었던 호텔은 그 물난리를 치면서 너무 심하게 폐를 끼치는 바람에 더 이상 이용하기가 힘들어졌다. 스포츠 가방 하나에 소지품을 모조리 쑤셔 넣으면 그걸로 이사 준비 끝이다. 숙박 정산을 마치고 역 반대편의 더 낡고 작은 호텔로 거처를 옮겼다.

마지막 사흘을 어떻게 보낼까?

눅눅한 호텔 방에서 생각에 잠겼다. 하지만 고민해 봐야 뾰족한 생각이 나지도 않았다. 겨우 사흘 가지고 할 수 있는 일도 뻔하고, 공연히 추억거리가 늘면 그만큼 미련이 더 생길 뿐이다.

하지만 적어도 아야코와 다치바나한테 고맙다는 인사 정도는 하고 가야겠지. 그냥 적당히, 어디 좀 멀리 가게 되었다고 거짓말하면 되는 일이다. 그러면 그 사람들도 나 같은 건 금방 잊어버리고 살 테니까. 그게 맞는 거다.

"아! 왔다, 왔어!"

가게에 도착해서 문을 열자마자 다치바나의 딸내미 목소리가 제일 먼저 들렸다.

"아야코 언니, 누마타 씨 왔어!"

"야, 시즈쿠. 어른한테 '왔어'가 뭐야? '오셨어'라고 해야지!"

카운터 안쪽에서 딸을 가볍게 야단치는 다치바나의 말소리가 그 뒤를 따랐다.

"아, 네네~."

"'네'는 한 번만 하고."

"아이, 진짜 잔소리는?! 그러니까 고타가 뒤에서 아빠한테 시엄씨(시어머니)라고 놀리지."

"누구 보고 시엄씨래? 어디 나타나기만 해봐라, 내 가만히 두나!"

"실비도 이 꼰대 아저씨한테 한마디 해줘."

다치바나의 딸내미가 알바 청년에게 도움을 청했으나 청년이 곧바로 응수했다.

"누구 보고 실비래? 너 때문에 다른 손님들도 나를 그렇게 부르잖아?!"

"어~이, 실비! 여기 커피 리필 좀 부탁해!"

다키다 할아버지가 절묘한 타이밍에 주문하자 청년이 "거봐. 이게 다 너 때문이야, 알아?" 하며 투덜댔다.

가게에 오면서 약간 긴장 상태였던 나는 너무도 한가롭고 밝은 이 가게 분위기에 맥이 탁 풀려버렸다. 도대체 실비는 또 뭐야? 뭐가 뭔지 몰라서 어리둥절하던 참에 안쪽 테이블에서 나를 부르는 소리가 들렸다.

"아, 히로 씨! 드디어 오셨네요. 어제랑 그제는 왜 안 온 거예요? 기다렸는데."

아직 주문도 안 했는데 다치바나는 이미 나를 위한 블렌드 커피를 준비하기 시작했다. 나는 손을 흔드는 아야코한테로 가서 맞은편에 앉았다.

"미안하군. 갑자기 볼일이 좀 생겨서."

"그랬구나. 또 비밀스러운 볼일이 있었나 보네. 그건 그렇고 이것 좀 보세요. 짜잔~!"

평소보다 한층 통통 튀는 말투로 반기면서 아야코가 A4 크기의 종이들을 테이블에 펼쳤다. 꽤 여러 장이었는데 이게 뭔가 싶어 한 장을 들어서 살펴보니 부동산 임대 물건에 대한 소개자료였다.

나는 황당한 심정으로 아야코의 얼굴을 멍하니 쳐다보았다.

"히로 씨 마음이 바뀌기 전에 중개업소 여기저기 가서 적당한 집들을 골라달라고 해서 가져왔어요. 나처럼 좋은 친구 둔

걸 감사하라고요. '우정이란 누군가에게 작은 친절을 베풀고 커다란 친절을 기대하는 계약이다'라고도 하잖아요."

아야코가 농담 같은 말을 던져도 나는 제대로 웃을 수가 없었다.

그런 대화를 나누었다는 사실 자체를 이틀 사이에 까맣게 잊고 있었다. 그런 말을 할 때의 나는 제정신이 아니었다. 이루어질 수 없는 허황된 꿈을 꿨다. 그러는 바람에 아야코에게 이런 수고를 하게 하다니…….

"난 이런 평면도 보는 거 좋아해요. 그냥 재밌잖아요. 아, 혹시 괜찮다 싶은 데가 있으면 얘기해줘요. 당장이라도 직접 볼 수 있는 데도 꽤 있으니까. 오늘은 나도 시간이 되니까 히로 씨만 괜찮으면 같이 가줄게요."

그런데도 내가 아무 말도 안 하고 있으니까 들떠있던 아야코의 표정이 갑자기 훅 어두워졌다.

"왜 그래요? 혹시 그사이에 마음이 바뀌어 버린 건가?"

"아니, 그런 게 아니야. 그런 건 아닌데……."

내가 허둥지둥 부인했다. 모처럼 신경을 써줬는데 그녀의 성의를 헛되게 할 수는 없다. 아니, 그러고 싶지 않다.

"워낙 다 좋아 보여서. 영 고르기가 힘드네."

"그죠? 히로 씨 취향에 맞게 지은 지 얼마 안 된 집들로 모아

봤거든요. 그중에서도 눈에 띄는 데가 있는데…….”

다시금 눈을 반짝이며 신이 나서 떠드는 아야코를 무력하게 바라보았다. 화제를 눈앞의 임대 물건들에서 다른 곳으로 돌리려면 어떻게 해야 하나 고심한 끝에 말을 걸었다.

“그런데…….”

“네?”

“오늘은 유달리…… 뭐랄까, 날씨가 좋네.”

“아, 그런가요? 아참, 그런데 이 집은…….”

“그래서…….”

“네?”

“오늘은 날씨가 좋아서…….”

“그 말은 들었고. 그래서요?”

“그러니까 집 보는 건 다음에 하고 밖에 나가서 돌아다니면 어때? 시간도 있다면서? 이 종이들은 잘 챙겨뒀다가 오늘 밤에 찬찬히 볼 테니까.”

머리에 떠오른 대로 내뱉은 엉뚱한 제안에 아야코는 미안할 정도로 밝은 목소리로 대답했다.

“우와, 히로 씨가 그런 말을 하다니 별일이 다 있네! 하긴 집은 신중하게 잘 골라야지. 그럼 히로 씨 말처럼 차라리 산책하러 갈까요?”

그렇게 해서 2시 좀 넘은 시간에 트렁크에서 나왔다.

인사만 간단하게 하고 나올 작정이었는데 어느새 분위기에 휩쓸려서 또 이렇게 되어버렸다. 이러다가 발작이라도 일어나면 큰일인데. 그 점이 걱정되는 한편으로 마음이 자꾸 들뜨는 것을 어찌 할 수가 없었다.

우리는 정처 없이 걸었다. 도쿄 날씨는 벌써 초여름이다. 반팔 셔츠 하나만 입었는데도 걷다 보니 등에서 땀이 살짝 났다. 주말이어서 그런지 거리는 사람들로 북적였고, 관광객으로 보이는 외국인의 무리가 보이기도 했다.

"그러고 보니 히로 씨, 이제 몸은 괜찮은 거예요?"

아야코가 거침없이 저벅저벅 걷다가 갑자기 생각났다는 듯이 물었다.

"아아, 이제 완전히 나았지."

"그런 것치고는 안색이 별로 안 좋은데."

"내 얼굴은 원래 이래."

"원래부터 안색이 안 좋은 것도 좀 문제 아닌가요?"

"아무튼 다 괜찮다고 의사가 그랬으니까 괜찮겠지."

"그렇구나. 그럼 다행이고요. 아무튼 지난번에 진짜 놀랐거든요. 멀쩡하던 사람이 갑자기 눈앞에서 픽 쓰러지니까. 하지만 그 일 덕분에 서로 알게 되었으니까 우연이 인연이 된 거겠죠."

"그때 놀라게 해서 정말 미안해."

경쾌한 발걸음으로 걸어가는 아야코를 반 발짝 뒤에서 따라가며 아무렇지 않은 척 말했다.

아야코는 마음이 놓인다는 얼굴로 "뭐 그런 걸 가지고 그래요. 건강해졌으면 됐지. 그래도 무리하지 말고 조심해야 해요" 하며 생긋 웃었다.

아야코는 나를 데리고 목적지 없이 여기저기 돌아다녔다. 하긴 그녀와 산책을 나가기로 정한 시점에서 이렇게 되리라고 예상은 했다. 아야코는 사람들로 북적이는 큰길가를 피해 적당히 골목을 따라 걷다가 잡화점이나 헌책방 등 흥미를 끄는 가게가 있으면 거침없이 들어갔다. 때로는 가게 주인과 이런저런 잡담을 하기도 했다. 나는 그녀 뒤만 졸졸 따라다녔는데 손바닥 들여다보듯 훤히 다 아는 이 동네를 바람을 가르며 경쾌하게 걸어가는 그녀의 모습을 보는 것만으로도 기분이 좋았다.

우리는 상점가로 다시 돌아와 각종 튀김을 늘어놓은 정육점 매대에서 멘치카츠(소고기와 돼지고기 다짐육으로 만든 커틀릿 – 역주)를 사 들고 근처 벤치에 나란히 앉아 아직도 따끈따끈한 튀김을 먹었다. 갈색 튀김옷을 한입 물었더니 육즙과 기름이 입안에 확 퍼졌다. 어딘지 모르게 야만스러운 그 맛이 기가 막혔다.

"역시 여기 멘치카츠는 최고란 말이야."

아야코가 기름으로 번들번들한 입을 우물거리면서 흡족한 표정으로 말했다.

"그러게. 맛있군."

나도 맞장구를 치면서 웃었다.

뭐라도 주지 않을까 기대했는지 사람 손을 탄듯한 판다 무늬 길고양이가 어디선가 나타나서 우리 앞에 버티고 앉았다.

"이런 걸 먹으면 설사하니까 주면 안 돼요."

아야코는 튀김 끄트머리를 잘라서 주려는 나를 매섭게 저지하더니 스케치북을 펼쳐 그 자리에서 온몸을 혀로 핥는 고양이를 그리기 시작했다.

재빨리 연필을 움직이는 아야코 옆에서 나는 낮은 건물들 위로 찬란한 햇살을 비추는 태양을 멍하니 올려다보았다. 눈을 감자 내리쬐는 햇빛이 눈꺼풀 위를 뜨뜻하게 데워주었다.

정말 느긋한 시간이다. 이대로 계속 이렇게 있고 싶다.

그런 마음이 샘솟을 것 같아 허둥지둥 고개를 저었다. 이런 날은 오늘로 끝이다.

트렁카에서 자주 보는 작은 몸집의 할머니가 대파가 튀어나온 장바구니를 손에 들고 "아이고, 아야코짱 아냐?" 하며 웃는 얼굴로 인사했다. 아야코가 "아, 치요코 할머니! 안녕하세요" 하고 명랑하게 인사하자 할머니는 나를 보면서도 웃는 얼굴로 고개를 살짝 숙였다. 나도 허겁지겁 목례했다.

그런 다음 아직 배가 차지 않았다는 아야코의 손에 이끌려 큰길가에 있는 몬자야키(오코노미야키와 비슷한 부침개 요리. 간토 지방에서 많이 먹으며 도쿄 명물이라고도 한다. - 역주)가게에 들렀고, 가게에서 나올 무렵에는 해가 많이 기울어 있었다.

"실컷 먹었으니 이제 소화를 시켜야지."

이렇게 말하는 아야코를 따라 그대로 걷다 보니 어느새 시노바즈 연못에 이르렀다.

살짝 피곤해진 우리는 연못가에 도착하자 지는 태양을 바라보는 방향으로 벤치에 앉았다. 정면에서 산들바람이 연못을 가득 메운 연잎을 흔들더니 우리한테까지 불어왔다. 그 기분 좋은 바람이 땀 난 얼굴을 시원하게 식혀주었다.

"예쁘다."

또다시 가방에서 스케치북을 꺼내면서 아야코가 약간 차분해진 목소리로 말했다.

"그러네."

태양은 천천히, 그러나 쉴 새 없이 가라앉으며 주위의 모든 사물을 연한 오렌지빛으로 감싸 안았다. 젊은 커플이 우리 앞을 걸어갔다. 석양을 한껏 받아 반짝반짝 빛나는 시노바즈 연못 주변을 걷는 남녀의 모습은 정말이지 그림 같아서 그대로 액자에 넣어 장식해도 될 것 같았다.

"이런 저녁노을을 보면 엄마가 생각나요. 엄마가 노을 지는 풍경을 워낙 좋아해서."

나는 살며시 그녀를 살펴보았다. 아야코는 스케치북을 무릎에 놓고서 눈을 가늘게 뜨고 하늘을 바라보고 있었다. 석양에 비친 그 옆얼굴이 사나에와 겹쳐 보이며 가슴속이 파르르 떨렸다.

"엄마는 저녁노을을 보면 아주 옛날, 오래전에 두고 온 젊은 시절의 자기가 생각난다고 했거든요. 가끔 눈물을 머금을 때도 있었다니까요. 그것도 장보다 돌아오는 길에 상점가 한가운데에서 말이에요. 어렸을 때여서 도대체 그게 무슨 소리인지 하나도 못 알아듣고 그냥 우리 엄마가 왜 울지 싶어서 이상하기만 했어요. 하지만 지금은 엄마 마음을 아주 조금 알 것 같아요."

아야코의 입에서 흘러나오는 말을 듣고 있자니 가슴이 아려왔다.

사람들이 북적이는 상점가 거리에서 그렇게 눈물 맺힌 눈으로 노을을 바라보던 사나에의 심정은 어땠을까? 어떤 마음이 들었을까? 오랜 세월 속에서 우리는 이렇게나 서로 멀리 떨어져 버렸다. 그 사실이 너무 애달파서 누가 보건 말건 울어버리고 싶은 심경이었다.

"에고, 또 분위기 이상하게 만드는 이야기를 해버렸네."

아야코가 웃으며 말했다. 그러나 나는 아무런 대답도 하지 못했다.

"왜 그래요, 히로 씨?"

"그냥" 하고 내가 중얼거렸다.

"옛날 일이 생각나서."

"어머, 히로 씨는 의외로 로맨티스트네요."

아주 오래전에도 들은듯한 말로 아야코가 놀려도 나는 무시하고 말을 이어갔다.

"사랑하던 사람이 있었지. 아주아주 사랑하던 사람."

아야코가 이쪽으로 몸을 완전히 돌리더니 내 얼굴을 뚫어지게 쳐다봤다.

"흐음, 그런데요?"

"그런데 나는 그 사람을 버렸어."

아야코의 눈길을 피하듯이 고개를 떨구고서 중얼거렸다. "에?" 하고 못 알아듣겠다는 투의 소리가 들렸다.

"왜요? 그렇게 사랑하는 사람이면 계속 잘 살아야지?"

"그렇지. 나도 어째서 그때 그런 짓을 해버렸는지 잘 모르겠어. 난 정말이지 철부지였어. 눈앞에 있는 작은 이익에만 혹해서……. 기회다 싶은 일이 생기니까 갑자기 그녀가 귀찮아졌지."

"아이고야~, 남자의 이기심이었네."

"쓰레기 같은 놈이지?"

아야코는 내 물음에 "그야 칭찬받을 만한 일은 아니죠" 하며 쓴웃음을 지었다.

"후회하나 봐요?"

"지금은 미친 듯이 후회하고 있지. 그 생각이 날 때마다 죽도록 내 머리를 패고 싶을 만큼. 내가 유일하게 사랑한 사람이었는데. 그렇게 사랑할 수 있었던 건 그 사람밖에 없었는데. 할 수만 있다면 당장이라도 그 앞에 엎드려서 사죄하고 싶어."

"그렇구나……. 그분도 어딘가에서 행복하게 살고 있으면 정말 좋겠네요."

"그래……."

차마 그녀의 얼굴을 보지 못하고 저물어가는 하늘을 바라보며 고개를 끄덕였다.

"히로 씨가 진심으로 그러기를 바라고 있으면 틀림없이 잘 살 거예요. 옛날 일은 완전히 잊어버리고 아주 행복하게 매일매일 살고 있겠죠. 랄랄라~ 하고 뮤지컬에서 춤을 추듯이 최고로 멋진 날들을 보내고 있을 거예요."

아야코는 그렇게 말하더니, 나를 달래기라도 하듯 벤치 위에 놓인 내 손등을 가볍게 툭툭 쳤다. 그 손길이 너무 따뜻해서 나는 또다시 울고 싶어졌다.

"히로 씨, 이런 말 알아요?"

"응?"

"'여자는 100명의 남자에게 속아도 101번째 남자를 사랑할 것이다'라는 독일 시인이 남긴 말이에요. 나도 동감해요. 사람은 아무리 상처를 입어도 누군가를 사랑하지 않고는 배기지 못하는 존재라고 생각하니까. 그러니까 히로 씨도 다시 사랑하면 돼요. 꼭 이성과 하는 연애가 아니더라도 다양한 형태의 사랑이 있잖아요. 가족이나 친구에 대한 사랑, 일이나 미래의 꿈에 대한 사랑도 되고, 반려동물에 대한 사랑도 괜찮고. 의존이 아니라 사랑이라고 당당하게 말할 수만 있다면 대상이 무엇이든 상관없어요. 사랑은 사람을 살리기도 하는 거예요. 아무것도 사랑하지 않는 인생은 너무 외롭잖아요."

나는 하늘을 쳐다보던 눈길을 돌려 옆에 앉은 아야코를 뚫어지게 바라보고 말았다.

"가만히 보면 가끔 대단한 말을 한단 말이야. 여태 살면서 나한테 그런 말을 해준 사람은 아무도 없었는데."

"어, 혹시 이거 칭찬인가요?"

아야코가 개구쟁이처럼 웃는 얼굴로 물어봐서 나도 덩달아 피식 웃어버렸다.

"그럼! 진심으로."

"우와, 히로 씨한테 칭찬받았네! 사실 그럴듯한 말을 늘어놓기는 하지만, 나도 잘 몰라요. 격언 같은 걸 열심히 모으는 것도 그래서고요. 여섯 살 때 아빠가 엄마랑 나를 두고 집을 나가버렸는데 그것 때문에 뭐가 뭔지 모르게 됐어요. 산다는 게 뭐지? 인생이 뭐지? 그런 의문에 대한 대답을 어딘가에서 찾으려고 한 거죠. 그래서 위인들이 한 격언이라면 뭔가 해답을 얻을 수 있지 않을까? 그런 말들이라면 진리가 담겨있지 않을까? 하고 생각하게 된 거예요. 너무 웃기지 않아요? 루소의 말을 진지한 얼굴로 읊어대는 초등학생이라니. 그러니까 사실 나는 아무것도 모른다고 봐야겠죠."

아야코가 멋쩍음을 감추려는 듯이 웃더니 "이제 그만 가요" 하며 벤치에서 일어섰다. 연못 반대편에 들쑥날쑥하게 늘어선 빌딩 틈새로 모습을 숨긴 태양이 마지막 빛을 짧게 내뿜었다. 감색으로 어두워진 하늘 위로 커다란 구름이 흘러갔다. 수면 위로 불어오는 바람이 조금 쌀쌀해졌다.

"그런데 아야코."

"응?"

그냥 이대로 아무 말없이 헤어질까도 생각해 봤다. 그러나 지금껏 그녀에게 받은 것들을 생각해 보면 그건 너무나도 예의가 아니었다. 용납이 안 되는 행위다. 나는 숨을 크게 들이쉰 다음 입을 열었다.

"사실…… 내가…… 좀 멀리 가야 할 일이 생겨서……."

"멀리?"

"그러니까…… 해외로 좀 나가야 해서……."

아야코가 내 앞에 서서 눈을 동그랗게 떴다.

"엥? 언제요?"

"모레인데……."

"네에? 뭐가 그렇게 급해요? 그래서 언제 오는데요?"

"잘 모르겠어. 아마 시간이 좀 많이 걸릴 거야."

말끝을 흐리면서 눈길을 떨어뜨리자 아야코의 얼굴이 한 번도 본 적 없는 표정으로 바뀌었다. 불안하고 뭔가 겁을 먹은 얼굴이었다. 그 표정을 보자마자 공연히 말했다 싶어 후회가 되었지만 이미 엎질러진 물이다.

"그렇구나……."

"갑자기 미안해. 뭐라고 말을 꺼낼지 조심스러워서……."

"미안해요. 내가 이사 오라고 자꾸 떼써서 말하기 힘들었죠? 사실 히로 씨가 금방 어디론가 떠나버릴 것 같아서 그랬던 건데. 뭔가 그런 느낌이 들었거든요. 이렇게 친해졌는데 간다고 하면 너무 섭섭할 것 같아서. 그런데 결국 그 예감이 맞았네요……."

나는 고개를 떨군 채 다시 한번 사과했다.

"……미안하네."

"왜 자꾸 미안하다고 해요? 다시 올 거잖아요? 다시 오기만 하면 되는 거지. 히로 씨도 비밀스러운 사정이 있을 테니까."

아야코는 방금 보인 불안 가득한 표정을 억지로 밝게 꾸미면서 말했다. 내가 아무 대꾸도 하지 못하고 가만히 있자 아야코는 내 얼굴을 똑바로 쳐다보면서 같은 말을 다시 했다.

"돌아오는 거 맞죠?"

나는 가만히 내 얼굴을 응시하는 그 눈망울을 제대로 쳐다볼 수가 없었다.

그날 밤, 다시 꿈을 꿨다.

"히로 씨."

뒤를 돌아보자 사나에가 그때 그 단칸방에 서있었다. 그런데 이번에는 사나에만 당시 모습 그대로이고, 나는 쉰이 넘은 현재 모습이었다.

창밖으로 보이는 저녁노을, 낡은 다다미 냄새, 작은 밥상, 정좌한 사나에가 깔고 앉은 빨간 방석까지…… 모든 것이 그때 모습 그대로였는데 나 혼자만 달랐다. 나만 그 작은 공간에서 어울리지 않는 소외된 존재였다.

"사나에……."

나는 창가에서 천천히 일어나 사나에 쪽으로 다가갔다. 사나에는 방 한쪽 구석에 앉아 눈을 가늘게 뜨고 내 얼굴을 바라보며 미소를 지었다.

나는 그녀 무릎 앞에 엎어지듯이 꿇어앉았다.

"사나에……."

그녀의 이름을 다시 한번 불러본다. 눈물이 한없이 흘러나왔다.

"왜 그래, 히로 씨?"

"사나에, 그때 내가 정말 잘못했어. 제정신이 아니었던 거야. 내가…… 잘못 생각했어. 네 말이 맞았어. 둘이 같이 있기만 해도 행복한 거였는데. 내가 틀렸어. 다 내 잘못이야……."

저녁노을에 물든 사나에의 손이 엎드려 우는 내 머리 위에 가만히 얹어졌다.

"괜찮아, 과거의 일이잖아. 벌써 30년이나 지난 일인데."

"그래도 나는……."

"'그래도'라고 하지 마."

사나에가 작지만 분명하게 말했다.

"그보다 내 딸 어때? 아야코 말야. 애가 참 괜찮지?"

"그러게. 정말 좋은 아이야. 심성도 곱고, 착하고, 똑똑하고. 진짜 잘 키웠더라."

내가 그녀의 무릎에 얼굴을 묻고서 흐르는 눈물도 닦지 않은 채 말했더니 사나에가 후후후, 하고 귀가 간질간질해지는 부드러운 목소리로 웃었다.

"간혹 막무가내로 무리를 할 때도 있어서 좀 걱정이 되기는 해. 생각보다 힘든 일을 많이 겪은 아이라 알게 모르게 괴로운 적도 많았을 거야……. 특히 애 아빠에 관해서는, 워낙 어렸을 때 애 아빠가 집을 나가는 바람에 자라면서 부성애에 대한 목마름이 있었지. 어쩌면 당신에게서 아버지의 모습을 보고 있을지도 모르겠네."

"나한테서?"

뜻밖의 말에 깜짝 놀라 고개를 쳐들었다. 그런 생각은 한 번도 해본 적이 없었고, 아야코도 그런 낌새를 풍긴 적이 없었다.

"그냥 그런 생각이 든다는 것뿐이지만. 아무튼 히로 씨는 우리 애랑 약속한 거지?"

"약속?"

사나에가 하는 이야기를 따라잡기가 힘들었다.

"아이참!"

사나에는 옛날에도 자주 지었던, 입을 삐쭉 내밀어 삐진듯한 표정을 지었다.

"그 아이한테 돌아오겠다고 약속했잖아? 그 약속 제대로 지켜줘야 해. 그 아이는 진심으로 당신을 좋아한단 말이야. 속상하게 하면 안 돼. 히로 씨도 그 아이가 상처받고 슬퍼하는 건 싫잖아?"

"하지만 나는……."

"괜찮아. 틀림없이 잘될 거야. 알았지? 내 말이 틀린 적 있었어?"

사나에는 전에 없이 자신만만한 목소리로 그렇게 말했고, 나는 얼굴을 들고 그 말에 수긍했다.

"아니. 당신은 언제나 맞았어. 항상 옳은 말만 했지."

사나에가 노을빛에 물든 얼굴로 "그렇지?" 하며 마지막으로 다시 한번 생긋 웃었다.

"잘 지내, 히로 씨. 언젠가 꿈속에서 다시 만나자."

하얀 커피잔에 담긴 커피에서 조용히 김이 피어오른다.

마지막 날 밤, 나는 소지품을 모두 담은 스포츠 가방을 들고 트렁카를 찾아왔다. 원래는 내일 아침에 입원하기로 되어있지만, 전날 밤에도 받아준다고 해서 여기서 곧바로 병원으로 갈 예정이다. 전철로 20분이면 간다. 그런데도 마치 머나먼 곳으로 떠나는 심경이었다. 하지만 그런 생각을 하면 결심이 흔들릴 것 같아 눈을 꽉 감고 커피잔에서 풍겨오는 은은한 향기를 가슴 한가득 들이마셨다.

생각해 보니 저녁에 이 가게에 온 것은 처음이다. 8시가 지난 시각이라 손님은 두 팀밖에 없었다. 오늘 밤 카운터에는 다치바나뿐이다. 램프가 뿜어내는 호박색 불빛에 감싸인 가게는 낮시간과 달리 고요함으로 가득하다. 차분한 밤의 분위기도 썩 괜찮다. 좀 더 일찍, 밤에도 와볼 걸 그랬다.

나는 눈을 뜨고서 마지막 커피를 천천히 한 모금 마셨다. 원두의 그윽한 향기가 입안에 퍼지면서 약간의 쓴맛과 함께 목구멍을 넘어갔다. 위장 안까지 램프의 불빛이 은은하게 비추는 것처럼, 배 속에 따뜻함이 천천히 퍼져갔다.

맛있다. 역시 맛있다.

이렇게 맛이 좋은 커피라면 매일이라도 마시고 싶다.

'세상은 아름답다. 싸울만한 가치가 있다.'

그 말에 온전히 동의하기는 힘들다. 인생이라는 애매한 무언가가 그 정도로 가치 있다고 어떻게 단언할 수 있다는 말인가?

그러나 이 한잔의 커피를 위해서라면 싸워볼 만한 가치가 있을지도 모르겠다. 언젠가 이 맛있는 커피를 다시 마실 수 있도록 조금 더 운명에 맞서봐야겠다는 생각이 들었다.

'약속했잖아?'

사나에가 그렇게 말했다. '아야코를 실망시키면 안 돼'라고.

물론 그건 그냥 꿈이란 것도 알고 있다. 아주 잠시, 내가 바라던 대로 꿨던 꿈.

그러나 한낱 꿈이었다 해도 더 이상 사나에를 배신하고 싶지 않았다. 물론 아야코도 마찬가지다. 그렇다. 나는 분명히 아야코에게 약속했다. 돌아오겠다고.

그래서 결심했다.

이제는 쓸데없이 망설이거나 자기연민에 빠지지 않을 것이다. 나는 내가 할 수 있는 최선을 다한다. 그렇게 결심하고 나니 마음이 한결 가벼워졌다.

"오늘은 전에 없이 밤에 오셨네요."

다치바나가 카운터에 늘어놓은 유리잔을 하나씩 꼼꼼히 닦고 광택을 내면서 나에게 말을 걸었다.

"아, 그게, 그쪽한테도 인사를 해야겠다는 생각이 들어서."

나는 커피를 한 입씩 야금야금 소중하게 마시면서 무심하게 대답했다. 다치바나가 유리잔 닦던 손을 멈추고 내 쪽으로 시선을 돌렸다.

"인사라고요?"

"좀 멀리 갈 일이 생겨서. 당분간 여기 오기 힘들게 됐어."

"그렇군요……. 한동안 못 뵌다니 아쉽네요."

내가 먼저 말을 꺼내지 않으면 이 사내는 쓸데없이 질문을 하거나 참견하는 일이 절대로 없다. 그 배려에 마음속 깊이 감사했다.

"여기서 마시는 커피는 정말 맛있었어. 그리고 당신 이야기도 재미있었고."

없는 말주변에 나름대로 인사치레에 가까운 말을 했더니 다치바나가 활짝 웃었다.

"감사합니다. 저도 누마타 씨가 다시 오실 때까지 가게가 망하지 않도록 열심히 꾸리겠습니다. 그러니까 꼭 다시 찾아주십시오."

"음, 꼭 그래야지. 당신의 그 씩씩한 따님이랑, 알바 하는 쿨한 청년한테도 인사 전해주고."

"알겠습니다."

"무사히 돌아오게 되면……."

"예."

"그때는 내 이야기도 들어줄 수 있을까? 길고 지루한 이야기

212

겠지만."

"물론입니다."

그러고는 둘 다 입을 다물었다. 스피커에서 흘러나오는 쇼팽의 선율이 먼 이국땅의 꿈 이야기처럼 달콤하게 귓가에 머물렀다. 나는 한동안 그 음색에 귀를 기울이다가 잔을 마저 비우고 일어섰다.

계산을 끝내고 문 앞으로 가 손잡이를 잡으려다가 잠시 멈춰 섰다.

반드시 이곳으로 돌아온다.

반드시 이 남자가 만드는 커피를 다시 마신다.

조금 더 나은 내가 되어서 가슴을 펴고 당당히 돌아온다.

그렇게 마음속으로 맹세하면서 말했다.

"그런데 다치바나 씨. 당신이 만드는 커피는 정말 악마의 음료가 맞는 것 같군. 아무래도 내가 거기에 홀딱 빠진 모양이야."

"최고의 칭찬이네요."

다치바나가 그렇게 말하더니 나를 향해 고개를 숙여 정중히 인사했다.

바깥으로 나오자 방금 마신 커피처럼 까만 밤하늘이 보였다. 그 한가운데에 작은 초승달이 걸려있었다.

"히로 씨."

좁은 골목을 따라 역 쪽으로 걸어가려는데 갑자기 누가 내 이름을 불렀다. 흐릿한 가로등 불빛 아래로 눈에 익은 그림자가 다가왔다. 나는 어리둥절해서 고요한 골목에 안 어울리는 큰 목소리로 말했다.

"아야코 아냐? 어쩐 일이야?"

이미 이별을 고했다고 생각했다. 어째서 그녀가 일부러 여기까지 왔는지 이해가 되지 않았다.

"히로 씨를 기다렸어요. 오늘은 틀림없이 여기 오겠구나 싶어서. 꼭 주고 싶은 게 있거든요."

"주고 싶은 것?"

"어쨌든 일단은 바래다 드릴게요. 역으로 갈 거죠?"

나는 영문도 모른 채 아야코의 뒤를 따라 걸었다. 희미한 달빛만이 흐르는 거리는 불안이 엄습해올 만큼 고요하다. 이 순간, 아야코가 함께 있어줘서 진심으로 고마웠다.

아야코는 상점가 거리로 빠지지 않고 야나카 묘지를 가로지르는 우회로를 선택했다. 그렇게 돌아가도 닛포리 역까지 걸리는 시간은 기껏해야 15분 남짓이다.

역 앞으로 이어지는 긴 외길에는 초록색 나뭇잎들이 무성한 벚나무 가로수가 늘어서 있다. 그 가로수길을 나란히 걸었다.

"이거요."

야나카 묘지 중간 정도까지 왔을 때, 아야코가 갑자기 그 자리에 멈추더니 가방에서 뭔가를 꺼냈다. 그리고 그것을 나에게 내밀었다.

처음에는 메모지인가 싶었는데, 사진이었다. 나도 모르게 가로등 불빛 아래 서서 눈을 부릅뜨고 살펴보았다.

"이거, 히로 씨 맞죠?"

대수롭지 않다는 말투로 아야코가 물었다. 나는 그녀의 얼굴을 쳐다보다가 다시 한번 허겁지겁 사진으로 눈길을 돌렸다.

사진에 있는 사람은 틀림없는 나였다. 젊은 시절의 사나에와 내 모습이 있었다. 그 연립주택 단칸방에서 둘이 나란히 창가에 기대선 모습이었다. 창밖으로 오렌지색 저녁노을이 보였다.

기억이 났다. 이 사진은 내가 그녀를 떠나기 몇 달 전에 찍은 것이다. 우리 둘의 관계가 가장 깊고 좋았을 때다. 사나에가 세탁소 동료에게 카메라를 빌려 왔다면서 같이 찍자고 하도 졸라 저녁노을을 배경으로 셀프타이머로 찍었다. 필름을 어떻게 끼우는지도 모르던 사나에게 노출이 뭔지 알려주고 초점 맞추는 법까지 가르쳐준 사람이 바로 나였다. 사나에는 그 뒤로 한 달 가까이 사진에 빠져서 정신없이 찍어댔다. 그런데 내가 찍힌 사진을 마주하는 게 영 쑥스러웠던 나는 이런저런 구실을

215

대면서 끝내 현상된 사진을 본 적이 없었다.

석양이 약간 역광이 되는 바람에 우리의 표정은 잘 보이지 않았다. 사나에는 카메라를 향해 웃고 있는 모양이다. 반면에 옆에 선 나는 골이 난 표정으로 엉뚱한 쪽을 바라보고 있다. 이런 두 사람의 모습이 어딘지 모르게 당시 우리의 성격이나 관계를 그대로 나타내는 것 같았다. 사진 속의 두 사람은 엄청나게 젊었고, 놀라우리만치 태평해 보였다. 앞날에 대해 전혀 두려워하지 않는 모습들이다.

"이걸 어디서……?"

"엄마 앨범이요. 역시 히로 씨 맞았네. 그래, 나이가 많이 들기는 했어도 이렇게 놓고 보니까 그 얼굴이 있군요."

"……언제부터 알았어?"

아야코에게 그 이야기를 한 기억은 당연히 없다. 그녀가 어떤 반응을 보일지 겁이 나서 결국 마지막까지 말을 꺼내지 못했다. 그랬는데…….

"얼마 전까지는 전혀 몰랐어요. 그저께 히로 씨의 옛날이야기를 듣고 머릿속에 뭔가 스치는 게 있어서."

"아야코, 나는……."

그러나 내 말을 가로막고서 아야코가 말을 이었다.

"중학생 때쯤이었나? 아빠 사진이 어디 없나 싶어서 찾으려고 서랍을 뒤지다가 우연히 그 사진을 보게 됐어요. 깜짝 놀라서 엄마한테 물어봤더니 그 사진을 어디서 찾아냈냐면서 수줍게 웃더라고요. 아빠랑 결혼할 때 예전 애인에 관련된 물건들은 모조리 처분해 버렸는데 이 사진만큼은 도저히 버릴 수가 없었대요. 소중한 추억이 아주 많이 담긴 사진이라면서."

아야코는 내 손에 있는 사진을 빼꼼히 들여다보면서 "진짜 그랬겠네, 정말 좋은 사진이니까" 하며 혼자서 몇 번씩 고개를 끄덕였다.

"나도 딱 한 번 봤을 뿐인데 그 사진의 인상이 강렬하게 남았나 봐요. 그래서 처음부터 히로 씨가 뭔가 익숙한 느낌이 계속 들었던 거죠. 이게 뭐지 싶어 만날 때마다 어딘가 꽉 막힌 것처럼 속이 답답했는데, 얼마 전에 '앗! 그 사진에 있던 사람이잖아!' 하고 번쩍 떠오르더라고요. 이 사진이 답답했던 속을 사이다처럼 뻥 뚫어줘서 얼마나 시원하던지!"

그렇게 말하더니 "좀 더 걸어요" 하며 내 소매를 잡아끌었다. 그제야 나는 겨우 제정신이 돌아와서 녹음이 우거진 길을 거침없이 걸어가는 아야코의 뒤를 따라갔다.

"그 사진, 히로 씨 가져요. 내가 들고 있어봤자 소용도 없고, 아마 엄마도 히로 씨가 가지는 걸 더 바랄 테니까."

아야코가 내 쪽을 돌아보더니 미소를 지으며 말했다.

"아야코."

"왜요?"

"저기, 나는…….."

"이게 어떤 사진인지 굳이 설명하지 않아도 괜찮아요. 나도 히로 씨한테 그런 이야기를 들으려고 이 사진을 가져온 게 아니니까. 그냥 히로 씨가 먼 데로 떠난다니까 히로 씨를 지켜주는 부적처럼 가지고 있어도 괜찮지 않을까 싶었어요. 지난번에 이야기할 때 다시는 안 돌아올 사람 같은 느낌이 들었는데, 이 사진이 있으면 든든하니 다 잘될 것 같아서…….."

"고마워."

평소에 전혀 입에 담지 않는 말을 하느라 목소리가 갈라졌다. 그래도 아야코를 향해 온 마음을 다해 말했다. 아야코는 그저 싱긋 미소를 지을 뿐이었다. 어떻게 된 일인지 설명해 달라고 하는 게 당연한데 그녀는 그렇게 하지 않았다. 그렇게 다그쳐 봐야 내 마음이 힘들 뿐이라는 사실을 알고 있어서다.

사나에, 네 딸이 너무 멋지고 좋아서 헤어지는 게 정말 힘드네. 이렇게 감정이 메마른 나 같은 놈 눈에서 눈물이 날 만큼 말이야.

"그리고 이건 내가 주는 거고요."

불빛이 환한 역 개찰구 앞의 구름다리에 이르자 아야코가 다시 가방 속을 부스럭거리며 뭔가를 찾더니 이번에는 엽서 같은 물건을 내밀었다.

아야코가 그린 그림이었다. 어디선가 본 적이 있는 남자의 얼굴이다. 예전에 본 연필 스케치와는 달리 수채물감으로 색칠까지 된 그림이다.

"이건 설마…… 나야?"

"맞아요. 전에 언젠가 그려달라고 그랬잖아요. 기억을 떠올리며 그린 거라 별로 안 닮았을지도 몰라요. 그리고 웃는 얼굴을 그리고 싶었는데, 히로 씨는 웃는 일이 거의 없어서 좀 이상하게 되었을지도 모르고."

그림을 다시 보니 어딘지 어색한 미소를 지으며 정면을 바라보는 내 얼굴을 그렸고, 배경으로 노을빛에 물든 구름 같은 연분홍색 꽃들이 가득했다.

"꽃과 아저씨라니, 영 안 어울리네."

나는 쑥스러움을 감추려고 일부러 농담처럼 말했다. 그러나 목소리가 떨리는 것은 나도 어쩔 수가 없었다.

"그 꽃 이름은 하르덴베르기아, 꽃말은 '기적적인 재회'예요. 다시 만날 수 있기를 바라는 마음을 담아 그린 거예요. 엄마 사진에 비할 바는 아니겠지만 이것도 부적이라고 생각하면서 가져가요. 아, 왜 울고 그래요? 그렇게 대단한 그림도 아닌데."

"누가 운다고 그래? 안 울어."

"알았어요. 히로 씨는 안 운다, 절대로 우는 게 아니다!"

아야코는 그렇게 놀리며 웃는가 싶더니 갑자기 가라앉은 목소리로 말했다.

"히로 씨, 여러 가지로 고마웠어요. 그동안 정말 즐겁고 좋았어요."

"고맙다는 인사는 내가 해야지. 사실 한참 전부터 너를 알고 있었어. 정말 오래전부터 만나서 이야기해 보고 싶었지."

"아니, 내가 더 고마워요. 짧은 기간이었지만 아버지랑 같이 있는 느낌이었어요. 이렇게 말하면 야단맞을 것 같아서 말은 안 했지만."

"지금 말하고 있네."

"에잇, 귀만 밝아서!"

아야코가 내 팔에 꽤 센 펀치를 날렸다. 그 아픔조차도 사랑스럽기만 했다.

"마지막으로 격언 한마디 해줄까요?"

"또야?"

내가 쓰게 웃으며 말했다. 도대체 얼마나 많은 위인의 말을 내 머릿속에 쑤셔 넣을 작정인가?

"재회란 인생에서 일어나는 가장 일상적인 기적이다."

"그건 누가 한 말인데?"

나는 아야코가 눈치채지 못하게—당연히 모를 리가 없지만—볼에 흐르는 눈물을 싹 닦아내며 물었다.

"이건 내 오리지널 격언이에요. 방금 생각해 낸 거. 정말로 내 머리로 생각하고 진심에서 나온 말이에요."

"좋은 격언이네. 지금까지 들은 말 중에 제일 좋다."

그렇게 말하자 아야코가 씩 웃었다.

우리는 한동안 서로를 바라보았다. 아무 말없이 그저 서로의 얼굴을 보기만 했다. 전하고 싶은 마음이 있다. 정말 많다. 그러나 말은 목 안쪽에 걸린 채 나오려고 하지 않았다. 억지로 뱉어내면 진정으로 전하려는 마음과 달라질 것 같다는 느낌이 들었다. 그래서 아무 말도 하지 못했다.

우리가 선 구름다리 아래로 전철이 낮은 소리를 내며 지나갔다.

이윽고 아야코는 마지막으로 한 번 더 미소를 짓더니 그 자리에서 휙 돌아서서 방금 우리가 걸어온 길로 경쾌하게 뛰어갔다.

"건강하게 잘 가요! 다음에 또 같이 커피 마셔요. 우유를 듬뿍 넣고요!"

"커피는 블랙이 최고야. 블랙 아니면 인정 못 해!"

"에이, 고집불통 같으니!"

깜깜한 어둠 속으로 아야코가 사라진 다음에도 나는 두 개의 보물을 손에 들고서 한동안 역 앞 가로등 불빛 아래 머물렀다.

그녀가 앞으로 걸어갈 인생이 행복한 것이기를, 그런 소원을 빌면서. 그리고 언젠가 다시 둘이서 트렁카의 커피를 마시는 날을 꿈꾸며.

"재회란 인생에서 일어나는 가장 일상적인 기적이다."

그 말을 소리 내어 읊조려 보았다.

틀림없이 맞는 말이다. 그녀가 한 말이니 틀림이 없다.

나는 숨을 한번 크게 들이마신 다음 개찰구를 지나 추억이 서린 동네를 떠났다.

3.
사랑 한 방울

시즈쿠(물방울)라는 내 이름은 아빠가 지어줬다.

"커피 같은 아이가 되기를 바라는 마음으로 지은 거란다."

어렸을 때 아빠에게 무슨 뜻이냐고 물었더니 이렇게 대답했다.

"맛있는 커피를 만들려면 온 마음을 담아 원두에서 맛을 추출해야 하거든. 그러지 않으면 향긋한 냄새와 깊은 맛이 나올 수가 없지. 그러니까 커피잔에 모이는 커피 한 방울 한 방울은 커피의 맛이 응축된 셈이지. 그런 커피의 물방울(시즈쿠)처럼 네 인생도 향긋하고 깊이 있기를 바라는 마음에서 지었다."

엥, '추출'이라니, 그게 뭐지?

너무 어려서 잘 모르는 단어가 있었음에도 한편으로는 내 이름을 이렇게 지은 이유가 너무 아빠답다는 생각이 들어서 묘하게 납득해 버린 기억이 있다.

아빠는 내가 태어나기 전부터 이 가게, 커피전문점 트렁카 다방의 주인이었다.

작은 골목 막다른 곳에 자리 잡고 있는 세모난 지붕의 작은 가게. 창가에 테이블이 다섯 개, 바 카운터에 의자가 여섯 개 있다. 빛바랜 벽돌 벽에 창문은 스테인드글라스로 되어있고 테이블과 의자들은 모조리 목재다. 예전에 어떤 할머니가 하던 커피숍을 인수해서 이 가게를 시작했다고 하는데 그래서인지 안이나 밖이나 상당히 낡았다.

마스터. 손님들은 아빠를 그렇게 불렀다.

"마스터, 블렌드 한 잔 부탁해요."

"마스터, 난 아이스 커피로."

어린 나는 그 말이 무슨 뜻인지 몰랐지만 다들 아빠에 대한 존중을 담아 그렇게 부르는 느낌이어서 묘하게 자랑스러웠다.

나에게 아빠는 매일 카운터 안쪽에서 좋은 냄새를 풍기며 과묵하게 커피를 내리는 사람이었다. 표정은 항상 진지함 그 자체다. 그런 아빠가 지어준 이름이니까 내 이름을 커피에서 따온 게 지극히 타당하게 느껴진 것이다.

커피전문점 트룽카 다방 마스터의 딸이자 이름마저도 커피에서 따왔으니 당연히 나는 커피에 대해서도 잘 알고 커피 맛에 대해 까다로운 사람이려니 하고 사람들은 착각하곤 한다.

가끔 손님이 "어이, 시즈쿠! 마스터는 역시 융드립(종이필터 대신 플란넬이라는 천을 이용하여 커피를 추출하는 법 – 역주)으로 커피를 내리겠지? 뒷맛이 완전히 차원이 다르니까 말야" 하고 전문 용어를 쓰면서 나에게 물어볼 때도 있다.

그런데 아이러니하게도, 나는 커피를 전혀 못 마신다. 처음이자 마지막으로 입에 대본 건 갓 초등학교에 입학했을 때였다. 그때 처음 마셔보고는 너무 싫어져서 지금껏 한 번도 마시지 않았다. 그러니까 융드립인지 종이드립인지 그런 걸로 내린 커피 맛의 차이 같은 걸 알 리가 없다.

내가 이렇게 된 건 커피를 처음 마시던 날 밤에 무지막지한 악몽을 꿨기 때문이다.

커피 애호가들 사이에서 자라서 그런지 아주 어린 시절부터 나에게는 커피를 동경하는 마음이 있었다. 다들 저렇게 맛있게 마시는 것만 봐도 틀림없이 기절할 정도로 맛있겠지, 하는 기대 말이다. 그런데 아무리 떼를 써도 아빠는 "넌 아직 어려서 커피는 안 돼" 하며 절대로 마시게 해주지 않았다.

그런 나에게 최초로 커피를 마시게 해준 사람은 바로 언니였다. 6살 터울의 언니는 어딘지 어른스러운 분위기였고, 중학교에 다니기 전부터 커피를 일상적으로 마시곤 했다. 어느 날 나는 아빠가 언니 몫으로 만들어놓은 커피를 달라고 언니에게 끈질기게 떼를 썼다. 결국 언니는 내게 항복했다.

"마셔보고 싶은 마음은 알겠지만, 네 입맛에 아직 안 맞을 텐데."

언니가 그렇게 말했지만 나는 귓등으로도 듣지 않았다.

카운터 안쪽에 있는 아빠한테 들키지 않으려고 커피잔에 든 커피를 벌컥벌컥 마셨다. 그 맛은…… '쓰다'는 것밖에 없었다. 어른들은 이런 걸 그렇게 맛있게 마시는 건가 싶어 실망이 무척 컸다. 그런데도 "억지로 마시지 말고 이리 줘. 나머지는 내가 마실게" 하면서 한심하다는 표정을 짓는 언니를 보고 오기가 생겼다. 그래서 목구멍이 쓴맛으로 가득 차고 배 속이 메슥거리는데도 반쯤 남은 검은 액체를 마지막 한 방울까지 기어이 다 마시고야 말았다.

"맛있네."

인상을 있는 대로 찌푸리면서도 허세를 부리며 그렇게 말하자 언니는 "너, 오늘 밤에 잠 못 자도 난 모른다?" 하고 빈 잔을 자기 쪽으로 당기면서 딱하다는 듯이 나를 보았다.

"어? 왜?"

"커피에는 카페인이라고 해서 사람을 흥분시키는 물질이 들어있어. 그런데 익숙하지 않은 사람한테는 그 카페인이 너무 자극적일 때가 있는데, 그렇게 되면 밤에 잠을 못 자게 돼. 넌 오늘 처음 커피를 마셨잖아? 게다가 나이도 겨우 일곱 살인데 괜찮을지 모르겠다."

"진짜? 그런 건 빨리 말해줬어야지!"

나는 눈을 크게 뜨고 언니한테 따졌다. 언니는 어렸을 때부터 책벌레라는 소리를 들을 정도로 책을 많이 읽어서 아는 게 참 많았다. 그런 언니가 잘 안다는 듯이 조곤조곤 그런 말을 하는 바람에 나는 엄청나게 불안해지고 말았다. 실제로 그런 이야기를 하는 사이에 언니 말이 암시가 되어서 그런지, 아니면 진짜로 카페인의 작용 때문인지, 세탁기 안에 갇혀버린 것처럼 머릿속이 빙글빙글 돌기 시작했다.

"언니이, 나 어떡해!"

"뭘 어떡해, 할 수 없지. 네가 다 마셔버렸잖아."

언니는 약간 동정하는 듯이 말하기는 했어도 어깨를 으쓱하면서 "어쨌든 네 잘못이야"라며 이야기를 끝맺었다.

그날 밤, 언니가 말한 대로 일이 벌어졌다. 살면서 이렇게 머리가 초롱초롱한 적이 없었을 정도로 각성이 되었다. 이불 속에서 수없이 몸을 뒤척여도 도무지 잠이 오지 않았다.

집 안은 무서울 정도로 고요하기만 했다. 아무 소리도 들리지 않았다. 나 혼자서만 밤의 어둠 속에 갇혀버린 느낌이 들어서 너무너무 무서웠다.

그렇게 눈을 떴다 감았다 반복하다가 어느 순간 정신을 차려보니 나는 바깥을 걷고 있었다. 그런데 워낙 익숙해서 눈감고도 어디가 어딘지 알 수 있는 상점가가, 평소와 전혀 다르게 보였다. 건물마다 녹아버린 치즈처럼 모양이 일그러진 데다가 거리에는 사람이 아무도 없었다. 가로등은 켜졌다가 꺼졌다가 하며 번쩍이고, 잠옷 차림에 맨발로 걷는 내 그림자는 악마처럼 무시무시한 모양으로 도로에 길게 늘어져 있었다.

집에 가야 해. 나는 쇳덩이처럼 무거운 몸을 질질 끌면서 너무도 변해버린 상점가를 헤매고 다녔다. 그러나 우리 집으로 이어지는 채소가게 옆의 골목이 사라지고 없었다. 대신에 그 자리에 낮에 마신 커피가 들었던 컵처럼 새하얀 벽이 높이 서 있었다. 벽은 무서울 정도로 차가웠고, 아무리 밀어보고 당겨봐도 꼼짝도 하지 않았다.

어떡하지? 집에 못 가는데. 죽을 때까지 이 이상한 세계에서 나갈 수 없잖아.

절망적인 마음으로 나는 엉엉 울기 시작했다. 내가 커피 같은 걸 마셔서 이렇게 된 거야! 그건 마시면 안 되는 거였어. 아아, 하나님! 제발 나를 원래의 평화로운 세상으로 돌아가게 해주세요…….

그러다 누군가 내 몸을 흔들어서 눈을 떠보니 원래대로 내 방에 누워있었다. 어느새 아침이 되어 커튼 틈새로 상쾌한 아침 햇살이 비쳐 드는 게 보였다.

나는 육지로 올라온 물고기처럼 몸을 움찔움찔하면서 끙끙 신음 소리를 냈던 모양이다.

"얘, 시즈쿠! 어디 아프니?"

나를 들여다보는 걱정스러운 엄마의 얼굴을 보고도 한동안 멍하니 눈만 끔벅이고 있었다. 꿈이었구나. 그런데 어디서부터가 꿈이지? 도대체 언제 잠든 거지? 뭐가 뭔지도 모르는 채, 그래도 무사히 현실 세계로 돌아왔다는 안도감에 나는 엄마에게 매달려서 큰 소리로 엉엉 울었다.

그 일로 결국 커피를 마신 사실을 들켜버렸고, 아빠한테 엄청 혼이 났다.

"너는 당분간 커피 절대 금지다!"

아빠는 그렇게 야단을 쳤지만, 그 말을 안 했어도 어차피 커피 같은 건 꼴도 보기 싫어졌다.

그런 사연 때문이다. 내가 더 이상 커피를 마시지 않게 된 것은. 이제는 고등학생이 되었으니 카페인에도 제법 견딜 수 있을 거고, 무엇보다 그런 악몽을 다시 꾸는 일도 없을 것이다. 하지만 사람 일은 모르는 것 아닌가. 무슨 일이 있어도 다시는 그렇게 이상하고 리얼한 악몽을 꾸고 싶지 않다. 절대로 그렇게 이상한 세상을 혼자 헤매고 싶지 않다. 떠올리기만 해도 등줄기에 소름이 돋을 정도다.

"그랬군요. 시즈쿠짱이 커피를 싫어하게 된 게 그런 일 때문이었다니, 정말 흥미롭네요."

평소와 다름없는 트렁카의 평화로운 오후. 치나츠 언니가 내 이야기를 다 듣더니 신기해하면서 연신 감탄했다. 나는 그냥 가벼운 마음으로 예전 이야기를 했을 뿐인데 뜻밖의 큰 반응을 보여서 조금 쑥스러웠다.

오래 계속되던 장마철이 드디어 지나가고 7월 하순인 지금은 완연한 여름이다. 파란색 페인트로 칠해놓았나 싶을 정도로 새파랗게 펼쳐진 하늘에, 연기처럼 뭉게뭉게 피어오르는 하얀 구름까지 완벽하다. 날이면 날마다 비가 쏟아지던 게 꼭 거짓말이었던 것처럼, 학교가 여름방학에 들어선 이후로는 매일 화창하게 갠 날씨가 이어지고 있다.

근처에 사는 일러스트레이터 아야코 언니를 비롯해 그동안 뜨거운 커피를 고집하던 손님들도 하나둘씩 아이스 커피를 찾게 되어 이제 뜨거운 커피는 치나츠 언니만 주문한다.

"시즈쿠라는 이름의 유래가 너무 멋지네요. 커피처럼 속이 깊고 넉넉한 사람이 되라고 지은 이름이라니. 역시 마스터는 대단하세요!"

치나츠 언니는 커피잔을 입에 갖다 대면서 카운터 안쪽에 있는 아빠를 보고 말했다. 아빠는 못 들었는지 묵묵히 유리잔만 닦고 있다. 젊고 귀여운 여자가 칭찬한다고 신이 나서 우쭐대는 모습을 보고 싶지는 않으니까 나도 굳이 알려줄 생각은 없다.

"그나저나, 오늘 묻고 싶다는 이야기가 뭔데요?"

오늘은 치나츠 언니가 꼭 물어보고 싶은 말이 있다고 해서 이렇게 같이 차를 마시고 있는 참이다. 치나츠 언니는 우리 단골인데 수줍음이 많고, 얌전하고, 아주아주 귀여운 사람이다. 내 친언니하고 분위기가 약간 비슷하다. 물론 꼭 그런 이유가 아니더라도 나는 치나츠 언니를 아주 좋아한다. 내가 도움이 될 수 있다면 뭐든 해주고 싶다.

"그게, 실은, 슈이치 씨에 대해서 시즈쿠짱한테 물어보고 싶은 게 있는데요……."

"엥? 슈이치 오빠에 대해서?"

내 반문에 진지한 표정으로 고개를 끄덕이기에 "에이~! 오빠에 대한 거라면 언니가 더 잘 알잖아요?" 하고 빙글빙글 웃으면서 말했더니, 언니는 수줍어서 어쩔 줄 몰라하며 앞머리를 잡아당기는 그 버릇이 또 나왔다.

"아니, 그게, 뭐랄까, 어떻게 해야 할지 모르겠어서."

"뭔데요, 뭔데?"

나는 호기심 엔진이 풀가동 되어 테이블 너머로 몸을 한껏 내밀었다. 우리 가게 알바생인 슈이치 오빠랑 치나츠 언니는 작년 연말에 드라마처럼 만났다. 그 뒤로 뭘 어떻게 해서 그렇게 되었는지 모르지만, 어쨌든 지금은 트렁카에서 공인된 연인 사이다. 치나츠 언니는 수줍음이 많아서 평소에는 슈이치 오빠 얘기를 거의 안 하는데 오늘은 웬일인가 싶었다.

"다음 달이면 슈이치 씨 생일이잖아요? 그래서 뭔가 선물을 하고 싶은데 뭐가 좋을지 몰라서……."

"아아, 뭔가 했더니 그거였구나? 그러고 보니까 오빠는 여름에 태어났네. 겉보기에는 전혀 그렇지 않은데 말이죠."

아하하, 하고 치나츠 언니가 작게 웃었다.

"그러네요. 여름 분위기는 아니죠?"

화제의 장본인인 슈이치 오빠는 요즘 엄청 바쁜지 알바를 자주 쉰다. 취업 준비를 무지막지하게 하더니 무사히 영상 편집 제작사에 취직이 결정되었고, 대학교 마지막 여름방학에는 그 회사에서 연수를 겸해서 아르바이트로 일하게 되었다는 이야기를 들었다. 이건 무조건 치나츠 언니 덕분이다. 치나츠 언니와 사귀기 전까지만 해도 "그냥 평생 학생으로 있었으면 좋겠다"라는 둥 무기력하게 살고 있었으니 말이다.

"취직한 건 좋지만, 너무 무리해서 아프기라도 하면 어떡하나 오히려 걱정이에요."

치나츠 언니가 몹시 걱정스러운 얼굴로 말했다. 좋은 선물을 준비해서 기쁘게 해주고 싶다는 언니의 각오만 들어도 얼마나 슈이치 오빠를 위하는 마음이 큰지 마구마구 전해진다. 나는 진저에일을 마시면서 '흠, 이런 게 사랑인가?' 하고 속으로 생각했다.

"그렇구나~!"

자꾸 능글거리는 웃음이 나오려는 걸 참으면서 치나츠 언니에게 말했다.

"오빠는 뭔가 클래식하고 오래된 걸 좋아하는 것 같던데요. 레트로 취향이라고 해야 하나? 레코드판도 모으는 것 같고. 우리 가게가 좋다고 알바하는 것만 봐도 그렇잖아요."

"맞아요. 그래서 뭔가 그런 물건이 좋을 것 같기는 한데 저는 워낙 그쪽으로 아는 게 없어서. 이 근처에는 그런 고전적인 잡화 같은 걸 파는 가게들이 많이 있죠? 혹시 시즈쿠짱은 적당한 가게 아는 데 없어요?"

"흐음……."

나는 빨대를 씹으면서 고민했다. 내 나이 또래 여자애들이 좋아할 만한 물건이라면 이 근처에서 얼마든지 찾아낼 수 있다. 그런데 이번 타깃은 아재 취향의 끝판왕인 슈이치 오빠다. 도대체 뭐가 좋을지 감을 잡을 수가 없다.

"아, 그럼 나랑 다음 주 일요일에 같이 찾으러 다닐래요? 이 근처에 가게들이 어디 어디 있는지 대충은 아니까 내가 안내해 줄 수 있는데."

"아, 정말이요?"

"당근이죠. 다른 사람도 아니고 치나츠 언니 부탁인데. 그리고 5월 내 생일 때 슈이치 오빠가 도서상품권을 줬으니 나도 뭔가 선물을 해야 하거든요."

"그럼 같이 가요."

그렇게 말하는 치나츠 언니를 보니 역시 사랑에 빠진 여자의 얼굴이었다. 사랑의 힘은 정말 위대한 것 같다. 이렇게 눈부신 미소를 지을 수 있게 하다니.

"대단하다."

머리로 생각한 게 나도 모르게 입 밖으로 흘러나온 모양이었다.

"뭐가요?"

치나츠 언니가 고개를 갸웃거리면서 물었다.

"아, 그냥, 누군가를 좋아하는 건 대단한 일 같다는 생각이 들어서요."

말을 하다 보니 그 낯간지러운 단어에 나 스스로가 쑥스러워져서 피식 웃었다.

"시즈쿠짱은 좋아하는 사람 없어요?"

생각지도 못한 질문을 받는 바람에 나는 킥킥거리며 더 크게 웃어버리고 말았다.

"아이, 그런 사람 없어요~! 안 그래도 요즘 들어서 반 애들이 자꾸 그런 얘기만 해서 아주 짜증이 날 지경이라니까요."

"왜, 그 소꿉친구라는 남자분도 있잖아요?"

"엥? 설마 고타? 아니 아니, 걔랑은 절대 그런 사이 아니에요!"

하마터면 혀 위에서 굴리던 얼음을 내뿜을 뻔했다. 나는 세차게 고개를 저었다.

"하지만 슈이치 씨가 '고타는 일편단심 시즈쿠짱만 바라보면서 만날 때마다 열렬하게 구애한다'고 하던데."

"아니라니까요. 그놈이 그러는 건 그냥 장난일 뿐이에요. 인사 같은 거나 마찬가지라고요. 진지함이라고는 1도 없다고 보면 돼요."

아무래도 묘한 오해를 하는 모양이다.

고타랑 나는 정말 그런 사이가 아니다. 우리는 순수하게 소꿉친구다. 집이 걸어서 5분도 안 걸리는 거리에 있는 이웃이고, 부모들끼리도 사이가 좋다. 더구나 유치원부터 고등학교까지 계속 같이 다녔다. 기저귀를 찼을 때부터 같이 놀았고, 초등학교 때는 등굣길에 매일 아침 얼굴을 보았고, 그야말로 남매처럼 자랐다. 물론 이 나이가 되니 더 이상 매일 같이 어울리거나 하지는 않지만, 여전히 가족을 빼면 제일 가까운 존재라는 점에는 변함이 없다. 하지만 정말 그것뿐이다.

게다가 고타 이놈은 어딘가가 모자라도 한참 모자란 놈이다. 공부는 나보다 잘하지만 뭐랄까, 인간이 대책 없이 멍청하다. 헤벌레 해서 바보같이 노는 걸 보고 있노라면 웃기고 재미있어서 좋다. 하지만 그건 누군가를 이성으로 좋아하는 마음하고는 몇십억 광년 만큼이나 떨어진 감정이다.

그런 설명을 열심히 했는데도 치나츠 언니는 영 알아듣지 못하는 모양이다. 우리가 얼마나 그런 사랑하고 동떨어진 사이인가를 상징할 만한 에피소드가 없을까 고민하던 참에 딸랑딸랑 가게 문의 벨이 울렸다.

"마스터, 저 왔어요. 와우! 여기 너무 시원하다!"

호랑이도 제 말하면 온다더니, 가게 문이 열리면서 고타가 불쑥 얼굴을 들이밀었다. 여름방학이라고 점심때가 다 되도록 퍼질러 자다 왔는지 꼭 화학 실험하다 폭발에 휘말린 박사처럼 머리가 난리도 아니었다. 잠이 덜 깬 얼굴을 보니 평소에도 모자란 애가 훨씬 더 멍청해 보였다. 조용한 대화를 나누는 사람들로 가득 차있던 우리 가게의 고상한 분위기가 이놈 때문에 순식간에 와장창 깨져버렸다.

"야, 고타!"

칠칠치 못한 걸 질색하는 아빠가 당장 한마디 했다.

"남의 가게에 오면서 그 꼬락서니가 뭐냐?"

"엥? 뭐가요?"

고타는 티셔츠와 반바지에 슬리퍼를 질질 끌고 온 자기 차림을 위에서 아래까지 훑어보더니 "이 정도면 된 거 아닌가?" 하며 조금도 창피한 기색이 없이 뻔뻔하다. 그러고는 "아함~!" 하고 입을 하마처럼 쩍 벌리며 거창하게 하품을 해댔다. 내가 미쳐. 이딴 놈의 어디를 보고 설레라는 말인가. 이놈에 비하면 차라리 침팬지한테 더 설레겠다.

"고타, 너 아무리 여름방학이라도 그렇게 빈둥빈둥……."

"어, 시즈쿠! 여기 있었네."

고타는 아빠가 설교하려고 달려드는 걸 능숙하게 피하면서 내 쪽으로 다가왔다. 우리 가게에서 아빠를 이렇게 아무렇지도 않게 대하는 사람은 이 인간뿐이다.

"아, 왜? 저리 가."

내가 그렇게 말해도 고타는 들은 척도 안 하고 내 옆자리에 자기 엉덩이를 억지로 밀어 넣었다.

"왜 그래? 수줍어서 그래? 드디어 나에 대한 사랑을 깨달아서……."

그 말이 끝나기도 전에 재빨리 머리를 한 대 후려갈겼다.

"으아! 아프잖아, 멍충아! 치나츠 씨 앞인데 막 이럴래?"

고타는 잔뜩 헝클어진 머리를 문지르면서 신음 소리를 냈다.

"자기가 제일 덜 떨어진 주제에 누구보고 멍청하다는 거야? 이제 정신이 좀 들었냐?"

"정신은 아까부터 말짱했거든."

"턱이 빠지도록 하품이나 해댄 주제에."

"아니, 그렇게 나만 바라보고 있었단 말이야?"

"아니. 내 시야 안에 네가 멋대로 들어왔을 뿐이야."

"시즈쿠! 그 바보는 그냥 내버려두고 빨리 일이나 해라."

아빠가 한심하다는 듯이 한마디 끼어들었다.

백문이 불여일견. 더 이상 설명할 필요가 없어졌다. 나는 맞은편에 앉아있는 치나츠 언니에게 말했다.

"봤죠? 이런 놈이랑 뭘 하겠어요?"

그러자 치나츠 언니는 "아아" 하며 조금 어이없다는 표정으로 끄덕였다.

"그래도 둘이 정말 많이 친하네요. 보기 좋아요."

치나츠 언니가 너무 진지한 말투로 그렇게 칭찬하는 바람에 고타랑 나는 서로의 얼굴을 마주보다가 한꺼번에 웃음을 터뜨렸다.

내가 누군가와 사랑에 빠진 모습은 아무리 상상해 보려고 해도 도저히 리얼리티가 느껴지지 않는다. 그건 훨씬 나중에, 아마도 내가 커피를 마실 수 있게 되는 그날처럼 아주 먼 미래의 일이라는 생각이 들었다.

"시즈쿠, 이번 기일 말인데……."

밤에 가게 뒷정리를 돕고 있는데 아빠가 불쑥 말을 꺼냈다.

"응?"

나는 테이블 닦던 손을 멈추고 계산대 옆에서 오늘 매상을 계산하던 아빠를 쳐다봤다.

가게 문을 닫은 직후의 시간은 항상 어딘가 적적한 느낌이 든다. 갑자기 너무 조용해져서 그런지, 어딘지 모르게 불안정한 기분이 된다. 게다가 이런 이야기를 꺼낼 때면 아빠는 꼭 아주 낮고 작은 목소리로 말하기 때문에 그런 심란한 마음은 더 심해진다.

예전에는 가게 문을 닫은 다음에야 우리 가족끼리 오붓한 시간을 보낼 수 있었다. 그래서 문을 닫고 난 뒤가 좋았다. 그런데 지금은 다르다. 가게 안에 손님들이 북적이던 30분 전이 그리워진다. 하루 일과를 끝내는 이맘때가 나는 제일 싫다.

"올해는 7주기니까 절에서 할 거야."

"아, 그렇구나. 알았어."

에어컨에서 나오는 미풍을 받아 작게 흔들리는 램프 조명을 바라보며 고개를 끄덕였다.

"뭐 거창하게 생각할 건 없고. 그냥 친척들하고 절에 모여서 스님이 불경 외는 걸 듣다가 적당히 밥이나 먹고 오면 되니까."

"응. 엄마한테도 말했어?"

"당연히 했지. 말하지 않아도 당연히 알고 있겠지만."

"하긴 그렇겠네."

엄마는 사정이 좀 있어서 외국에 나가 있다. 도시하고 많이 떨어진 시골에 있어서 연락이 안 될 때도 많다. 하지만 기일에 관해서는 걱정할 필요가 없었던 모양이다.

"그날 검은 상복을 입어야 하는 건가?"

"그래야겠지. 벌써 7년이나 지났고, 이 한여름에 굳이 검은 정장을 차려입고 오라고 하는 것도 좀 미안해서 각자 편하게 입고 오라고 친척들한테 연락했는데, 미츠코 고모가 큰일 날 소리라고 난리를 치더라고."

"하여튼, 평소에는 서로 안부도 안 묻다가 이럴 때만 나서서 말이 많더라. 뻑하면 '남들 눈에 어떻게 보이겠냐'는 둥, '우리 집안에 먹칠을 할 작정이냐'는 둥."

나는 미츠코 고모의 말투를 흉내 내며 못 말리겠다는 식으로 어깨를 으쓱했다.

"그러려니 해라. 그래도 일부러 와주는 게 어디냐. 남들 앞에선 그렇게 노골적으로 싫은 표정 짓지 말고."

"그 정도는 알고 있어."

친척들 얼굴을 봐야 하는 건 정말 귀찮고 짜증 나는 일이다. 그 사람들이 우리 가족의 슬픔을 얼마나 안다고 간섭인지. 걸핏하면 형식이니 체면이니, 그런 것들만 따진다. 지금 외국에서 혼자 지내는 엄마에 대해서도 그렇다. 아무것도 모르면서 나쁘게만 말한다. 진짜 아무것도 모르면서. 생각하다 보니 점점 화가 나서 머리에서 김이 모락모락 날 지경이다.

아빠는 그런 내 상태를 알아차렸는지 카운터 너머로 말했다.

"너무 마음 쓰지 마라. 우리만 괜찮으면 된 거지."

평소처럼 엄한 느낌의 말투가 아니라 부드럽게 타이르는 목소리였다.

"응."

나는 순순히 고개를 끄덕인 다음 "나 먼저 올라갈게" 하고는
2층으로 향했다. 바깥바람을 좀 쐬면서 머리를 식혀야겠다는
생각에 베란다로 나갔다. 발치에 있는 모기향에 불을 붙여놓고
난간에 몸을 기댔다.

도쿄라고는 해도 주택가의 밤은 일찍 저문다.

아직 10시 전이라 잠자리에 들 시간이 아닌데도 주변 일대
가 마법에 걸린 동네처럼 고요함 속에 가라앉아 있다. 우리 가
게로 이어지는 좁은 골목, 통칭 '트렁카 골목'도 가로등 불빛만
띄엄띄엄 보였다. 그 어둠 속을 정체 모를 무언가가 휙 하고 순
식간에 가로질렀다. 아마 길고양이일 것이다. 난간에 기대서
꼼짝 않고 있었더니 대낮의 열기가 아직도 남아있는 미적지근
한 바람이 뺨을 스치고 지나갔다.

검은 하늘에 별들이 희미하게 깜박인다. 무의식중에 눈으로
여름의 대삼각형을 찾았다. 아주 오래전에 언니가 가르쳐준 별
들의 이름을 떠올리면서.

데네브, 알타이르, 베가.

'무슨 마술사 주문 같네.'

내가 그렇게 말했을 때 언니는 키득키득 작은 소리로 웃었

242

다. 우리만의 특별한 비밀이 생긴 것 같았다.

'언니.'

마음속으로 불러본다.

'그쪽 세상은 어때? 잘 있어? 이쪽은 아빠랑 엄마랑 나랑 다 잘 지내. 이 동네는 오늘도 평화로웠어. 친절하고 재미있는 사람들이 많거든.

언니, 알아? 내가 벌써 그때의 언니 나이가 되어버렸어. 그런데 난 언니하고는 딴판이야. 아직 커피도 못 마시거든. 사랑도 모르고. 열일곱의 언니는 정말 어른 같았는데, 난 왜 아직도 이 모양일까?'

별들은 아무 대답도 없이 저 먼 곳에서 희미하게 빛날 뿐이었다. 나는 하늘을 계속 올려다보았다.

일요일이 되었다.

해가 높아지기 전인 오전 시간에 치나츠 언니랑 만났다. 그런데도 역 앞에 선 우리 머리 위로 강렬한 햇살이 쏟아졌다. 녹음이 우거진 야나카 묘원 쪽에서 시끄럽게 울어대는 매미 소리가 여기까지 들렸다.

"매미 소리가 엄청나네요."

치나츠 언니는 오늘도 소녀처럼 아주 귀엽게 입고 나왔다.

하늘색 여름 니트에 레이스로 된 롱스커트. 이렇게 더운 날인데도 어딘지 시원해 보인다. 나하고는 전혀 어울릴 것 같지 않은 여성스러운 옷차림이다.

'이런 옷을 좋아하는 게 우리 언니랑 비슷하단 말이야.'

속으로 생각했다.

가슴이 찌릿, 아팠다.

늘상 있는 일이다. 언니하고 몸집이나 옷차림, 분위기, 목소리, 나이가 조금이라도 비슷한 여성들을 보면, 길에서 스치는 낯선 사람들한테서까지 공통점을 자꾸 찾게 된다. 그러면서 상상한다. 언니가 살아서 나이가 들었으면 이런 분위기였을 수도 있겠네, 저런 사람이 되었겠네, 하고.

의미도 없고, 너무 유치하지만.

"왜 그래요?"

역 앞에서 발걸음을 멈추고 가만히 서있기만 하는 나를 보고 어리둥절해진 치나츠 언니가 물었다. 나는 허둥지둥 밝은 목소리로 대답했다.

"아, 아무것도 아니에요. 이제 가요!"

매미의 공연장이 되어버린 묘원을 빠져나와 산사키자카 언덕을 내려갔다. 앤티크가게나 잡화점 대부분은 여기저기 골목 안에 흩어져 숨어있어서 효율적으로 돌아다니지 않으면 이 더

위에 체력이 버티지 못한다. 이 동네 토박이인 내가 실력을 발휘할 때다.

고양이 관련 물품들만 모아놓은 잡화점, 일본 전통 문양이 그려진 색종이 전문점 같은 독특한 가게들을 포함해서 야나카 근처를 여기저기 돌아다녔다. 조금 걷다가 가게에 들어가서 살 만한 게 없나 살펴보고, 다시 나와서 멀리 아지랑이가 피어오르는 오르막길을 올랐다. 도중에 일본 전통 찻집에서 잠시 쉬기도 하면서 내가 알고 있는 가게들을 모조리 섭렵했다.

숨을 헐떡이면서 단고자카 언덕을 올라가던 중에 구민 수영장으로 놀러가는 것으로 보이는 초등학생 남자애들 무리와 마주쳤다. 여름은 이제야 시작인데 벌써 햇볕에 새까맣게 탄 얼굴들이다. 그 무리 속에 고타의 남동생인 요헤이도 있었다.

"앗, 시즈쿠다 시즈쿠다!" 하고 손가락질하며 떠들어대는 녀석한테 "시즈쿠 누나라고 부르랬지!" 하고 야단치면서 머리에 손날치기를 한 방 먹였다. 이놈은 얼굴도 그렇고, 버릇없는 것도 그렇고, 어렸을 때의 고타랑 똑같다.

마침내 치나츠 언니는 요미세 거리에 주말에만 나타나는 가방 노점상에서 가방을 샀다. 돛에 사용하는 두꺼운 천으로 만들었다는 그 가방은 튼튼한 재질에 심플한 디자인이 돋보였다. 이거라면 틀림없이 슈이치 오빠도 좋아할 것이다. 직장에도 들고 다닐 수 있는 디자인이다. 나도 같은 노점상에서 동전 지갑을 하나 샀다.

"오늘 정말 고마웠어요. 시즈쿠짱이 같이 다녀줘서 도움도 많이 됐고, 아주 즐거웠어요."

쇼핑을 무사히 마치고 나서 치나츠 언니가 새삼 고맙다는 인사를 해서 조금 쑥스러웠다. 신경 쓰지 말라고 손사레쳤다.

"꼭 오늘 일로만 그러는 게 아니에요. 시즈쿠짱을 만나면 제가 힘을 얻을 수 있어서 항상 얼마나 고마운지 몰라요. 다른 사람의 기분을 밝게 해주는 시즈쿠짱의 그 에너지는 정말 타고난 것 같네요. 진심으로 대단하다고 생각해요."

치나츠 언니가 그런 말을 진지한 목소리로 하는 바람에 칭찬받는 걸 힘들어하는 나는 등줄기가 근질근질해졌다.

"저기, 치나츠 언니. 혹시 오늘 일로 정말 고마우면…… 내 소원 한 가지만 들어줄래요?"

내가 말하자 "뭔데요? 제가 할 수 있는 일이어야 할 텐데" 하면서 치나츠 언니가 불안한 표정이 되었다.

"나한테 존댓말 안 쓰면 안 돼요? 언니가 나보다 나이도 많은데 그렇게 자꾸 존댓말을 쓰면 너무 딱딱하고 모르는 사이 같잖아요. 언니는 아무한테도 반말을 못 쓴다고 했지만, 그래도 나한테만은 좀 편하게 대해줬으면 좋겠어요. 우리는 친구잖아요?"

내가 씩 웃어 보였더니 치나츠 언니가 볼을 살짝 붉히면서 "네" 하고 작게 웃었다.

"좋아요, 언니. 그럼 이제 트렁카로 돌아가 볼까요?"

"네……가 아니라, 응!"

파란 하늘 아래서 둘이 함께 상점가를 향해 걸어가려던 바로 그때였다.

맞은편에서 검은 뿔테안경에 흰 셔츠를 입은 젊은 남자가 다가오더니, 신나게 수다를 떨며 걷는 우리 옆을 지나쳤다.

그가 지나치는 순간, 문득 나도 모르게 뒤를 돌아보았다.

무언가가 나를 뒤로 잡아끌면서 느닷없이 가슴이 요동을 치는 느낌이었다.

"시즈쿠짱?"

치나츠 언니가 걸음을 멈춘 나를 불렀지만 나는 그에게서 시선을 뗄 수가 없었다. 그 남자는 그대로 한여름의 햇살이 내리쬐는 길을 걸어가고 있었다.

왠지 이쪽을 돌아볼 것 같은 느낌이 들었다. 그래서 가만히 지켜보았더니, 3미터 정도 떨어진 곳에서 정말로 그 자리에 우뚝 서는 것이다.

천천히, 그 사람도 나를 향해 뒤돌았다.

우리는 한동안 서로를 바라보았다. 그가 한 발짝 내 쪽으로 다가오면서 나를 더욱 뚫어지게 쳐다보았다.

"혹시…… 시즈쿠짱 아냐?"

"아!"

목소리를 듣고서야 확신이 생겼다.

"오기노…… 오빠?"

내 목소리에 그가 빠른 걸음으로 다가왔다. 안경 안의 눈동자가 반갑게 웃고 있었다.

"역시 시즈쿠짱 맞구나. 오랜만이네. 많이 컸다."

너무 갑작스러운 일이어서 마음이 머리를 따라가지 못했다. 대답도 못한 채 눈앞에 있는 사람을 마냥 쳐다보기만 했다.

아아, 틀림없이 오기노 오빠다. 예전에 언니가 사귀던 사람. 언니가 죽고 나서는 그대로 인연이 끊어져 버린 사람.

솔직히 이 사람이 존재했다는 사실조차 방금 전까지 까맣게 잊고 있었다. 그런데도 스쳐 지나가는 순간 뭔가 느낌이 강하게 왔다는 건, 마음속 깊은 곳에서 기억하고 있었다는 증거일까.

"시즈쿠짱, 아는 사람이에요?"

내가 상당히 동요했던 모양이다. 온종일 치나츠 언니와 동행이었음을 깜박할 정도였다.

"아, 응. 좀 아는 사람."

오기노 오빠가 치나츠 언니한테 고개를 살짝 숙여서 인사했다. 치나츠 언니도 마찬가지로 인사했다.

"저기, 그럼 나 먼저 트렁카에 가있을까요? 아니, 가있을까?"

"어? 그치만……."

눈치를 살피듯이 오기노 오빠를 보자 오빠도 당황한 듯 "아니, 그럼 너무 미안하니까……" 하더니 "시즈쿠짱, 나중에 또봐"라고 말하고는 그냥 가버리려고 했다.

"오빠, 잠깐만요!"

나도 모르게 그 뒷모습을 향해 큰 소리로 불러세우고 말았다.

단고자카 언덕 중간에 있는 모리 오가이(森鴎外 : 1862~1922. 일본 메이지·다이쇼 시대의 소설가 – 역주) 기념관. 그 부지 안에 있는 카페는 무척 고상한 분위기였다. 벽이 큰 통창으로 되어있어 차를 마시면서 정원을 내다볼 수 있다. 정원 한쪽 구석에 있는 커다란 은행나무에서 큼지막하고 파란 나뭇잎들이 기분 좋게 바람에 나부끼는 모습이 보였다.

잠깐 얘기 좀 하자고 했더니 오빠는 다짜고짜 "그럼 모리 오가이 기념관으로 가자"라고 말했다. '뜬금없이 웬 기념관?' 하며 얼떨떨하게 따라왔는데, 이렇게 멋진 카페가 있었구나.

"여기 아주 좋네요."

원래 이 자리에 모리 오가이가 살던 집이 있었다고 한다. 그 집터에 기념관이 세워진 건 비교적 최근 일이고, 학교 수업에서 배운 것 말고는 모리 오가이에 대해 전혀 관심이 없는 나로서는 오늘까지 전혀 인연이 없던 장소다.

"그렇지? 느긋하게 앉아서 경치를 즐길 수 있어서 자주 오는 곳이야."

자리에 앉은 다음에도 한참 동안 오기노 오빠는 나에게 시선을 고정한 채 미소를 짓고 있다. 창밖으로 보이는 아름다운 정원 쪽으로는 눈길도 주지 않았다. 마치 어른이 어린아이를 사랑스러운 눈길로 바라보는 것 같은 그 시선 때문에 나는 상당히 당혹스러웠다.

아, 이 사람 눈에 나는 완전히 어린아이구나.

그럴 수밖에 없다. 이 사람에게 나의 존재란, 그저 예전에 사귀었던 여친의 어린 여동생일 뿐이다. 그렇지만 따지고 보면 마지막으로 우리가 만났을 당시의 오기노 오빠 나이랑 지금의 내 나이는 한 살밖에 차이가 나지 않는다. 오빠도 그때는 고등학생이었고 난 훨씬 더 어렸으니, 당시엔 내가 어린아이였던 게 사실이다. 하지만 지금까지도 그런 식의 태도로 나를 대하는 건 그닥 마음에 들지 않는다.

소용없다는 걸 뻔히 알면서도, 그런 인상을 조금이라도 없애려고 되도록 어른스러운 말투로 이야기하려고 애썼다.

"억지로 붙잡은 것 같아서 죄송해요. 혹시 제가 실례를 한 건 아닌가요?"

"아니, 전혀. 쉬는 날이어서 헌책방에나 가볼까 하던 참이니까. 시즈쿠짱이야말로 괜찮았던 거야? 친구랑 볼일이 있었던 것 아니고?"

"괜찮아요. 볼일은 다 마친 상태였으니까요."

치나츠 언니한테는 트렁카에 먼저 가 있으라고 했다. 아마 오기노 오빠랑 내 관계가 많이 궁금했을 것이다. 그러나 뭐라고 설명할 여유가 없었다. 여기서 이 오빠를 그냥 보내면 다시는 못 만날 것 같았기 때문이다.

"그래? 그럼 다행이고. 그러나저러나 정말 오랜만이네. 한 6년 만이지? 잘 있었어? 이제 고등학생이지?"

오기노 오빠는 여전히 나를 향해 싱글벙글 웃으면서 아이스커피를 한 모금 마셨다. 커피가 목을 타고 내려갈 때 목젖이 위아래로 크게 움직였다. 마치 그 부분만 다른 생물인 것 같아서 나도 모르게 빤히 쳐다보게 된다.

예전에는 마른 이미지였는데 지금은 목둘레와 어깨에 근육이 붙어서 탄탄해 보였다. 흰 셔츠 안으로 비치는 팔뚝도 가늘기는 하지만 근육질이다. 얼굴도 당시의 소년다운 모습은 사라지고 상당히 남자다워졌다. 어른의 여유가 온몸에서 은근히 풍긴다. 고타도 앞으로 6, 7년 지나면 이런 느낌의 어른으로 바뀌게 될까? 아니, 그건 절대 무리다. 오기노 오빠랑 고타는 원판부터가 천지 차이이다.

예전의 오기노 오빠랑 지금의 오기노 오빠. 그 차이를 발견할 때마다 속으로 놀라면서도 아무렇지도 않은 척 아이스티에 손을 뻗었다.

"저는 여전히 잘 있어요. 오빠도 잘 지냈어요?"

"잘 지내지. 대학 때문에 계속 교토에 있다가 작년에 회사에 들어가면서 다시 이쪽으로 돌아왔어."

"그랬군요."

"부모님은 잘 계시고? 지금도 계속 그 가게 하고 계시는 거지?"

"네."

"그렇구나. 트렁카에 가본 지도 정말 오래됐네."

오기노 오빠가 눈을 가늘게 뜨며 당시를 그리워하듯이 말했다.

"사실은 이쪽으로 오자마자 곧바로 인사드리러 갈까 했는데, 얼굴을 뵙기가 너무 송구스러워서⋯⋯."

"네……?"

"내가 너희 가족한테 말도 못 하게 미안한 짓을 저질렀잖아."

"미안한 짓이요?"

무슨 말인지 도무지 이해를 할 수가 없어서 되물었다. 이 오빠가 우리 가족한테 뭔가 잘못한 게 있었던가? 전혀 짐작이 가지 않았다.

"그게 그러니까…… 내가 장례식 때 주책맞게 펑펑 울어버렸잖아. 관에 매달려서. 그때는 제정신이 아니어서 눈치 없이 그런 짓을 했는데……."

"아니, 뭐 그런 걸 가지고……."

오빠는 말없이 고개를 젓더니 창밖의 경치로 눈길을 돌렸다.

"정말 미안하고 면목이 없다고 생각해. 나보다 가족들이 훨씬 더 슬프고 힘든 게 당연한데 헤어진 지 반년이나 지난 전남친이란 놈이 그런 추태를 벌였으니. 나중에서야 내가 얼마나 이기적인 짓을 했는지 깨닫고 진심으로 나 자신이 싫어지더라. 그 이후로 마스터 얼굴을 똑바로 볼 자신이 없어서 트렁카에 갈 수가 없었어. 원래는 대학 가기 전에 인사드리러 갔어야 하는데. 그동안 여러모로 참 잘해주셨는데."

"그런 건 전혀 신경 쓰지 않았어요. 솔직히 말하면, 그때는 우리도 오빠의 행동까지 신경을 쓸 여력이 없었으니까……."

그런 식으로 오빠가 미안해하며 지낸 줄 전혀 몰랐다. 오히려 슬픈 옛 추억을 떠올리고 싶지 않아서 우리 가게에 발걸음을 끊었다고 짐작했다.

"혹시 괜찮으면 우리 가게에 한번 와주세요. 아빠가 진짜 좋아하실 거예요."

아빠는 언니의 남친이라는 사실과는 별개로 오기노 오빠를 좋아했다. 틀림없이 무척 반가워할 것이다.

"그럴까? 진짜로 가도 돼?"

"그럼요."

"그럼 조만간 한번 들르도록 해볼게."

오기노 오빠가 싱긋 미소를 지었다. 무척 호감이 가는 미소였다.

"저, 그런데요. 혹시 한 가지 물어봐도 괜찮을까요?"

나는 그 웃는 얼굴을 믿고서 차마 물어보기 힘든 말을 꺼냈다.

"언니하고는 왜 헤어졌던 거예요?"

오기노 오빠와 언니는 사귄 지 1년도 지나지 않아 헤어지고 말았다. 주위에서 보는 사람들마다 정말 잘 어울리는 커플이라는 소리를 할 정도였는데 말이다. 지금 와서 물어본들 아무 소용없는 일이겠지만, 나는 그 점이 계속 궁금했다.

"아아, 그거?"

오기노 오빠의 웃는 얼굴이 한순간 흐트러졌다. 그러나 금방 다시 웃는 얼굴로 돌아왔다. 나는 모르는 척했다.

"내가 차인 거야. '딴 사람이 좋아졌으니까 헤어지자'라고 해서."

"그랬구나……. 그래서 오빠가 틀림없이 자기를 원망하고 있을 거라고 언니가 그랬구나."

"어? 원망한다고?"

진짜로 깜짝 놀랐는지 큰 소리로 되물었다.

"죄송해요. 이상한 걸 물어봐서."

"아니, 설마 내가 원망했겠어? 하긴, 그 당시는 그런 마음이 없지 않았지. 차이고 나서 한동안은 제대로 먹지도 마시지도 자지도 못했으니까. 그저 너무 슬프고, 보고 싶고, 아무도 믿지 못하게 될 것 같은 마음이었지. 그만큼 난 너희 언니가 진짜로 좋았거든. 태어나서 처음으로 하는 진짜 사랑이었어. 고등학생 주제에 앞으로 평생을 함께하겠다는 생각을 가지고 미래를 꿈꾸곤 했지. 앞으로 다시는 이렇게 사랑하는 사람을 만나지 못할 거라고 생각했으니까. 그래서 차였건 말건 여전히 언니를 진심으로 좋아했고, 그런 만큼 죽었다는 사실을 믿을 수가 없었어. 아니, 믿기가 싫었지. 언니가 죽었을 때의 슬픔은 실연당했을 때의 슬픔과는 비교도 할 수 없을 만큼 나를 힘들게 했어."

오기노 오빠는 고개를 약간 숙인 자세로 마치 어제 일어난 일을 돌아보는 사람처럼 생생하고도 씁쓸하게 그 당시 감정을 이야기했다. 그러더니 느닷없이 현실로 돌아와서 맞은편에 앉은 나를 쳐다보았다.

"아, 미안. 나 혼자 눈치 없이 떠들어대서. 시즈쿠짱도 이런 이야기를 듣고 싶지는 않았을 텐데."

나는 말없이 고개를 가로저었다. 어느새 아름다운 정원도, 바람에 나부끼는 은행나무도 내 시야에서 사라지고 내 눈에는 오직 오기노 오빠의 얼굴로만 가득 찼다.

그렇게 그의 말에 귀를 기울이면서 언니의 모습을, 그리고 오기노 오빠가 우리 가게에 처음 왔을 때의 모습을 멍하니 떠올렸다.

언니의 이름은 스미레. 부모님이 트렁카를 시작하기 직전에 태어났다고 한다.

고풍스러운 이미지를 가진 언니에게 참 잘 어울리는 이름이었다.

말이 없고 내성적인 사람이었다. 책을 좋아하고 생각에 잠기는 것을 좋아했다. 그래서 트렁카에서도 항상 문고판 책을 한 손에 들고서 구석 자리에 조용히 앉아있곤 했다. 묵묵하고 나서지 않는 성격은 아빠를 닮았는지도 모른다.

그래도 내가 말을 걸면 언제든 잘 들어주었다. "응, 응" 하고 고개를 끄덕이며 내 이야기에 귀를 기울여주는 언니가 나는 정말 좋았다. 남보다 뛰어난 미인이라고 할 수는 없어도 언니에게는 뭔가 신비로운 분위기가 있었다.

언니가 있으면 트렁카의 초라한 구석 자리도 마치 딴 세상처럼 분위기가 바뀌었다. 그렇게 느낀 사람은 나뿐만이 아니었다. 가게에 오는 손님들도 "스미레짱은 그림 속에서 튀어나온 아이 같네"라고 말하는 경우가 종종 있었기 때문이다.

트렁카의 큰딸은 어른스럽고 신비한 아이, 작은딸은 응석받이에 호기심이 왕성한 아이. 주변 어른들은 우리 자매를 두고 그렇게 말하곤 했다.

언니가 고등학교에 올라가고 얼마 안 되었을 때의 일이다. 어느 날 어떤 남자애를 가게로 데리고 온 것이다. 하얀 피부에 곱슬머리가 눈에 띄는, 머리는 좋아 보이지만 운동 같은 건 못하게 생긴 소년이었다.

"우리 학교 선배. 이름은 오기노 가즈히코야."

언니는 약간 수줍어하면서 우리 가족에게 그를 소개했다.

그 뒤로 그는 우리 가게에 자주 오게 되었다. 처음에 언니는

그 사람을 오기노 선배라고 불렀고, 이윽고 가즈군으로 호칭이
바뀌었다. 당시 초등학교 5학년이었던 나 같은 꼬맹이도 그런
변화가 무엇을 의미하는지 충분히 알 수 있었다.

오기노 오빠는 성격이 원만하고 붙임성이 좋은 사람이었다.
항상 웃는 얼굴이었고, 나한테도 잘해주었다. 다만 어딘가 이
세상에 잘 적응하지 못하고 아주 조금 현실에서 동떨어진 듯,
허공에 붕 떠있는 듯한 이질적인 분위기를 어린 마음에도 느낄
수 있었다. 그의 부드러운 미소 속에는 무언가를 이미 포기해
버린듯한 마음이 들여다보였다. 그리고 그런 느낌은, 내가 언
니를 볼 때마다 항상 느끼던 것이기도 했다.

그렇게 아주 많이 닮은 두 영혼의 공명 같은 것이—물론 당
시에는 이런 구체적인 생각까진 하지 못하고 그저 막연한 느낌
에 불과했지만— 두 사람을 이어주고 있구나, 나는 그런 식으
로 생각했었다.

그래서였을까. 그때의 나는 오기노 오빠를 별로 좋아하지
않았다. 두 사람이 너무 비슷하고 잘 어울려서 자기들끼리 완
전체를 이루기 때문에, 그 둘 사이에 내가 끼어들 틈이 전혀 없
다고 느꼈기 때문이다. 오기노 오빠랑 같이 있을 때면 언니는
우리 가족들에게도 보인 적이 없는 편안한 표정을 짓곤 했다.
그게 내 눈에는 마치 이제야 편히 있을만한 자리를 찾았다고

언니가 안도하는 표정으로 보였다.

그래서 오기노 오빠가 우리 가게에 오면 나는 금세 기분이 안 좋아졌다. 그에게 언니를 빼앗기는 느낌. 언니를 무척 좋아하고 따르던 나는 그런 질투와 위기감에 사로잡혔다. 엄마랑 아빠가 그를 호의적으로 대하고 반긴다는 점도 영 마음에 들지 않았다.

그러던 그가 어느 날부터 우리 가게에 오지 않게 되었다. 언니가 고등학교 2학년이 되고 얼마 안 되었을 무렵이었다.

"그 오빠는 요즘 왜 안 와?"

어느 날 내가 머뭇거리면서 묻자 언니가 대수롭지 않다는 듯이 대답했다.

"그냥, 같이 있는 게 지겨워졌어."

"그럼 헤어진 거야?"

"뭐, 그렇다고 봐야지."

그 이야기를 처음 들었을 때는 마냥 황당했다. 그치만 언니가 의외로 변덕스러운 부분이 있음을 알고 있었기 때문에, 한편으로는 그냥 언니답다고 여기기도 했다.

'그렇구나. 사랑이라는 건 그냥 한때 걸리는 마법 같은 거라 영원히 지속되지는 않는구나.'

나는 묘하게 달관한 기분이 되었다. 내심 기쁘기도 했다. 이제 모든 게 원래대로 돌아오겠구나 싶었다.

그러나 그런 기쁨도 아주 잠시뿐이었다. 그로부터 얼마 후에 언니가 병원에 입원했기 때문이다.

뭐가 어떻게 된 건지 영문을 알 수 없었다. 그래도 시간이 흐를수록 사태가 심각해지고 있다는 사실만은 알 수 있었다.

내 힘으로는 도저히 어쩔 수 없는 현실이라는 것을 알고 나서는 진짜로 절망해 버렸다. 커피를 마셨던 밤에 느낀 그 절망 따위는 아무것도 아니었다. 세상에 이렇게 괴롭고 슬픈 일이 있다는 사실을 도저히 믿을 수가 없었다.

언니는 하루가 다르게 야위어갔고, 예전 모습을 찾아볼 수 없게 되었다. 이렇게 말도 안 되는 일이 어디 있는가?

입원한 지 3개월 만인 8월 말. 언니는 세상을 떠났다.

입원하고 나서 처음 얼마간은 예전의 침착했던 언니가 어디 갔나 싶게 놀랄 정도로 이성을 잃고 엄마나 아빠한테 소리를 지르며 화를 내기도 했다. 그러나 마지막 한 달은 다시 평소의 조용하고 부드러운 언니로 돌아왔다. 병실 안으로 나를 불러서 내가 하루를 어떻게 보냈는지 듣는 것을 좋아했다. 그러면서 조용히 미소를 지었다. 그 잔잔한 미소만을 남긴 채 언니는 잠을 자듯이 그대로 가버렸다.

장례식 때는 너무 멍하기만 해서 눈물도 나오지 않았다. 아빠도 엄마도 넋이 나간 사람처럼 보였다. 언니를 잃은 우리 가족 셋은 마치 오랫동안 꿈을 꾸는 기분으로 그 자리에 머물렀다. 후덥지근한 계절이었다. 너무 피곤해서 어디든 좋으니까 그냥 쓰러져서 오래오래 잠만 자고 싶었다.

안개 속에 있는 것처럼 모든 사물이 희뿌옇게 보이는 시야 끝에, 오기노 오빠가 울고 있는 모습이 보였다. 언니가 잠든 관에 매달리다시피 하면서.

저 사람은 뭐가 그리 슬퍼서 저렇게 우는 걸까?

그가 정신없이 우는 이유를 나는 도무지 알 수가 없었다.

오기노 오빠를 만난 건 그때가 마지막이었다.

기념관에서 나왔을 때는 이미 해가 저물어가고 있었다. 한결 선선해졌고 하늘 높은 곳은 감청색으로 물들어 가는 중이었다.

"어쨌든, 꼭 우리 가게에 오는 거예요. 약속한 거죠?"

헤어지면서 다시 한번 힘을 주어 오기노 오빠에게 다짐을 받았다. 왜인지는 정확히 모르지만, 그가 다시 트렁크에 꼭 왔으면 하는 마음이었다.

"응, 알았어. 고마워."

그는 그렇게 대답하더니 "그럼 잘 가. 만나서 반가웠어" 하고 인사하고는 전철역 쪽으로 발길을 돌렸다.

"저기……."

나는 뭔가 꼭 해야 할 말을 잊어버린 것만 같아서 그 뒷모습에 대고 소리를 냈다.

"왜 그래?"

그가 뒤돌아서 궁금해하는 표정으로 나를 봤다.

내가 무슨 말을 하려고 했지? 아무것도 생각나지 않았다.

"아니에요. 오늘 아이스티 잘 마셨습니다."

그가 아하하, 하고 웃었다.

"그럼 또 보자."

"네."

나는 손을 팔랑팔랑 흔드는 그를 향해 살짝 고개를 숙인 다음 반대 방향으로 천천히 걸어가기 시작했다.

아빠랑 둘이서 저녁을 먹은 다음 고타네 집에 가려고 집에서 나왔다. 이유는 잘 모르겠지만 뭔가 마음속이 찜찜하니 개운치 않아서 오늘 있었던 일을 누군가와 이야기해 보고 싶었다. 게다가 고타네 간다고 하면 밤중에 외출해도 아빠가 뭐라고 하지 않는다.

하늘에는 달이 밝게 빛나고 밤공기도 생각보다 부드러웠다. 이웃집 정원에 핀 접시꽃은 한낮의 더위를 못 견디고 축 늘어져 있었다.

후줄근한 티셔츠에 트레이닝 바지 차림으로 인적이 없는 길을 걷는 기분이 그리 나쁘지 않았다. 바지 주머니에 두 손을 찔러 넣고 셔터가 내려진 가게들이 늘어선 거리 한가운데를 거침없이 걸어가면서, 머릿속으로는 오늘 있었던 일을 생각했다.

'그럼 또 보자.'

그렇게 말하고 손을 흔들던 오기노 오빠.

나도 그냥 손을 흔들어줄 걸 그랬나. 고개를 숙인 건 너무 딱딱해 보였을 텐데.

어째서 나는 이런 사소한 부분을 가지고 이렇게 후회하고 있지?

자꾸 이상하게 구는 내 모습이 갑자기 낯설고 당황스러웠다.

고타네 집 앞에서 통보하듯이 초인종을 누른 다음 곧바로 안으로 들어갔다.

"형! 시즈쿠 왔어."

낮에 만났을 때보다 더 새까맣게 탄 요헤이한테 "시즈쿠 누나라고 부르라고 몇 번을 말하냐?" 하며 매번 그랬듯 손날치기 한 방을 먹인 다음, 거실에 있는 아주머니한테 인사만 하고 2층으로 올라갔다.

방문을 열자마자 고타, 아니 사춘기 남자애 특유의 독특한 냄새가 코끝을 훅 스쳤다.

"어서 와, 마이 허니~. 이 시간에 어쩐 일이야?"

말은 달콤하게 하지만 TV 앞에서 게임기를 붙잡고 앉은 고타는 내가 들어오건 말건 돌아볼 생각도 하지 않는다. 화면 속에서는 피투성이 좀비 떼가 고타가 조종하는 주인공 남자를 향해 마구 달려드는 중이다.

"손님이 왔는데 형이나 동생이나 맞이하는 태도 좀 보소."

눈길도 주지 않고 오로지 버튼만 눌러대는 고타의 등짝을 발끝으로 툭툭 치며 말했다.

"네가 무슨 손님이냐?"

언제나 이런 식이다. 하긴, 그래서 편하게 올 수 있는 거지만.

나는 방 안을 빙 둘러보며 벽에 붙은 아이돌 포스터가 다른 사람으로 바뀐 점 말고는 전에 왔을 때랑 똑같다는 걸 확인하고서 침대에 털썩 앉았다. 그리고 방바닥에 굴러다니는 감자칩 봉지를 열어서 입안으로 몇 개 던져 넣고 거의 혼잣말을 중얼거리듯이 오늘 있었던 일을 줄줄이 이야기했다.

"흐음, 스미 누나 전남친이라."

내가 이야기를 마치자 고타는 별로 흥미가 없다는 투로 말했다.

"나도 그때 몇 번 만난 적 있어. 뭐, 스미 누나랑 같이 걸어가는 걸 지나가면서 본 정도지만. 되게 조용해 보이는 사람이던데. 하긴 그런 면에서 스미 누나랑 잘 어울리긴 했지."

좀 더 놀라거나 감동하거나 하는 리액션이 나올까 싶었는데 반응이 너무 무심하다. 실망이 되면서 조금 슬퍼졌다. 고타도 어렸을 때 "스미 누나, 스미 누나" 하며 언니 꽁무니를 졸졸 따라다니던 때도 있었는데. 어쩔 수 없기는 하지만 그래도 이 반응은 좀 섭섭했다.

"그래서?"

"그래서라니?"

"그러니까, 웃음 포인트가 뭔데?"

"그런 게 어디 있어? 그냥 만났다는 거지."

짜증이 났다. 이놈은 내 이야기에 흥미가 진짜 하나도 없는 모양이다.

"야, 보통 무슨 이야기를 시작했으면 웃음 포인트가 나오면서 끝나는 거잖아."

"무슨 오사카의 개그맨이냐? 웃음 포인트를 찾게."

"아~따, 거시기 그라믄 안 되제~. 나~가 완전 에도 토박이랑께~."

우스꽝스러운 사투리를 구사하는 고타를 향해 베개를 냅다 던졌다. 하지만 고타는 화면에서 눈도 떼지 않은 채 잽싸게 몸을 피했다.

"어딜!"

짜증 나는 놈. 이놈이 운동신경 하나는 끝내준단 말이지. 학교 배구부에서 2학년으로는 유일하게 학교 대표로 뛸 정도다. 연습은 허구한 날 빼먹으면서. 그래서 일부 3학년들한테 찍혀 상당히 괴롭힘을 당하는 모양인데, 특유의 뺀질거리는 태도로 그런 악의조차 아무렇지 않게 넘겨버린다. 어떻게든 괴롭히려고 달려드는 쪽이 오히려 맥이 빠진달까.

"그래도 다행이네, 뭐."

고타가 순간적으로 화면에서 눈을 돌려 내 쪽을 보며 말했다.

"뭐가?"

"그 사람 잘 지내는 것 같았다며? 여태 잊지 못하고 있으면 너무 힘들잖아. 마음을 추슬러서 잘 회복된 거네."

"뭐, 그런 거겠지."

"근데 넌 왜 불만스러워 보이냐?"

"누가 불만스럽대? 잘 살아서 다행이라고 했지."

"그래?"

고타가 하는 말이 맞다. 나도 오빠가 좋아 보여 다행이라고 생각한다.

하지만 내가 하고 싶었던 말은 그런 게 아니다. 오기노 오빠가 잘 지내더라, 하는 그런 시시한 말을 하려고 이 시간에 일부러 여기까지 온 게 아니란 말이다. 뭐랄까, 오기노 오빠라는 사람을 다시 만났다는 놀라운 사실을 같이 공감해 줄 사람이 필요했다.

언니가 죽었을 때 세상이 얼마나 불공평한지 절실하게 느꼈다. 그 아픔을 가족 이외의 사람과는 공유해 본 적이 없다. 그런데 오늘 오기노 오빠와는 같은 아픔을 공유한 느낌이 들었다. 그 사실이 기쁘기도 하고, 슬프기도 하고, 그러면서 뭔가 다른 감정도 어렴풋이 솟아나는 것 같았다. 물론 고타가 그런 내 마음을 공감하지 못한다 해도 어쩔 수 없다. 나도 내 마음을 제대로 설명하기가 힘드니까.

이제 화면에서는 주인공이 시퍼런 얼굴의 좀비들에게 둘러싸여 궁지에 몰린 상태다. 절체절명의 순간. 그러나 고타는 서두르지 않고 좀비의 머리통을 겨냥해 정확한 사격으로 한 놈씩 확실하게 처리해 나간다. 게임기의 버튼을 누를 때마다 탕! 하는 리얼한 총소리가 들리며 좀비의 살점들이 공중으로 흩어진다. 뭐야, 가만히 보니까 이거 19금 게임이잖아? 이놈 봐라?

답답한 기분을 풀고 싶어서 왔는데 풀리기는커녕 끔찍한 게임 장면까지 보는 바람에 점점 짜증이 나기 시작했다.

나만 기분을 망칠 순 없지, 너도 맛 좀 봐라. 고타 등 뒤로 돌아가서 옆구리를 살살 간지럽혔다. 이놈은 어릴 때부터 간지럼을 무지 잘 탄다.

"야야야, 그러지 마, 죽겠어! 하지 마, 진짜, 하지 말라고! 제발!"

계획대로 고타는 웃느라 정신을 못 차렸다. 결국 주인공은 절규하는 소리와 함께 좀비 떼에게 깔려 죽었다. 검은 화면에 무시무시한 피 색깔로 GAME OVER라는 글자가 나타났다.

"야, 너 미쳤어? 방금 너 때문에 총알 다 써버렸잖아. 에이씨, 이제는 쇠방망이 들고 돌진하는 수밖에 없겠네."

"내 알 바 아니거든? 그런 끔찍한 게임을 하는 놈이 잘못이지."

간지럽다고 온몸을 뒤틀던 고타의 모습이 너무 재미있어서 배를 잡고 깔깔 웃었다.

"이게 다 망쳐놓고 어디서 웃고 있어!"하며 고타가 베개를 던지는데도 웃음이 그치지를 않았다.

"아~, 못 해먹겠다."

게임 컨트롤러를 획 집어 던지더니 고타가 바닥에 누워버렸다.

"야, 그런 게임이 뭐가 재밌냐? 좀비를 마구 죽이는 게 뭐가 재밌다고."

순수하게 궁금한 마음으로 물어봤다.

"좋아서 죽이는 게 아니라 우리 인류가 살아남으려고 그러는 거지."

"공존하면 되잖아."

"그게 어떻게 가능하냐? 저놈들한테는 지능이라는 게 없다고. 그냥 닥치는 대로 인간을 물어서 좀비로 만들어대는 거야. 너도 생각이란 걸 좀 해봐. 만약 이 세상에 저런 것들이 우글우글 돌아다니면 다들 패닉에 빠질 거잖아? 하지만 난 달라. 왜냐하면 이 게임으로 미리 단련했거든. 그러니까 너도 나만 믿어. 그런 날이 오더라도 너 하나만큼은 내가 꼭 지켜준다."

"오겠냐?"

"누가 알아? 어느 날 갑자기 아웃브레이크가 될지도 모르잖아."

아웃브레이크는 또 뭐야? 이놈이 게임 세계에 아주 푹 빠져서 정신이 없네.

"그런 때가 온다 해도 난 인간으로 살아남느니 그냥 속 편하게 좀비 편에 설란다. 어차피 이 동네 사람들도 모조리 좀비가 되었을 거잖아? 아빠랑 치요코 할머니랑 아야코 언니랑 치나츠 언니랑 슈이치 오빠까지 다들 말이야."

"그럼 나도 그냥 좀비 해야지. 좋아, 우리 같이 좀비가 돼서

269

행복한 가정을 만들어보자."

고타도 냉큼 좀비파로 돌아섰다.

"지능이 없다면서 가정은 어떻게 만들어?"

"그럼 가정은 포기할 테니까 재미있게 놀면서 살자. 매일 근처를 돌아다니면서 지내다가 아주 가끔씩 사람을 죽이는 거지. 그래서 내장은 소시지로 만들고, 팔하고 다리는 훈제해서 조금씩 아끼면서 먹는 거야. 그러면 인간을 많이 안 죽여도 되니까. 아, 텃밭을 만들어도 괜찮겠다. 아무튼 그렇게 좀비의 심플라이프를 즐기는 거지."

고타는 그렇게 말하더니 "히히히" 하고 어린애같이 웃었다.

"어디까지 멍청할 수 있는지, 너의 한계가 알고 싶다."

이놈은 예전부터 항상 이런 식이다. 나는 침대에서 벌떡 일어나 방에서 나가려고 했다.

"야, 시즈쿠."

무심코 돌아보고는 순간, 흠칫 놀랐다. 방금까지 방바닥에서 뒹굴면서 시시덕거리던 고타가 생각지도 못하게 진지한 표정을 지으며 나를 보고 있었기 때문이다.

"왜?"

경계하면서 물었다.

"너, 괜찮냐?"

고타는 목소리까지 낮게 깔고서 나에게 물었다.

"뭐가?"

"좀 있으면 스미 누나 기일이잖아."

"아아……."

고타가 무슨 말을 하려는지 겨우 알아듣고는 나도 목소리를 깔았다.

최근 몇 년 동안 8월 말 이맘때가 되면, 그러니까 언니 기일이 다가오면, 몸과 마음이 제대로 작동하지 않게 되곤 했다. 두통과 구역질에 시달리고, 신경이 극도로 날카로워지고, 아무것도 아닌데 느닷없이 울음을 터뜨리곤 했다. 옆에서 보면 그 기간의 나는 항상 신경이 곤두선 상태로 말과 행동도 어딘지 모르게 뒤죽박죽이 되는 모양이다. 처음 그런 증상이 시작되었던 해에는 특히 심해서 침대 밖으로 나오지도 못할 지경이었다.

"아직은, 괜찮아."

벽에 걸린 달력을 확인했다. 오늘이 8월 3일. 시작된다고 해도 아직은 시간이 좀 남았다.

"그리고 어쩌면 올해는 조용히 지나갈 수도 있어. 작년에도 심하지는 않았잖아."

"그래? 그럼 다행이고. 넌 스미 누나한테 너무 푹 빠져버릴 때가 있어서."

"도대체 어떻게 빠져버린다는 거야?"

고타가 무슨 말을 하는지 하나도 알아들을 수가 없었다.

"말 그대로야."

"그게 무슨 소리야? 내 언니니까 많이 생각나는 게 당연하잖아?"

"그렇긴 하지만……"

고타는 그렇게 대답하더니 인상을 찌푸리며 머리를 벅벅 긁었다.

"에이, 모르겠다, 이걸 어떻게 설명해야 할지. 그냥 잊어버려. 아무튼 힘들다 싶으면 나한테 말해. 넌 속이 단순하게 되어 있어서 공연히 무리하다가는 너무 힘들어지니까."

"오늘따라 왜 이래? 나한테 상냥하게 대해주면 지난번에 빌린 500엔 안 갚아도 될 것 같아서? 천만의 말씀이지. 전직 빚쟁이 딸을 뭘로 보고!"

어색함을 참지 못하고 내가 먼저 장난을 걸었다. 아무래도 진지한 고타는 고타가 아니다. 그런 말을 대놓고 하니까 속이 간질간질해서 죽겠잖아.

"네가 걱정돼서 하는 소리지. 좀 들어라!"

고타는 그래도 내 장난에 넘어오지 않았다. 골이 난 표정으로 나를 노려볼 뿐이었다. 아마 쑥스러운 걸 감추려고 그러는 모양이다.

나도 안다. 고타가 자기 나름대로 나를 걱정해서 그런 말을 한다는 걸. 아무리 평소에 멍청이처럼 말하고 행동해도 사실은 누구보다 나를 위해준다는 것도.

수시로 짜증 날 때도 있지만 그래도 소꿉친구란 정말 고마운 존재다. 그런 생각이 들어서인지 갑자기 고맙다는 말이 솔직하게 나왔다.

"고타, 걱정해 줘서 고마워. 무슨 일 있으면 꼭 말할게."

"흥."

고타는 내가 방에서 나갈 때까지 계속 딴청을 피웠다.

오기노 오빠가 트렁카를 찾아온 것은 그로부터 일주일 정도 지나 오봉(한국의 추석과 비슷한 일본의 명절. 양력으로 대략 8월 13일에서 16일 사이 – 역주)이 얼마 남지 않은 때였다.

여름방학인데도 일주일 동안 나는 놀러 가지도 않고 매일 아침부터 저녁까지 트렁카에 꼭 붙어서 아빠를 도와 일했다. 슈이치 오빠가 알바를 빠지는 만큼 빈자리를 채우기 위해서다.

하지만 사실은 그 이유 때문만은 아니었다. 내심 오기노 오빠가 우리 가게를 방문하기를 기다리고 있었던 것이다.

하늘색 남방을 입은 오기노 오빠는 가게에 들어오자마자 바깥의 강렬한 햇빛을 등지고 선 채, 그리운 것을 보는 표정으로 안경 안쪽의 눈을 가늘게 뜨고 가게 안을 빙 둘러보았다. 그리고 우리 가게가 전혀 바뀌지 않았다는 사실에 안도했다는 듯이 살짝 미소를 지었다.

"어서 오세요."

그가 가게에 들어오는 순간 심장이 쿵, 하고 무너졌다. 하지만 절대 겉으로 드러내지 않고 웃는 얼굴로 맞아들였다.

"안녕, 시즈쿠짱. 네가 오라고 해서 이렇게 왔어."

"이게 누군가 했더니 오기노 군이잖아? 어서 와. 밖이 많이 덥지? 자, 이쪽에 앉아."

아빠는 오기노 오빠를 보자마자 활짝 웃는 얼굴이 되어 카운터 자리로 불러 앉혔다.

"마스터, 오랜만에 뵙습니다."

오기노 오빠가 아빠의 눈치를 슬쩍 보면서 인사하는 게 재미있었다.

"시즈쿠랑 우연히 만났다며? 이렇게 다시 보니까 정말 반갑네. 이제 어엿한 어른이 되었어."

아빠는 오기노 오빠를 다시 만난 게 진심으로 반갑고 기쁜 모양이었다. 이렇게 활짝 웃는 아빠 얼굴은 정말 보기 드물다.

그렇게 두 사람이 이야기를 주고받는 모습을 우리 가게 단골인 다키다 할아버지가 보더니 "시즈쿠짱, 저 사람 누구야?" 하고 작은 소리로 물었다. 그래서 "언니 친구였던 사람이요"라고 대답했다.

"오오, 스미레짱의 친구!"

무슨 일이든지 참견하려고 드는 다키다 할아버지의 눈빛이 반짝거리기 시작했다. 이 할아버지는 호기심이 발동해서 눈빛이 변했다 하면 아무도 못 말린다.

"저어, 마스터……."

오기노 오빠가 눈치를 보다가 머뭇거리면서 말을 꺼내자 아빠가 무슨 일인가 하는 표정을 지었다.

"왜 그래?"

나와 다키다 할아버지는 카운터 자리 구석에서 귀를 쫑긋 세웠다.

"스미레짱 장례식 때는 정말 죄송했습니다. 제가 너무 큰 실례를 해버려서."

"무슨 소리를 하는 거야? 누가 그런 걸 마음에 둔다고. 설마 그 일 때문에 그동안 우리 가게에도 안 왔던 거야?"

아빠가 어처구니없다는 표정으로 말하더니 내 쪽으로 고개를 돌렸다.

"정말 어이가 없네. 시즈쿠, 너도 이 친구한테 뭐라고 좀 해줘라."

"벌써 했지."

내가 대답하자 오빠가 멋쩍은 표정으로 머리를 긁었다.

"그럼 내가 굳이 다시 말할 필요가 없겠군. 그런 말도 안 되는 일로 얼굴을 안 보고 살았다니, 내 참 황당하네."

"죄송합니다."

"대학 때문에 한동안 멀리 가있었다고?"

"네. 하지만 회사에 취직하면서 다시 이쪽으로 돌아오게 되었어요."

"그렇군. 부모님께서도 좋아하셨겠네."

"그게, 실은 제가 들어간 곳이 소위 벤처기업이라고 불리는 작은 회사거든요. 어머니는 영 탐탁지 않은지 아직도 수시로 뭐라고 하십니다. 하지만 저는 작은 기업이라도 일한다는 실감이 제대로 나는 회사에 가고 싶었거든요."

"아참, 여기 명함이요" 하면서 오빠가 내민 명함을 아빠가 반색하면서 받더니 "오기노 군이라면 어디를 가나 충분히 활약할 수 있을 테니 걱정할 것 없어"라고 장담했다. 항상 남에게나 자신에게나 엄하기만 한 아빠가 그런 말을 입에 올리는 걸 보고, 다키다 할아버지가 아까부터 눈이 휘둥그레져 있었다.

아빠는 기분 좋게 오기노 오빠가 주문한 과테말라 커피를 만들기 시작했다. 로스팅하는 곳에서 갓 들여온 원두를 전동 그라인더로 갈아놓고 주전자 물을 끓인다. 드리퍼에 적당히 갈린 커피 가루를 넣고 조심스레 뜨거운 물을 붓는다. 오기노 오빠는 묵묵히 커피를 내리는 아빠를 유심히 지켜보고 있다. 옛날에도 둘이 이렇게 있는 장면을 본 적이 있는데. 그런 생각을 하면서 두 사람을 가만히 바라봤다.

도자기로 된 커피잔에서 반짝반짝 윤기가 났다. 그 안에 검은 액체를 가득 따르자 가게 안에 향긋한 커피 향기가 퍼져나갔다. 커피를 싫어하는 나도 이 냄새만큼은 정말 좋아한다. 별것 아닌 작은 콩들이 커피로 변신하는 순간, 이토록 그윽한 향기를 뿜어내며 사람의 마음을 어루만지는 걸 보면 신기할 정도다.

"커피 나왔습니다."

아빠가 커피잔을 내려놓자 오기노 오빠는 "잘 마시겠습니다" 하고 정중하게 인사한 다음 한 모금 마셨다.

"역시 이 맛이야!"

흡족한 미소를 지으며 커피잔을 내려놓는다. 그 미소를 볼 수 있었던 것만으로도 우리 가게에 오라고 몇 번이고 권하기를 잘했다는 생각이 들었다.

"맛은 여전한가?"

"그럼요. 바로 이 맛이 그리웠어요. 오랜만에 마시니까 더 깊은 맛이 느껴지네요. 오늘 여기 오기를 참 잘한 것 같아요. 실은 여기 오기 전에 스미레짱 산소에도 들렀거든요."

"그랬군. 정말 고맙네. 스미레도 많이 반가웠을 거야. 앞으로도 공연히 눈치 보거나 하지 말고 언제든 들러서 커피 한잔하고 가."

"네."

속이 후련한 표정으로 대답하는 오기노 오빠 얼굴을 보고 있자니 내 심장이 다시 쿵쿵 하며 뛰어올랐다.

"흐음, 사람 괜찮네. 내가 젊었을 때도 저랬는데."

다키다 할아버지가 귓속말로 속삭였다. 나중에 한 말은 못 들은 걸로 하면서 "그렇죠?" 하고 고개를 끄덕였다.

잠시 후에 오기노 오빠가 자리에서 일어났다.

"좀 더 있다가 천천히 가지?"

아빠가 붙잡았지만 회사 일로 누군가를 만날 약속이 있다고 했다.

"조만간 또 들르겠습니다."

"그래. 언제든 환영이니까 편하게 들러."

'어떡하지?'

갑자기 마음이 급해졌다. 오빠가 가버린다. 왜 그런지 모르지만 그를 이대로 보내기 싫었다. 그래서 어떻게든 붙잡을 이유를 생각해 봤다. 하지만 아무 생각도 나지 않았고, 그러는 사이에 오빠는 계산을 마치더니 "그럼 시즈쿠짱, 다음에 또 보자" 하며 인사하고 문고리를 잡았다.

"아, 나도 저녁에 먹을 것 좀 사러 나갔다 와야지."

억지로 갖다 붙인 이유치고는 좀 어설펐으려나. 바로 어제도 장을 보러 간 데다가, 간 김에 이것저것 잔뜩 사다 놨기 때문이다. 순식간에 창피함이 몰려와서 아빠 쪽을 흘깃 쳐다봤는데 아빠는 아무 생각이 없는지 "그래, 다녀와라" 하고 평소처럼 무뚝뚝하게 말할 뿐이었다.

나는 가슴을 쓸어내렸다.

"그럼 가는 데까지 같이 가자."

오기노 오빠가 싱긋 웃었다. 하지만 이번에도 여전히 어린 아이를 바라보는 미소였다.

상점가는 마침 저녁 햇볕이 내리쬐는 시간대였다. 아주 조금만 걸었는데도 금방 땀투성이가 되었다. 앞치마를 벗은 나는 짤막한 흰 상의에 핫팬츠 차림이라 어른스러운 분위기의 오기노 오빠와 나란히 있으니까 더욱 어린애 같은 느낌이었다. 그치만 내 옷장 속의 옷들은 다 비슷한 스타일이어서 뭘 어떻게 입건 결과는 비슷했을 것이다.

"엄청 덥다, 그치?"

이마의 땀을 닦으면서 오빠가 말했다.

"덥네요. 그러고 보면 해마다 '올여름은 예년에 없는 더위'라
고 뉴스에서 떠드는 것 같지 않아요? 그럼 도대체 예년과 같은
여름은 언제 오냐고 따지고 싶어진다니까요."

"아하하하, 그 말이 맞네."

"그쵸? 아빠는 여름이니까 더운 게 당연하다고 그러는데, 그
런 문제가 아닌 것 같다는 생각이 들더라고요."

거짓말까지 하면서 억지로 따라 나와놓고 막상 이런 의미
없는 잡담뿐이다. 나 자신도 도대체 뭘 어떻게 하고 싶은 건지
전혀 모르겠다. 그런데도 침묵이 찾아오는 게 무서워서 나는
계속 조잘댔다.

"그래서 어땠어요? 오랜만에 와본 트렁크는?"

"응, 정말 좋았어. 가게 분위기도 그렇고, 마스터가 내리는
커피 맛도 그렇고. 전혀 변함이 없어서 뭔가 마음이 편안해지
더라. 게다가 옛날부터 벽에 붙어있던 '한여름 밤의 꿈' 포스터
말이야. 설마 그것까지 그대로 있을 줄은 몰랐네."

"아아, 그 포스터는 엄마가 좋아해서 영화관에서 일부러 받
아와서 벽에 붙여둔 거예요. 그러고 보니까 벌써 몇 년째 그대
로 있네요."

오기노 오빠가 말한 포스터는 이지 트릉카(Jiri Trnka)라는 체코의 유명한 인형 애니메이션 작가이자 영화감독의 영화 포스터다. 벌써 한참 전에 사망한 사람인데, 셰익스피어의 〈한여름 밤의 꿈〉을 원작으로 한 그의 작품은 50년도 더 된 옛날에 만들어진 애니메이션 영화다. 하지만 그렇게 오래전에 만들어진 애니메이션이라는 게 믿어지지 않을 만큼 섬세하며 아름답고, 마치 만화경을 들여다보는 것처럼 알록달록한 세계가 펼쳐진다. 엄마가 워낙 좋아하는 작품이라 나도 어렸을 때부터 DVD로 몇 번이나 봤다. 어린 시절에는 이야기의 내용까지는 이해하지 못했는데도 그 아름다움에 감동해서 영화가 끝날 때쯤이면 난 언제나 눈물을 글썽이곤 했다.

"그러고 보니 가게 이름도 그 감독한테서 따온 거였지?"

"네. 전에 엄마 아빠가 처음 데이트하면서 갔던 곳이 소극장에서 하던 '트릉카 작품 특별 상영회'였다고 하더라고요. 그래서 가게를 시작하게 되었을 때 엄마가 직감적으로 '트릉카'라는 이름으로 하자고 했대요."

"그런 사연이 있었구나. 두 분의 추억이 깃든 이름을 가게 이름으로 정하다니, 참 낭만적이네."

"사실 그것보다는 울림이 좋은 이름이어서 골랐다는 게 제일 큰 이유 같지만요. 이지 트릉카도 아마 일본에 있는 작은 커

피숍에 자기 이름이 붙여졌다는 걸 알면 무덤 속에서 깜짝 놀
랄 거예요."

내가 그렇게 말하자 오기노 오빠는 피식 웃더니 저녁노을에
물들어 가는 하늘을 올려다보았다.

"스미레쨩도 트렁카를 좋아했었지. 처음 가게에 갔을 때 이
게 무슨 영화 포스터냐고 물었더니 '오기노 선배는 이지 트렁
카도 몰라요?' 하며 웃더라고. 그래서 당장 DVD를 샀지."

"언니가 그런 말을 했어요?"

깜짝 놀라서 물었다.

"언니가 너무했네. 언니도 엄마가 아니었으면 몰랐을 거면
서."

그렇지만 오기노 오빠는 묘하게 기분 좋은 표정이었다.

'앗, 지갑을 깜박하고 왔다.'

채소가게를 지나칠 즈음이 되어서야 그 사실을 알아차렸다.
관광객으로 보이는 아줌마 떼거리가 힘센 전사들처럼 어깨를
들썩이면서 진격해 오는 것을 보고 오기노 오빠랑 나는 잽싸게
길가로 비켜섰다.

"우리는 그런 식으로 서로의 지식을 겨루는 부분이 있었거
든. 한창 자존심을 내세울 나이 때여서 그랬겠지. 하지만 스미
레쨩은 어렸을 때부터 책을 많이 읽어서 그런지 그 나이에 정

말 별걸 다 알고 있었잖아."

오빠가 하는 말에 "네, 맞아요" 하고 나도 동의했다. 정말 어떻게 그런 것까지 알고 있나 싶어 고개를 갸웃거릴 정도로 언니는 다양한 분야에 걸쳐 많은 지식을 가지고 있었다.

"책에 끼워놓는 책갈피 있잖아. 그것도 원래는 산에 다닐 때 나뭇가지를 꺾어서 길을 표시하던 것이 유래가 되었대. 그러다가 뜻이 점점 바뀌면서 책에 끼워 표시하는 것을 책갈피라고 하게 되었다고 하더라고. 그래서 원래는 한자로도 가지를 꺾는다(枝折)는 글자를 썼다고 하네. 그런 지식을 '오기노 선배도 당연히 알고 있었죠?' 하면서 뽐내는 표정으로 말하는 거야. 난 아직도 책에 책갈피를 끼울 때마다 그렇게 말하던 스미레 얼굴이 생각나."

"우리 가족들한테는 언니가 그런 부분을 거의 안 보여줬는데."

나는 언니가 어떤 표정을 지으며 자기 지식을 뽐냈을까 상상하면서 중얼거렸다.

"자존심이 강한 부분은 분명 있었지만요."

"맞아. 그래서 네가 잘났네, 내가 잘났네 하며 싸우다 서로 토라질 때도 있었지. 대개는 내가 먼저 미안하다고 하면서 화해했지만."

언니는 그런 식으로 오기노 오빠한테 의지하고 응석을 부렸던 게 아닐까? 나이 터울이 많이 나는 내가 있어서 그랬는지, 아니면 태어날 때부터 자존심이 강해서 그랬는지, 난 언니가 아빠나 엄마한테 떼를 쓰거나 응석을 부리는 모습을 본 적이 거의 없다.

오기노 오빠는 그런 의미에서 아주 특별한 존재였을 것이다. 아는 게 많다고 잘난척하거나 투닥투닥 싸울 수 있었던 것도 상대가 오기노 오빠였기에 가능했으리라 생각한다.

그런 생각을 멍하니 하다 보니 벌써 상점가 끝까지 와있었다.

"그나저나, 장 보러 나온 거라고 하지 않았어?"

그렇게 나를 상기시키며 오기노 오빠는 벌써 한쪽 발을 저녁노을 계단의 첫 번째 단에 올려놓고 있었다. 나는 어떻게든 그를 붙잡으려고 "오빠 생각에 오늘 저녁 메뉴는 뭐가 좋을 것 같아요?"라는 엉뚱한 질문을 했다.

그런데 내 꿍꿍이가 의외로 통한 모양이다. 오기노 오빠는 발을 계단에서 내리면서 "아, 그러고 보니" 하고 내 쪽으로 얼굴을 돌렸다.

"아까 마스터한테 들었어. 아주머니가 지금 외국에 계신다고? 그래서 시즈쿠짱이 집안일을 도맡아 한다면서? 대단하네."

오빠가 진심으로 칭찬하는 바람에 갑자기 흥분해서 머릿속이 하얗게 된 나는 "뭐, 어쩌다 보니 그렇게 됐네요. 엄마는 지금 치앙마이에 있으니까" 하고 불필요한 말까지 줄줄이 늘어놓았다.

"어, 치앙마이라고? 거긴 태국의 깊은 산속에 있지 않았던가?"

오빠가 몸을 완전히 내 쪽으로 틀면서 물었다. 계단 옆에서는 고양이 세 마리가 세로로 나란히 앉아서 졸린 얼굴로 우리를 쳐다보고 있었다.

"언니가 죽은 뒤로…… 뭐, 여러 가지 일들이 있어서……. 마음에 여유가 없어졌다고나 할까……."

어떻게 설명해야 할지 몰라 난감해하면서 말했다. 그냥 오빠가 가는 걸 붙잡으려 했을 뿐인데 얼떨결에 내가 내 목을 조른 꼴이다.

이 문제는 설명하기가 상당히 까다롭다. 말을 너무 많이 하면 이상한 방향으로 동정심을 사게 되고, 그렇다고 너무 설명이 모자라면 그건 그것대로 묘한 오해가 생긴다. 그래서 아예 언급하지 않는 게 최선이다. 평소였다면 그렇게 했을 것이다. 그러니까 지금 일은 실수다.

그런데도 오기노 오빠에게는 그 정도만으로도 충분히 의미가 전달된 모양이었다. 그냥 고개만 끄덕이면서 이야기를 들어

285

주었다. 그 표정이 쓸데없이 나를 동정하며 불쌍해하는 느낌이 아니어서 마음이 놓였다.

"그래서 아빠랑도 이야기하고 상담도 받고 해서, 일단은 낯선 곳에서 전혀 다른 생활을 해보면 어떻겠느냐는 이야기가 나왔거든요. 그렇게 흘러가다 보니 엄마가 3년쯤 전부터 그쪽에서 NPO(비영리단체) 활동에 참가하게 된 거예요. 마을 부흥을 돕기도 하고, 우물을 파기도 하고, 밭농사를 짓기도 하고. 지금은 어디쯤 있을지 모르겠네요. 워낙 여러 마을을 돌아다닌다고 하니까."

"그랬구나. 참 여러 가지로……."

오기노 오빠는 적당한 말을 생각해 내려는지 잠시 뜸을 들이다가 이렇게 끝을 맺었다.

"많이 힘들었겠다……."

그 한마디 말에 오빠의 진심이 전해지는 느낌이 들어서 내 마음이 조금 가벼워졌다.

"그래도 덕분에 요즘 들어서는 엄마도 많이 건강해졌어요. 학생 때도 그런 활동을 해본 경험이 있어서인지 즐겁게 지내는 모양이더라고요."

내가 밝은 목소리로 말했다.

"그리고 난 이래 봬도 집안일을 꽤 잘해요. 주부 일이 적성에 맞나 봐요."

이건 그냥 지어낸 말이 아니라 진짜다. 지금의 우리 가족은 이런 식으로 균형을 잡고 살기 때문에 잘 지낼 수 있는 것이다. 만약 언니를 보내고 나서도 언니가 살아있을 때처럼 억지로 평범한 가족처럼 함께 지내려고 했다면 가족 자체가 일찌감치 무너져 버렸을지도 모른다. 엄마가 옆에 없어서 외로운 부분도 당연히 있지만, 그래도 이게 낫다고 생각하면 얼마든지 견딜 수 있다. 떨어져 살아도 우리가 가족이라는 사실은 변하지 않으니까.

"시즈쿠쨩."

석양에 물든 오기노 오빠가 내 이름을 불렀다.

"넌 정말 대단한 것 같다. 존경스러울 정도야. 나처럼 아무 생각 없이 그냥 나이만 먹은 어른들보다 네가 훨씬 더 어른 같다."

귀까지 새빨개졌다. 거울을 안 봐도 알 수 있다.

"아니, 무슨. 난 그냥 철딱서니 없는 애인데요. 소꿉친구가 있는데 걔한테도 항상 그런 말을 들어요. 넌 생겨먹은 게 단순하고 생각이 어린애 같다고. 그 말이 맞아요. 난 그냥 다들 마음 아프지 않았으면 좋겠고, 행복하게 살기를 바랄 뿐이에요. 내가 아는 사람들, 가족이랑 우리 가게에 와주는 사람들이랑 전부 다요."

내가 말하면서도 너무 어린애 같은 말투라서 짜증이 났다. 오기노 오빠도 그렇게 생각하겠지?

"사실 이런 건 되게 오만하고 유치한 생각이잖아요? 너무 위선자 같고. 가끔 그런 내 모습이 싫을 때도 있어요."

오빠는 천천히 고개를 젓더니 나를 똑바로 쳐다보았다.

"네 마음이 따뜻해서 그래. 그런 건 오만도 아니고 위선도 아니야. 슬픔을 아는 사람이기에 가질 수 있는 아주 따뜻한 마음이지."

가만히 나를 쳐다보는 오기노 오빠의 눈길이 부담스러워 서둘러 고개를 숙였다. 온몸에서 땀이 뿜어나오는 이유가 더위 때문만은 아닐 것이다. 무슨 이유에서인지 눈물까지 나오려고 해서 나는 길바닥에 시선을 고정해 놓았다. 오빠 얼굴을 똑바로 쳐다볼 엄두가 안 났다.

"미안해요. 늦게까지 붙잡아서. 저 이만 가볼게요."

이대로 같이 있다가는 더 이상한 말을 해버릴 것 같아서 아예 그렇게 인사했다.

"그래. 잘 들어가고. 다음에 또 보자."

오빠가 하는 말이 끝나기도 전에 서둘러서 상점가 쪽으로 뛰었다. 도중에 아는 사람들이 인사를 해도 건성으로 대답하며 지나쳤다.

아아, 그렇구나. 그런 거였구나.

떠들썩한 상점가를 지나치면서 생각했다.

오기노 오빠를 다시 만난 그날부터 계속 뭔가 답답하니 마음이 편치 않았다. 왜 그런지도 몰랐다. 그런데 이제야 무엇이 마음을 뒤흔들었는지 알았다.

아마 이게 사랑이라는 건가 보다.

내가 오기노 오빠를 좋아하게 된 모양이다.

우와, 내가 생각해도 놀랍다.

아악~! 하고 소리를 지르고 싶은 충동을 간신히 억누르며 집까지 뛰어갔다.

한번 그렇게 의식하고 나니 돌이킬 수가 없었다. 시간이 지날수록 그 마음이 분명하게 느껴지면서 가슴을 압박해 왔다.

정신을 차려보니 자나 깨나 오기노 오빠 생각만 하고 있었다. 언제 또 볼 수 있을까, 머릿속이 온통 그 생각뿐이었다.

생각해 보면 참 신기한 일이다. 도대체 언제부터 그를 좋아하게 되었을까? 6년 만에 다시 만났고, 딱 두 번 봤을 뿐인데 사랑에 빠지다니. 오빠하고 많은 이야기를 한 것도 아닌데.

하지만 사랑이란 게 의외로 그렇게 시작되는 것인지도 모른다. 무심하게 주고받은 말이나 아주 사소한 일이 때로 커다란 의미로 다가오는 경우가 있다. 분명히 그럴 것이다. 첫눈에 반했다는 이야기가 그렇게 많이 들리는 걸 보면.

아무에게도 말하지 않았던 내 마음과 처지를 오기노 오빠에게만은 털어놓을 수 있었다. 오빠는 그런 이야기를 듣고도 웃어넘기지 않았고, 내 마음을 이해해 주었다. 그것만으로도 많은 위로가 되었다. 이런 일은 지금껏 한 번도 없었다. 눈물이 날 만큼 기뻤다.

아아, 이 사람은 나를 이해해 주는구나.

그런 믿음이 때로 사랑이라는 감정으로 이어지는지도 모른다. 적어도 나는 그 순간에 알아차렸다. 답답하고 불편하던 마음이 단숨에 사라졌다.

대단하다, 사랑은 정말 대단해. 치나츠 언니가 슈이치 오빠를 보며 그런 표정을 지을 수 있는 이유를 조금은 알 것 같다. 이렇게 들뜨고 설레는 기분은 사랑이 아니면 느끼지 못한다.

그렇지만 그렇게 내 마음을 알아차리고 꿈꾸는 기분으로 지낸다고 해도 현실에서 변한 점은 하나도 없었다.

오기노 오빠는 그 이후로 며칠에 한 번씩 우리 가게에 오게 되었다. 밤에 퇴근하면서 들르기도 하고, 쉬는 날 점심때 불쑥 나타나기도 했다. 최근 일주일 남짓 사이에 세 번이나 왔다. 그런데 그동안 나는 오빠랑 이야기할 기회가 거의 없었다. 인사하고, 가볍게 한두 마디 잡담만 하고는 끝이었다.

오빠로서는 우리 가게의 분위기와 아빠가 만드는 커피를 마시는 게 진짜 목적이니, 나는 완전히 곁다리나 덤일 뿐이다. 편의점에서 파는 장난감 달린 과자처럼 덤의 존재감이 더 크다면 그나마 괜찮다. 그러나 나 같은 경우엔 DVD 맨 끝에 나오는 쿠키영상 정도의 가치조차 없다. 오빠의 태도만 봐도 여전히 나를 동생으로밖에 여기지 않는다는 걸 알 수 있다. 조금만 상대해 봐도 그 점이 너무 뚜렷하게 보인다.

"안녕, 시즈쿠짱. 오늘도 가게 도우러 나왔어? 정말 기특하네. 친구들이랑 풀장 같은 데에는 안 가나?"

간질간질한 목소리로 그런 말을 해주면 오히려 속이 상했고 슬퍼졌다. 지난번에 만났을 때는 날더러 어른 같다고 말해줬으면서, 나를 대하는 태도는 전혀 바뀌지 않았다. 역시 나는 언니에 비해 근본적인 매력이 부족하다는 사실을 처절하게 느낄 수밖에 없었다.

어렸을 때부터 언니만 돋보이고 주목을 받아서 그런지 나는 스스로에 대한 자신감을 갖지 못한 채로 자랐다. 지금껏 사랑과는 인연이 없는 생활을 해와서 별생각이 없었는데, 지금은 그 사실이 마음에 심각한 타격을 준다.

그래도 여기서 포기할 수는 없다. 이건 내 첫사랑이니까.

그렇다고는 해도 지금의 내 모습 가지고는 안 된다. 도대체 어떻게 하면 오기노 오빠가 나를 제대로 보게 만들 수 있을까?

좀 더 노출이 많은 옷을 입어볼까? 아니, 안 된다. 섹시함이라고는 1도 없는 내가 그렇게 입어봤자 오히려 더 애쓰는 어린 애로 보일 뿐이다. 게다가 오빠는 그런 취향이 아닐 것 같다.

그렇다면 말하는 방식을 바꿔볼까? 좀 더 여자다운 느낌의 부드럽고 애교 있는 말씨를 쓰면 될까? 아니, 난 못해. 내가 그러고 있는 걸 상상만 해도 구역질이 난다.

침대에 누워 이런저런 작전을 짜면서 천장을 올려다보다가 문득 어떤 아이디어가 번쩍 떠올랐다. 아주 간단하고 단순한 방법. 왜 지금까지 이 생각을 못 했지?

나는 한밤중에 침대에서 벌떡 일어나 살금살금 방에서 나왔다. 그리고 바로 옆방의 문을 열고 불을 켰다.

언니 방은 언니가 죽은 뒤로도 거의 손을 대지 않았다. 공부하던 책상도, 침대도, 책장도, 커튼도 모두가 예전 그대로다. 천장에 달린 작은 새 모빌은 언니의 마지막 생일 때 내가 준 선물이다. 약간 먼지 냄새가 난다는 점만 빼면 아직도 언니가 이 방에서 지낸다고 해도 믿을 정도다. 언니가 병원에 입원한 날부터 이 방만 시간이 멈춰버렸다.

아빠도 엄마도 나도, 아무도 이 방을 치워야겠다는 생각을 하지 않았다. 오히려 있는 그대로 유지하기 위해 가끔 이불을 털거나 청소기를 돌릴 뿐이다.

"시즈쿠, 거기서 뭐하냐?"

언니 방 한가운데 서서 멍하게 있었더니 복도에서 아빠가 나를 불렀다.

"언니 옷 중에 괜찮은 거 있으면 내가 입어도 될까?"

내가 물어보자 아빠는 한순간 의아한 표정을 짓더니 곧바로 "그야 당연히 그래도 되지" 하고 중얼거렸다.

"그런데 넌 여태 언니 옷은 안 어울린다면서 한 번도 입을 생각을 안 했잖아?"

"마음이 바뀌었어."

"무슨 일 있었냐?"

"그냥 기분이 그렇다고."

아빠는 어깨를 으쓱하더니 "얌전히 잘 입어라" 하는 말을 남기고 가버렸다.

옷장 문을 열어보니 좀약 냄새가 코끝을 스쳤다. 옷걸이에 걸린 여름용 옷을 몇 벌 꺼내보았다. 하얀 레이스가 달린 원피스, 보라색의 차분한 원피스, 노란색의 화사한 원피스. 모조리 원피스였다. 언니는 원피스가 여름 옷차림의 기본이었다. 나는 그 옷들을 하나씩 들고서 찬찬히 살펴본 다음 제일 여름 분위기가 나고 나한테 어울릴 것 같은 노란색 원피스를 골랐다.

언니가 떠났을 때의 나이가 열일곱. 지금 나도 열일곱. 적어도 나이만 보면 지금이 제일 잘 어울릴 때다.

전신 거울 앞에 서서 언니 옷을 걸친 내 모습을 살펴봤다. 뭔가 좀 이상하다 싶었는데 머리 모양 때문인 것 같다. 하나로 질끈 묶은 포니테일을 풀고 손으로 대충 빗어서 정돈했다. 곱슬기가 있는 내 머리는 언니처럼 깔끔하게 어깨 위로 내려오지 않고 끄트머리가 말려 올라간다.

"오기노 선배, 이지 트렁카도 몰라요?"

거울을 향해 그렇게 혼자 중얼거렸다가 너무 창피해서 미치는 줄 알았다. 그래도 언뜻 보기에는 괜찮은 것 같다. 적어도 상상했던 것만큼 심각하게 못 볼 꼴은 아니다.

좋아. 거울 속에 있는 내가 고개를 끄덕였다.

오봉 연휴가 지난 다음부터 당장 그 노란색 원피스를 입고 트렁카로 나갔다. 원피스 위에 우리 가게 앞치마를 걸치고, 머리는 평소처럼 하나로 묶지 않고 풀어서 길게 늘어뜨렸다. 신발도 언니가 신던 검은 단화를 신었다.

"아이고, 시즈쿠짱! 오늘은 정말 예쁘게 하고 왔네?"

벌써 20년 가까이 거의 매일 같이 트렁카에 오시는 치요코 할머니가 아침 첫 손님으로 가게에 들어오자마자 말했다.

"진짜요?"

나는 치요코 할머니의 반응에 신이 나서 물었다.

"이 옷, 언니 거예요."

"아아, 스미레짱이 입던 옷이야? 우리 시즈쿠짱이 벌써 그렇게 컸나? 얼마 전까지만 해도 기저귀 차고 다니던 아기였는데."

치요코 할머니가 눈을 가늘게 뜨며 감회가 새롭다는 듯이 말했다. 기저귀 찬 아기는 좀 너무했지만 내가 변했다는 사실을 인정해 준 점이 정말 기뻤다. 나는 "에헤헤" 하고 쑥스러워 하면서 "이상하지 않아요?" 하고 다시 물었다.

"아주 잘 어울리는구만. 여자애답고, 귀엽고……."

그리고 오후에는 오랜만에 알바를 하러 나온 슈이치 오빠도 "깜짝 놀랐네. 오랜만에 나왔더니 생전 처음 보는 여자애가 있어서" 하며 많이 놀라는 표정을 지었다. 어딘지 모르게 기분이 좋아 보이는 이유는 아마 얼마 전에 생일이었기 때문일 것이다. 치나츠 언니가 선물한다고 샀던 가방이 마음에 들었는지 당장 메고 다니는 모양이다.

"실비 눈에는 이상해 보이지 않아?"

"누구 보고 실비래? 그치만, 응. 잘 어울리는 것 같네. 고타도 다시 반하겠어."

"고타는 아무 상관 없다니까."

아빠는 그저 "뭐 나쁘지는 않네" 하고 퉁명스럽게 말하고는 눈도 마주치려 하지 않는다. 하지만 언니 옷을 입은 나를 보고 있자니 아빠도 나름대로 속이 시끄러울 테니까 쓸데없이 뭐라 하지는 않을 작정이다.

안타깝게도 그날 오기노 오빠는 우리 가게에 오지 않았다. 하지만 트렁크 손님들에게 칭찬을 받아 자신감이 생긴 나는 매일 언니 옷을 입고 나오게 되었다. 처음에는 치수가 전혀 안 맞는 옷을 입은 것처럼 어색했는데, 날마다 입었더니 그런 기분도 점점 사라져 갔다. 그뿐 아니라 언니 옷을 입고 있으면 내가 마치 언니가 된 기분이 들었다. 의외로 그 점이 나를 들뜨게 했고, 기분 좋게 만들어주었다.

점점 신이 나 몰두하게 된 나는 옷으로도 모자라 머리핀과 브로치 등 액세서리도 언니 서랍장에서 꺼내 착용하기 시작했다. 앨범에서 언니 사진을 보고 코디에 참고했다. 걸음걸이나 동작까지도 기억을 되짚으며 흉내 냈다.

가만, 좀 지나친 거 아닌가?

가게 창문에 내 낯선 모습이 비칠 때면, 혹시 처음 목적에서 많이 벗어난 게 아닌가 하는 생각이 들기도 했다. 그래도 나는 그만두지 않았다. 굳이 그만두어야 한다는 생각까지는 들지 않았다.

그러다가 드디어, 오기노 오빠가 가게에 왔다.

오빠는 가게에 들어오자마자 곧바로 카운터 자리에 앉아버려서 내가 있는지도 모르는 것 같았다. 그래서 내가 조심스럽게 다가갔더니 진심으로 놀라서 소리쳤다.

"아, 깜짝이야! 시즈쿠짱이네? 옷이 왜 그래?"

"네? 어디 이상해요?"

나는 내심 두근거리면서 모르는 척 되물었다.

"아니, 이상하지는 않은데 평소하고 너무 달라 보여서. 게다가……."

오기노 오빠는 내 온몸을 위아래로 훑어보더니 중얼거렸다.

"그 옷은 스미레짱이 입던 거 같은데."

"아, 눈치챘어요? 이참에 과감하게 이미지 변신을 해봤어요."

나는 그렇게 말하며 은근슬쩍 머리카락을 넘겼다. 머리핀도 알아주었으면 하는 마음에.

"그렇구나. 응, 괜찮은 것 같네."

오빠의 반응은 내가 기대했던 만큼은 아니었지만, 적어도 전과는 다른 눈으로 나를 바라보는 게 느껴졌다. 그 점 하나만으로도 나는 꽤 만족했다. 일단 나에게 흥미를 느끼게 하는 것,

거기서부터 시작해야 하니까.

'좋았어! 한번 해보자!'

마음속으로 혼자서 주먹을 불끈 쥐었다.

오늘도 오기노 오빠가 가게에서 나갈 때 장을 보러 간다는 핑계로 함께 나섰다. 언니가 된 나는 스스로 깜짝 놀랄 만큼 대담해져서 함께 가게를 나설 때도 지난번처럼 허둥거리지 않았다. 이대로 기세를 몰아 고백까지 가도 될 것 같은 기분이었다. 그래, 좋아. 그렇게 생각하면서 트렁카 골목을 나와 상점가에 막 들어섰다.

그런데 거기서 갑자기 누가 내 팔을 뒤로 휙 잡아당겼다.

깜짝 놀라 돌아보자 고타가 한 번도 본 적이 없는, 화가 잔뜩 난 얼굴로 나를 노려보고 있었다.

"뭐야?"

나는 고타에게서 뿜어져 나오는 성난 아우라에 움찔하면서도 고타가 꽉 잡고 있는 팔을 억지로 뿌리쳤다.

"너 지금 뭐하는 거냐?"

고타는 여전히 나를 노려본 채, 낮은 목소리로 따졌다.

"그건 내가 할 소리지. 넌 왜 이러는 거야?"

오기노 오빠는 깜짝 놀라 입을 벌린 채로 나와 고타를 번갈아 보았다. 그런 오빠를 향해 고타가 "안녕하세요" 하며 고개를 숙였다.

"에? 아, 안녕하세요. 혹시 시즈쿠짱 친구?"

'모르는 놈이에요!' 하고 소리치고 싶었지만 할 수 없이 "네"
하고 대답했다.

"죄송해요. 잠깐 애한테 할 말이 있어서."

고타는 나를 보던 적대감 넘치는 표정을 숨기고는 오기노
오빠에게 상냥하게 웃으며 말했다.

"아아, 그럼 난 먼저 갈게."

오기노 오빠 입장에서는 별로 흥미로운 일이 아니었을 것이
다. 바로 알겠다고 하더니 "시즈쿠짱, 다음에 보자" 하고 인사
하고는 상점가 쪽으로 성큼성큼 걸어갔다.

"뭐하는 거야, 이 바보야!"

나는 오기노 오빠가 가고 없는 것을 확인한 다음에 고타에
게 다그쳤다.

"너야말로 뭐하냐?"

고타가 그래도 꿈쩍 않고 같은 말로 되묻는 바람에 흥분해
서 나도 모르게 큰 소리를 내고 말았다.

"뭐라고? 그건 지금 내가 물어보고 있잖아!"

저녁 장을 보러 나온 아줌마들이 일제히 나를 쳐다봤다. 고
타가 다시 내 팔뚝을 낚아채더니 골목 안으로 끌고 들어갔다.

우리는 어두컴컴한 골목에서 한동안 서로 노려보고 있었다. 중2 때부터 고타의 키가 쑥쑥 커버리는 바람에 어느새 나랑 키 차이가 많이 나게 되었다. 열심히 올려다보지 않으면 고타의 시선에 닿지 않는다. 예전에는 말싸움뿐만 아니라 힘싸움을 해도 내가 압도적으로 셌는데, 지금은 도저히 겨룰 엄두가 안 난다.

"너 혹시 저 사람 좋아하냐?"

그 말을 듣자 창피하고 화가 나서 더 뚜껑이 열렸다. 내가 왜 고타한테 이런 소리를 들어야 하느냔 말이다. 모처럼 오기노 오빠랑 같이 있는데 갑자기 불쑥 끼어든 것도 불쾌한데 이런 것까지 대놓고 물어보다니, 제정신이 아니다. 위협적으로 들이대는 태도도 마음에 안 든다.

"그게 너랑 뭔 상관이야?"

고타의 박력에 지지 않으려고 더욱 큰 소리로 달려들었다.

"너 미쳤냐? 저 사람은 스미 누나 남친이었잖아."

"지금은 아니거든?"

짜증스러운 말투로 시비를 거는 고타의 말에 곧바로 맞받아쳤다. 고타는 잠시 입을 다물더니 숨을 한 번 크게 들이쉬었다가 내쉬었다. 시합에서 너무 흥분하게 되면 그렇게 심호흡하라고 배구부 코치가 가르쳐주었다는 말을 전에 했었다.

"둘 사이에 갑자기 끼어든 건 내가 잘못했어. 오기노 씨한테도 실례했다고 생각해. 그건 사과할게."

"됐어, 이제."

나도 흥분이 가라앉으면서 약간 냉정함을 되찾았다.

"어차피 오기노 오빠는 신경도 쓰지 않았을 거니까."

"아무튼 미안하다. 그런데 하나 묻자. 너, 저 사람의 어디가 좋은 거냐? 저 사람에 대해서 제대로 알기나 해?"

고타의 질문에 순간 말문이 막혔다. 나는 오기노 오빠의 무엇을 좋아하는 걸까? 그 사람에 대한 내 감정을 알게 된 그날부터 나는 그를 좋아한다는 사실 그 자체, 그리고 어떻게 하면 나를 봐줄까 하는 생각에만 골몰했다. 그래서 막상 내가 그의 어떤 부분을 좋아하는지에 대해서는 거의 생각해 본 적이 없다. 오기노 오빠는 자상한 사람, 온화한 사람, 그 정도밖에 모른다. 언니의 남친이었다는 점 말고는 오기노 오빠라는 인물을 나는 거의 모른다…….

"……그런 걸 갑자기 물어보면 내가 어떻게 대답하나? 아무튼 좋아한단 말이야."

"진짜로?"

고타가 진지한 표정으로 내 눈을 똑바로 들여다보면서 확인했다. 나는 그 눈길을 피하고 싶은 충동을 억누르면서 고개를 끄덕였다. 그러자 고타는 나를 위아래로 훑어보면서 말했다.

"그런 거면 적어도 원래의 너 자신으로 승부를 걸어야지."

"엉? 그게 무슨 뜻이야?"

"그러니까, 이렇게 이상한 꼬락서니가 아니라 시즈쿠라는 인격체로 덤비라고. 이게 도대체 뭐냐? 어울리지도 않게."

그 말을 듣고 솔직히 마음에 상처를 입었다. 그러나 굳이 고타한테 어울린다는 소리를 들을 필요는 없다.

"뭘 안다고 이래라저래라야? 나도 나름대로 다 생각한 게 있다고. 오기노 오빠는 평소의 나처럼 하고 다니면 아무 흥미도 못 느낄 테니까……."

말을 하다 보니 중간부터 목소리가 점점 기어 들어갔다.

"그럼 스미 누나 흉내를 내서 그 사람한테 사랑받으면 넌 만족하냐?"

곧바로 받아치는 고타의 말에 도무지 반론을 할 수가 없었다. 그러면서 또 열이 받기 시작했다. 그런데 고타는 이야기를 멈출 생각이 없어 보였다.

"내가 전에 그랬잖아, 넌 스미 누나한테 너무 빠져있다고. 안 그래도 오기노 씨를 만났다고 하던 날 네 행동을 보니까 뭔가 이상하게 될 것 같아서 걱정이 되더라. 오기노 씨를 진심으로 좋아하는 게 맞다면 괜찮아. 진짜로 그런 거라면 나도 응원할 수 있어. 하지만 진짜라면 정정당당하게 덤비란 말이야. 스미 누나 뒤에 숨어서 그러지 말고."

"그만 좀 해!!!"

정신 차려보니 소리를 지르고 있었다. 좁은 골목에 내 목소리가 울렸고, 고타는 눈이 휘둥그레져서 나를 보았다.

"왜 화를 내고 그러냐? 난 널 생각해서 그러는 건데. 말했잖아, 네가 걱정되어서 그런다고. 왜 그걸 모르고……."

"아, 시끄러, 시끄러! 그게 바로 쓸데없는 참견이란 말이야. 너 그냥 꺼져버려!"

왜 이렇게 고타한테 화가 나는지 모르겠다. 그런데 멈출 수가 없었다. 고타의 눈썹이 움찔거리더니 곧바로 미간에 주름이 잡혔다.

"난 그래도 이성적으로 잘 말해주려고 했는데. 뭐냐, 그 태도는? 됐다, 그만하자. 나도 이제 네 일에 안 껴들란다."

"그래, 내 일은 내가 알아서 할 테니까 넌 신경 꺼."

"그래 그래, 알았다고. 네가 뭘 어떻게 하건 내 알 바 아니니까. 다시는 나한테 말 걸지 마라."

고타는 그런 말을 던지더니 휙 돌아서서 밝은 빛이 비치는 상점가 쪽으로 성큼성큼 걸어 나갔다.

"너나 걸지 마!"

내가 소리를 질렀는데도 이쪽으로 눈길도 주지 않았다.

"오호~! 밖에서 마시는 맥주는 왜 이렇게 꿀맛인지!"

아야코 언니가 맥주잔을 들고 벌컥벌컥 들이키더니 만족스러운 목소리로 외쳤다. 이걸로 벌써 세 잔째다. 아야코 언니는 평소에도 쾌활한 사람인데 알코올이 들어가면 평상시보다 두 배 이상 흥이 넘친다. 더구나 아무리 마셔도 얼굴에 전혀 티가 나지 않는다.

오늘은 매년 열리는 야나카긴자 마쓰리(일본의 민속 축제 - 역주) 날이다. 화려한 색채의 포장마차들이 거리에 즐비하게 늘어서고, 상점가는 마쓰리의 흥겨움으로 가득하다. 한낮의 미꾸라지 잡기 대회부터 시작해서 음악대 연주, 미코시(마쓰리 등 제례 때 신위를 모시고 메는 가마 - 역주) 메고 행진하기, 봉오도리(오봉 때 남녀가 모여서 추는 춤. 마쓰리 때 많이 춘다. - 역주) 등 이벤트도 가득하다.

아야코 언니가 노리는 이벤트는 저녁 시간부터 시작되는 '생맥주 많이 마시기 대회'인데, 최근 몇 년 동안 어쩐 일인지 이 이벤트에 참가할 때마다 아야코 언니 옆에 내가 있게 되었다.

"혼자서 마시면 재미없잖아."

말은 그렇게 했으면서 아야코 언니는 자기처럼 술에 취한 모르는 아저씨들하고 순식간에 의기투합해 버려서 아까부터 몇 번째가 되는지 모르는 건배를 계속하는 중이다.

모처럼 1년에 한 번 있는 마쓰리 날인데도 내 기분은 울적하기만 했다. 생맥주 대회가 열린 특설 텐트에 앉아 미지근해진 콜라를 한 손에 들고 유카타를 입은 사람들로 가득 찬 거리를 내다보고 있다.

고타와 다툰 일이 계속 마음에 걸렸다. 어째서 그렇게 험악한 분위기가 되어버렸을까? 지금까지 고타와 나는 수도 없이 싸워왔지만 이번 일은 이제까지와는 달랐다. 뭐랄까, 진짜 싸움이다. 하지만 고타가 잘못한 거다. 상관도 없는 일에 공연히 참견하고 끼어들었으니까. 말도 안 되게 무신경한 말을 퍼부어대고. 제깟 놈이 사랑에 빠진 여자 마음을 어떻게 안다고.

그렇게 생각하면서도 고타의 말은 여전히 내 마음에 푹 박혀 있다.

'스미 누나 흉내를 내서 그 사람한테 사랑받으면 넌 만족하냐?'

그래도 된다고 생각했다. 그게 정답이라고 여겼다. 그런데 고타는 내 모습 그대로 승부를 걸라고 했다. 그 말을 듣기 전까지 그런 생각은 해본 적이 없었다. 내가 좀 이상해진 건가? 언니 기일인 8월 28일이 나흘 뒤로 다가왔다. 어쩌면 자각증상도 없이 이상해진 상태인지도 모른다. 나도 모르는 사이에 마음의 나사가 헐거워진 것일 수도 있다. 그런 생각이 들자 등줄기가 오싹해졌다.

'넌 스미 누나한테 너무 푹 빠져있다고.'

고타가 그런 말도 했었지. 그건 도대체 무슨 뜻일까? 내 언니인데 내가 푹 빠지면 안 되는 거야? 그것도 일찌감치 언니의 존재를 잊어버리고 신경도 안 쓰는 것 같은 고타가 이런 말을 나한테 할 자격이 있어?

그런 생각을 끝도 없이 하고 있는데 마쓰리 음악의 가락에 섞여 누군가의 목소리가 들려왔다.

"어, 형! 저기 시즈쿠다! 아야코 누나도 같이 있네."

요헤이가 작은 빡빡머리를 흔들면서 구운 옥수수와 사과엿을 양손에 들고 이쪽으로 다가오는 중이었다.

그 옆을 보고는 흠칫했다. 고타도 함께다.

어떡하지? 말을 걸어야 하나? 내가 허둥지둥 어쩔 줄 모르고 있는데 고타는 무표정하게 그냥 지나쳐버렸다. 분명히 서로 알아봤는데, 마치 생판 모르는 남처럼. 요헤이가 티셔츠를 잡아끄는데도 고타는 돌아볼 생각도 않고 그대로 인파 속으로 사라져 버렸다. "이제 곧 봉오도리가 시작됩니다. 많이 참가해 주세요" 하는 안내방송만이 메아리처럼 귓가를 울렸다.

"뭐야, 너네 싸웠어?"

아야코 언니가 네 잔째 맥주를 들이키면서 의아한 표정으로 물었다.

"응, 그냥 좀……."

나는 마음의 동요를 숨기려고 콜라를 단숨에 마셨다.

"아하~!"

아야코 언니가 짓궂게 깐족거렸다.

"그래서 아까부터 비 맞은 강아지처럼 처량한 얼굴로 있었구만. 그렇게 불쌍한 표정을 짓고 있느니 그냥 빨리 화해하지?"

"뭐, 굳이 화해해야 되나? 난 싫은데."

내가 대답하자 "하이고~! 청춘 드라마 찍고 있네" 하면서 어깨를 마구 흔들며 웃었다. 이런 술주정뱅이는 버려두고 그냥 가버릴까. 슬슬 짜증이 나려는 참이었다.

"그나저나 시즈쿠. 넌 갑자기 왜 스미레짱처럼 입고 다니는 거야?"

그때까지만 해도 내 차림새가 눈에 들어오지도 않는 사람처럼 아무 내색이 없던 아야코 언니가 느닷없이 훅 들어오는 질문을 던졌다.

"어? 안 어울리나?"

"응. 솔직히 말하자면 전혀 안 어울려."

"진짜? 하지만 트렁크에 오는 손님들은 다 잘 어울린다고 했는데."

고타에 이어서 아야코 언니한테까지 그런 소리를 들으니 상당히 충격적이었다.

"그야 아주 이상할 정도는 아니지. 오히려 평소보다 여성스럽고 귀엽다고 할 수도 있고. 그치만 난 원래의 네 스타일이 더 좋아."

"그렇구나……."

"고타랑 싸운 이유도 이것 때문이지?"

이 사람은 가끔 너무 예리해서 무서울 지경이다. 심지어 이렇게 술에 취해있을 때조차 말이다. 나는 빈 컵을 꽉 쥔 채로 고개를 푹 숙였다.

"응, 고타가 자꾸 뭐라고 해서 내가 열받아서 막 소리를 질렀거든. 도무지 알아듣지 못할 소리만 계속 해대고, 막 험악한 표정을 짓고. 암튼 내가 아는 고타가 아니었단 말이야."

"있잖아, 시즈쿠."

아야코 언니가 부드럽게 타이르는 목소리로 나를 불렀다.

"'언제나 자신을 갈고닦아라. 그대는 이 세계를 보기 위한 창문이니까'라는 말이 있다는 거 알아? 영국의 극작가가 한 말인데."

"그게 무슨 뜻이야?"

늘 그랬듯이 아야코 언니가 인용한 묘한 격언을 듣고 나는 고개를 갸웃거렸다.

"그러니까 이 세상은 아주 복잡한 곳이어서, 옥석이 뒤섞였다고나 할까, 아름다운 것과 헛된 것이 모두 어우러져 있는데, 그중에서 무엇을 믿느냐는 자기 선택이라는 뜻이야. 그래서 자기 자신을 갈고닦아서 감수성이 풍부한 사람이 되는 게 중요하다는 거지. 그리고 그 반대도 성립하고. 내가 세상을 보듯이 세상 사람들도 나를 보는 거야. 그런 면에서도 자신을 갈고닦아야 한다는 거지. 이 말에 대한 내 해석은 그래."

어딘지 내 이름인 시즈쿠(물방울)와 조금 통하는 말인 것 같다. 커피 한 방울처럼 깊이 있고 향긋한 인생이기를 바라면서 아빠가 지어준 내 이름이랑.

"그래서 나도 나름대로 나를 갈고닦으려고 노력한 건데……."

내가 도대체 뭘 잘못한 거지? 갈피를 잡을 수 없어서 혼란스럽다.

"그렇지, 그건 나도 알아. 그런데 넌 방법이 좀 틀린 것 같아. 뭔가 억지로 끼워 맞추려는 느낌이 들어서 보고 있으면 애처롭

고 슬퍼져. 너는 너답게 갈고닦아야지. 너의 환한 미소가 보고
싶어서 트렁카에 오는 손님들도 많단 말이야. 네 웃는 얼굴만
봐도 마음에 위안을 얻는 사람들이 분명 있어. 고타도 그런 말
이 하고 싶었을 거야. 애가 좀 모자라서 설명을 제대로 못 해서
그렇지.”

“그런가……?”

진짜 그렇다면 어떻게 해야 나답게 갈고닦을 수 있을까? 그
리고 고타가 하고 싶었던 말이 진짜 그런 거였을까? 모르겠다.
그래도 어쨌든 그 녀석이 나를 위해 그 말을 했다는 사실만큼
은 이해할 수 있게 된 것 같다. 오랫동안 가까이서 나를 지켜봐
온, 나를 제일 잘 아는 놈이니까. 내가 싫어할 줄 뻔히 알면서도
그런 말을 해준 거겠지. 아니, 그렇게까지 깊이 생각할 놈은 아
닌데. 어쨌든 잘못은 내가 했다는 뜻이다.

“네 나이 때는 정서가 불안정해지기 쉬워서 힘들 때도 많을
거야. 더구나 너는 스미레짱 일도 겪었으니까 생각도 걱정도
많겠지. 하지만 초조해하지 마. 자기를 갈고닦는 데에는 아주
오랜 시간이 걸리거든.”

아야코 언니는 “나도 너한테 설교를 늘어놓을 만한 인간이
못 되니까 이쯤 하자” 하고 말하면서 격려하려는 듯이 내 어깨
를 툭 쳤다.

그러고는 "한 잔 더 가져와야지~!" 노래하듯이 말하면서 맥주 대회가 열리고 있는 특설 텐트를 향해 돌진했다.

그로부터 이틀이 지났다.

나는 지금 닛포리 역 개찰구 앞에서 오기노 오빠를 기다리고 있다.

8시가 채 되지 않은 시각, 여름의 짙은 어둠 속에서 역 앞의 공간만 눈부시게 밝다. 그 불빛에 끌려 모여든 벌레들이 형광등 주위에서 빙글빙글 원을 그리며 날아다닌다.

마쓰리가 있던 날 밤, 새벽까지 고민을 계속하다가 오기노 오빠에게 털어놓기로 작정했다. 그래서 바로 이튿날 저녁에 전화를 걸어 만나달라고 부탁했다. 이제 조금 뒤면 퇴근하는 오빠가 여기 나타난다.

고타와 아야코 언니한테 그런 말을 들은 뒤로 생각을 많이 해봤다. 살아오면서 이렇게 머리를 쓴 적이 없다고 느낄 만큼 열심히 고민했다. 그래서 마지막만큼은 나답게 끝내자는 결론을 내렸다. 그래서 이제 언니 옷은 입지 않는다. 나는 나 자신으로 오기노 오빠에게 고백할 작정이다. 누군가에게 의논한다면 틀림없이 하지 말라고 하겠지.

'아직 고백은 너무 일러. 좀 더 친해진 다음에 해야지.'

이런 식의 충고를 들을 게 뻔하다. 그러나 한번 정했으면 즉시 행동으로 옮긴다. 그게 내 성격이다. 누군가를 좋아하는 지금 이 마음을 소중히 하고 싶다. 쓸데없는 밀당 같은 건 하고 싶지 않다. 그렇게 해서 안 좋은 결과가 나오더라도 내가 선택한 일이니 후회하지는 않을 것이다.

그렇게 결판이 나면, 고타한테 미안하다고 말하러 가야지. 용서해 줄지는 잘 모르겠지만 한 번 가지고 안 되면 몇 번이라도 될 때까지 미안하다고 할 거다. 오늘 안 된다면 내일 다시 사과한다. 그래도 안 되면 모레에도 한다. 고타가 '알았으니까 그만해' 하고 두 손 들고 항복할 때까지 몇 년이 걸리더라도 끈질기게 사과를 계속할 작정이다.

그런 생각을 하면서 안절부절못하는 기분으로 개찰구 쪽을 뚫어지게 바라보았다. 시간이 너무 느리게 가는 느낌이다. 30분은 지났겠지, 하면서 역사 안의 시계를 보면 겨우 5분이 지났을 뿐이었다.

내가 도착한 뒤로 벌써 다섯 번째 전철이 플랫폼에 들어왔다가 떠났다. 조금 있으니 많은 사람이 개찰구로 밀려들었다.

"아!"

양복 차림의 한 사람이 눈에 보이자 나도 모르게 입에서 탄성이 나왔다. 동시에 그쪽도 나를 알아보더니 얼굴에 미소를 지으며 가까이 다가왔다. 그 모습만으로도 가슴이 두근거렸다. 그가 나를 알아봐 준다. 그런 사소한 일 하나가 이렇게도 기쁘게 느껴지다니.

"기다리게 해서 미안."

오기노 오빠가 내 앞에 멈춰 서더니 손목시계를 보고는 미안해하는 표정으로 말했다.

"아니에요. 제가 갑자기 부탁드린 거니까 괜찮아요."

고개를 꾸벅 숙여 인사하고 말하자 "시간이 늦었는데 괜찮아?" 하고 나에게 물었다. 나는 "네" 하고 대답했다.

그러더니 하늘색 티셔츠에 물 빠진 청바지를 입은 내 옷차림을 본 오빠가 웃으며 말했다.

"엇, 오늘은 평소의 시즈쿠짱이네?"

"네, 오늘은 평소의 저예요."

나도 웃으며 대답했다.

우리는 울창한 녹음이 우거진 묘원을 함께 걸었다. 나뭇잎 틈새로 밝은 달빛이 비쳐 들고 있었다. 개찰구에서 쏟아져 나온 사람들이 천천히 걸어가는 우리를 빠른 걸음으로 추월해 갔다. 한낮에 귀를 찢을 듯이 울던 매미 울음소리는 들리지 않았고, 그 대신에 찌르르 찌르르 하는 청량한 벌레 소리가 들려왔다.

"그래서 할 말이라는 게 뭐야? 고민거리나 물어보고 싶은 말이라도 있어?"

오기노 오빠는 내가 무슨 말을 하려는지 전혀 가늠이 안 되는 모양이었다. 하긴 오빠 입장에서 보면 당연한 일이다. 가만히 서있기조차 힘들 정도로 긴장한 사람은 나뿐이다.

"왜 그래?"

오빠가 의아한 눈으로 이쪽을 바라보았다.

"저기……."

"응?"

머릿속에서 몇 번씩 연습한 말이 좀처럼 입 밖으로 나오지 않는다. 이대로 계속 우물쭈물하다가는 순식간에 상점가에 도착할 것이다. 나는 눈을 질끈 감고서 숨을 크게 들이쉬었다.

"저, 오빠를 좋아해요. 저랑 사귀어 주실래요?"

말을 제대로 한 것 같지 않다. 눈을 똑바로 볼 수가 없어 고개를 푹 숙인 채 말했고, 게다가 갈라진 목소리였다. 시간을 되돌릴 수 있다면 다시 하고 싶다. 아니, 가능하다면 오늘 만난 장면부터 다시 하고 싶다. 그러나 그건 불가능하다. 한번 뱉은 말은 다시 주워 담을 수 없다.

내 말이 제대로 들리긴 했을까? 그런 생각을 하며 머뭇머뭇 고개를 들었더니 오빠가 어안이 벙벙한 얼굴로 나를 보고 있었다. 그러고는 이마를 손으로 짚으며 "어, 그게, 그러니까……"

하고 말을 더듬었다.

"안 될까요?"

"근데 시즈쿠짱, 진심이야?"

"네."

입술이 떨리는 걸 필사적으로 참으면서 똑바로 쳐다봤더니 잠시 후 오빠의 표정에서 당황한 기색이 사라졌다.

"미안해, 시즈쿠짱."

오빠는 나를 정면으로 쳐다보면서 말했다.

"난 너를 그런 상대로는 보지 못하겠다. 그건 앞으로도 변함이 없을 거야. 게다가 내가 말하지 않은 것 같은데, 난 지금 사귀는 사람이 따로 있어."

나는 오빠의 말을 찬찬히 곱씹은 다음 고개를 끄덕였다.

"알겠어요. 분명하게 말해줘서 고맙습니다."

"미안……."

오기노 오빠가 다시 한번 사과했다. 어찌나 미안해하는 목소리인지, 오빠한테 그런 목소리를 내게 했다는 게 오히려 미안할 지경이었다.

"아니에요. 안 된다는 건 처음부터 알고 있었어요. 놀라게 해서 죄송해요."

나는 애써 웃는 얼굴을 지으며 말했다.

"아니, 그건 괜찮은데⋯⋯. 나야말로 여태 아무것도 눈치채지 못해서 미안하다. 혹시 네가 오해할 소지가 있는 행동을 한 게 있다면 정말 미안해. 내 잘못이야."

"오빠는 잘못한 것 없어요. 진짜로, 아무것도요."

도대체 왜 이렇게 좋은 사람인 거야? 너무 착하고 자상해서 울고 싶어지잖아.

밤이어서 정말 다행이다. 오빠한테 이런 얼굴을 보이지 않을 수 있어서 정말 다행이다.

"아하하, 너무 늦어버렸네. 이제 가요."

나는 무거운 분위기를 깨버리려고 억지로 밝은 목소리로 말했다.

"그래, 그래야지⋯⋯."

슬펐지만 기분은 개운했다. 최근 몇 주 동안 한 가지 생각으로만 꽉 차서 숨 막힐 것 같았는데, 이제야 마음속에 바람이 불어와 한결 편안해진 기분이었다. 좀처럼 걸으려 하지 않는 오빠를 "자, 빨리요" 하며 재촉했다.

둘이서 묵묵히 묘원의 외길을 걸었다. 이제는 우리를 추월해 가는 사람도 없었다. 그렇게 둘이서만, 아무 말없이, 큰길이 나올 때까지 걷고 또 걸었다. 갈림길이 나오자 오빠가 "바래다줄까?" 하고 물었고, 나는 "가까우니까 괜찮아요" 하고 거절했다.

"그래, 그럼 또 보자."

오빠가 발걸음을 멈추고서 여전히 미안한 표정을 지으며 말했다.

"오빠는 정말 자상한 데다 너무 순진한 것 같아요."

내가 키득키득 웃으며 말했다.

"응? 아니, 그렇지는 않은데……."

"요즘 여고생이 하는 말을 그만큼 진지하게 받아들이는 거면 순진한 게 맞죠. 우리 반 여자애들 사이에서 한참 연상의 오빠랑 사귀는 게 유행이거든요? 그래서 나도 한번 해볼까 하고 말했던 건데."

오기노 오빠가 난처한 표정으로 "그런 거야?" 하며 힘없이 웃었다.

"가볍게 놀려볼까 싶어서 한 말을 가지고 그 정도로 심각하게 받아들이면 내가 오히려 곤란하잖아요. 그러니까 어색하다느니 어쩌니 하면서 우리 가게에 안 오고 그러기 없기예요! 오빠가 그랬다가는 아빠가 나를 가만히 안 둘 거란 말이에요."

내 말을 들은 오빠가 미심쩍은 표정으로 머리를 긁적긁적했다.

"그치만 난 진짜로 놀랐는걸. 그런 말을 그렇게 앞뒤 없이 아무한테나 하고 그러면 안 돼. 넌 나한테 진짜 친동생이나 다름 없는데 그런 식이면 걱정하게 되잖아."

"넵! 죄송합니다~!"

오기노 오빠가 어른스럽게 충고하는 말을 나는 일부러 가볍게 받았다.

"그럼 난 가볼게. 다음에 보자."

인사를 하고 가려는 오기노 오빠를 나는 "저기" 하고 반사적으로 불러세웠다. 오빠를 다시 만났던 날, 헤어지기 직전에 했던 것처럼.

"왜 그래?"

오빠가 가로등에서 약간 떨어진 곳에서 돌아봤다.

"오빠는 지금 행복해요?"

뜬금없는 내 질문에 오빠가 "응?" 하며 한순간 눈을 동그랗게 떴다.

"아아, 응. 그렇다고 할 수 있겠지. 그런 식으로 생각해 본 적은 없지만 몸도 건강하고, 일도 순조로운 편이고, 소중한 사람도 있으니까. 하루하루 나름 잘 보내고 있으니 행복하다고 생각해."

오기노 오빠는 작은 어린아이의 장난을 보고 난처해하는 어른의 표정으로 나를 바라봤다.

"그런데 그건 갑자기 왜?"

나는 오빠의 대답에 만족해서 싱긋 웃었다.

"그냥요. 그럼 오빠, 빠이빠이!"

나는 큰 소리로 외친 다음 손을 마구 흔들어주고 내리막길을 한달음에 뛰어 내려갔다.

아, 시원하다!

별들이 반짝이는 여름 밤하늘을 향해 힘껏 팔을 뻗어 기지개를 크게 키면서 걸었다. 간혹 차도를 달리는 차 소리 말고는 주변이 고요하다. 길가에 늘어선 센베이가게도, 잡화점도, 반찬가게도 모두 셔터가 내려져 있다.

데네브, 알타이르, 베가.

밤하늘에 있는 익숙한 그 별들을 찾는다. 오기노 오빠에게 내 마음을 털어놓은 뒤로 마음속에 바람이 계속 불고 있다. 머리가 묘하게 맑아지면서 최근 내가 한 행동들을 냉정하게 되짚어볼 수 있었다. 이제야 내가 나를 다시 찾은 기분이라고나 할까.

지금 몇 시쯤 되었으려나. 곧장 고타네 집에 가도 되나?

그런 생각을 하며 걸어가는데 "어이" 하고 캄캄한 길에서 남자의 낮은 목소리가 들려와 "꺅!" 하고 짧은 비명을 질렀다.

"넌 뭐하고 다니는 거냐?"

앞쪽 가드레일에 기대고 선 그림자가 말했다.

"어라, 고타?"

고타는 나를 향해 똑바로 걸어오더니 뚱한 얼굴로 나를 마주했다.

"야, 지금이 몇 시인 줄 알고 이렇게 캄캄한 밤길을 혼자 싸돌아다니냐? 마스터가 얼마나 걱정하고 있는지 알아?"

"앗!"

주머니에 넣어둔 채 잊고 있던 핸드폰을 보니 부재중 전화가 어마무시하게 와있었다. 그러고 보니까 아빠한테 아무 말도 안 하고 나온 거였다. 핸드폰 시계를 보니 10시가 다 되었다.

'망했다, 엄청 혼날 텐데.'

내가 발을 동동 구르고 있으니 고타는 무뚝뚝하게 말했다.

"나한테 전화하셨길래, 우리 집에서 핸드폰도 꺼놓고 게임에 빠져있다고 했어. 나한테 고마운 줄 알아."

"아, 고마워……."

그럼 얘는 나를 찾으러 나온 건가? 아직 화해도 안 했는데. 고타는 여전히 심통이 난 얼굴이다. 그래도 그 얼굴을 보자 이상하게 마음이 놓였다.

"빨리 들어가기나 해."

빠른 걸음으로 앞서가는 고타를 따라 허겁지겁 걸어갔다.

"오기노 씨랑 같이 있었냐?"

자기 등 뒤로 부지런히 따라오는 내게 묻길래 "응" 하고 순순히 대답했다.

"그래서 뭐라고 했는데?"

"좋아합니다, 사귀어 주세요, 라고 했다가 깔끔하게 박살 났지."

내가 키득키득 웃으면서 말했더니 "우와! 뭐냐, 그 돌직구는?" 하고 어이없어하는 목소리가 들렸다.

"너는 생각이란 걸 좀 하면서 공략했어야지. 야금야금 조금씩 다가간다거나 하는 식으로."

"그치만 이건 질질 끌면 안 되는 사랑이었거든."

"어엉?"

"네가 걱정했던 게 맞았어. 내가 그동안 이상해져 있었나 봐. 이맘때가 되면, 어떻게 말해야 할지 모르겠는데, 아무튼 뭔가에 매달리고 싶어서 안절부절못하게 되는 모양이야. 그러지 않으면 너무 슬퍼서 마음이 무너질 것 같아서······."

앞서 걸어가는 고타의 등을 향해 말하자 "아아, 응" 하는 짧은 맞장구가 돌아왔다.

나는 머릿속을 정리하면서 천천히 말을 이었다.

"이번에는 그 대상이 오기노 오빠였다는 생각이 들어. 그 오빠는 언니가 좋아하던 사람이잖아. 그러니까 나도 좋아하는 게 당연하다고 여긴 거지. 그래서 언니 옷까지 빌려 입고, 엉뚱한 짓이나 벌이고. 하지만 그게 맞다고 생각했어. 내가 언니 대신이 될 수 있다면 그래도 괜찮다고. 어느 순간부터 그렇게 말도 안 되는 생각에 빠져서……."

나는 어떤 낱말을 써야 할지 하나씩 확인하면서 고타와 나 자신을 향해 이야기를 계속했다.

"어쩌면 내가 좋아한 사람은 오기노 오빠가 아니라, 오빠의 추억 속에 살고 있는 언니가 아니었을까? 만약 그 오빠가 언니 남친이 아니었다면 난 그 오빠를 좋아하지 않았을 것 같거든. 네가 전에 나보고 '언니한테 너무 빠져있다'고 했던 것도 그런 뜻이었지?"

고타는 아무 대답도 하지 않았다. 그냥 빠른 걸음으로 성큼 성큼 언덕길을 내려갈 뿐이다. 나는 그 익숙한 뒷모습을 향해 계속 이야기했다.

"그러니까 이 사랑은 아마 독감 비슷한 거였나 봐. 어느 날 갑자기 열이 확 올랐다가 금세 없어지는 병 같은 거 말야. 그 증거로, 지금 난 차였지만 하나도 슬퍼 보이지 않잖아?"

혼잣말처럼 끝도 없이 떠들고 있는데 고타가 갑자기 그 자리에 우뚝 멈춰 섰다. 상황을 전혀 예기치 못했던 나는 그 등 뒤에 있는 힘껏 부딪치며 뒤로 나자빠질 뻔했다.

"아야! 갑자기 서면……."

휘청거리면서 뭐라고 따지려는데 고타가 여전히 뚱한 표정으로 뒤돌아봤다.

"너 바보냐?"

고타가 나를 쳐다보면서 평소처럼 말을 툭 던졌다.

"응?"

"우리가 알고 지낸 게 몇 년인지 알아? 아기 때부터 같이 자랐잖아. 그런데 내가 널 모르겠어? 그렇게 히죽히죽 웃고 있어도 그 속이 어떤지 내가 모를 것 같냐?"

"아……."

고타의 그 한마디에 나는 무너지고 말았다.

"으으……."

나도 모르게 목소리가 새면서 계속 참아왔던 눈물이 한꺼번에 왈칵 쏟아졌다. 커다란 눈물방울이 끝없이 눈에 솟았다가 흘러나왔다.

이윽고, 스스로 깜짝 놀랄 만큼 커다란 목소리로 울기 시작했다. 인적 없는 길가에 멈춰 서서 창피함이고 뭐고 다 내팽개친 채 하늘을 보며 엉엉 울어댔다.

"그래, 난 언니 남친이 아니었으면 오기노 오빠를 좋아하지 않았을 거야…… 그치만…… 그치만…… 오빠가 좋다고 생각했던 내 마음은 진짜로 진심이었어. 그 마음은 진짜였다고……"

지금 내 꼴은 엉망진창이겠지. 그렇게 생각하면서 말했다.

생전 처음 누군가를 연모하는 마음. 오기노 오빠를 생각하면서 나는 틀림없이 행복했다. 하지만 끝나버렸다. 이렇게 소중한 마음이 생겼는데 이제는 아무 소용이 없다. 누구에게도 전할 수가 없다. 그 사실이 너무 애달프고 슬퍼서 견딜 수가 없었다.

"그래, 그럴 거야."

고타가 내 어깨를 가볍게 툭툭 치면서 속삭이듯이 말했다. 그 목소리 때문에 눈물이 더 났다.

나는 하늘을 향해 울부짖듯이 울었다. 불쌍한 내 사랑을 위해 울고 또 울었다. 어린아이 같다. 처음에는 슬퍼서 울기 시작했다가 나중에는 그렇게 우는 나 자신이 불쌍해서 더 울게 되었다. 고타는 아무 말도 하지 않았다. 그저 내 옆에 가만히 서 있기만 했다.

도대체 얼마나 그러고 있었을까? 겨우 울음을 그쳤을 무렵에는 온몸의 수분을 모조리 쥐어짜 낸 기분이었다. 주머니에 있는 손수건을 쓸 겨를도 없이 눈물과 콧물이 내 티셔츠와 땅

바닥을 흠뻑 적셨다.

"고타, 미안해."

나는 하늘을 향해 크게 한숨을 쉬고는 끅, 끅, 하고 메이는 목소리로 옆에 있는 고타에게 말했다. 실컷 울고 나면 왜 이렇게 머리가 붕 뜬 느낌이 들까?

"엉? 괜찮아, 뭐. 아무도 못 봤으니까."

고타는 쓴웃음을 지으면서도 부드러운 목소리로 말했다.

"이거 말고. 지난번에 미안했다고. 내가 너무 심한 소리를 했잖아. 계속 너한테 미안하다고 하고 싶었어."

내 말에 고타는 "아니, 뭐, 굳이……" 하고 웅얼거렸다.

"시즈쿠 너만 잘못한 것도 아니고, 나도 어른스럽지 못했지. 아직 어른이 아니긴 하지만."

"다시는 전처럼 얼굴을 못 보면 어떡하나 싶어서 너무 무서웠어."

나는 시선을 아래로 떨군 채 중얼거렸다. 가로등 불빛이 우리 그림자를 아스팔트 위로 길게 늘어뜨렸다. 고타의 그림자에서 손이 쑥 튀어나와 내 그림자의 머리 위에 포개졌다. 그와 동시에 내 머리 위로 묵직한 체온이 느껴졌다.

"너 바보냐? 우리가 어떻게 얼굴을 안 보고 사냐? 너 진짜 마음이 약해졌었구나."

고타가 잘난체하며 말했다.

"네가 바보지 내가 바보냐?"

"으이구, 네가 웬일로 좀 조신하게 나온다 했다."

마지막에는 둘이 함께 풋, 하고 웃음을 터뜨렸다. 그러고는 평소 하던 대로 서로를 까내리면서 자연스럽게 어깨를 나란히 하고 걷기 시작했다. 조금 전까지 싸웠다는 게 믿기지 않을 정도다.

곧 상점가가 눈앞에 나타났다. 그나저나 이렇게 퉁퉁 부은 얼굴로 집에 갔다가는 아빠가 걱정할 텐데.

"우리 집에서 했던 좀비 게임의 엔딩이 너무 감동적이었다고 하면 되잖아" 하고 제안하는 고타에게 그게 말이 되냐고 웃으면서 핀잔을 주었다. 차 한 대가 우리 옆을 미끄러지듯이 조용히 지나쳐 갔다.

괜찮다고 하는데도 결국 트룽카 골목 앞까지 바래다준 고타에게 "고마워" 하고 인사했다. 고타는 쑥스러운 표정으로 "어차피 가는 길인데, 뭐" 하며 딴청을 부렸다.

"그게 아니라, 항상 옆에 있어줘서 고맙다고. 네가 옆에 있어서 정말 다행이야."

고타한테 이렇게 제대로 된 인사를 한 건 아마 태어나서 처음일 것이다. 단 몇 시간 사이에 정신없이 뒤바뀌는 감정의 변화를 겪은 나는 마치 다시 태어난 사람처럼 순하고 솔직해져 있었다. 평소 같으면 도저히 입 밖에 낼 수 없는 간지러운 말들이 놀랄 정도로 술술 나왔다.

"어쨌든, 나도 스미 누나랑 한 약속이 있으니까."

고타가 셔터문이 굳게 닫힌 채소가게에 등을 기대고 서서 갑자기 이상한 말을 꺼내는 바람에 나는 얼떨결에 언성을 높였다.

"뭐? 그게 무슨 소리야?"

"스미 누나가 부탁했거든. 시즈쿠를 지켜주라고. 병원으로 누나 병문안하러 갔을 때."

고타가 태연한 표정으로 말했다.

"진짜야? 난 처음 듣는데?"

"그야 당연하지. 비밀 약속을 한 거니까."

고타가 여전히 태연하게 말했다.

"스미 누나가 그렇게 말하더라. '난 삐딱한 편이지만 시즈쿠는 달라. 그 아이는 순수하고 맑은 마음을 가지고 있거든. 주변 사람을 진심으로 사랑하고, 또 사랑을 받는 아주 귀한 재능을 타고났어. 하지만 마음이 너무 여려서 상처받을 일이 아주 많을 거야. 그럴 때는 옆에서 네가 꼭 지켜줘야 해'라고."

도대체 오늘은 무슨 날이지? 한꺼번에 뭔가 너무 많은 일이 일어난다.

"그래서…… 넌 뭐라고 대답했는데?"

"그야 누나는 환자였으니까 아무렇게나 대답할 수는 없잖아. 그래서 이렇게 말했지. '당근이지!'라고."

말을 마친 고타는 씨익 웃더니 "난 상남자니까" 하며 보디빌더 같은 포즈를 취하고는 나를 쳐다보았다. 그게 너무 웃겨서 나는 웃음을 터뜨렸다.

"흐으, 결국 말해버렸네. 천국에서 만나면 난 누나 손에 죽었다. 하지만 스미 누나도 나도 그런 시즈쿠가 좋은 거야. 그러니까 억지로 바꾸려고 하는 게 너무 싫었어. 너는 너답게 살아. 그게 최고야. 무슨 소린지 알겠지?"

"응, 알았어."

고개를 크게 끄덕였더니 고타는 "좋았어, 집에 가서 똥이나 싸고 자야지" 하는 쓸데없는 한마디를 남기고 사라져 버렸다.

그 뒤로 언니의 7주기 준비와, 거기에 맞춘 엄마의 일시 귀국 등 바쁘고 정신없는 날들이 이어졌다. 올해 초에 만난 이후로 8개월 만에 다시 본 엄마는 햇볕에 까무잡잡하게 타서 전보다 더 건강해 보였고 눈빛에도 생기가 많이 돌아온 모습이었다.

7주기 당일, 친척들 사이에 이런저런 듣기 싫은 말들도 오갔고, 미리 주문해 둔 도시락이 하나 덜 오는 해프닝까지 있어서,

그걸 대처하러 뛰어다니느라 트렁크에서 일할 때보다 열 배는 힘들었다. 그래도 그렇게 바쁘게 돌아다닌 덕분인지 몸과 마음의 상태가 이상해지는 일은 없었다. 엄마랑 아빠랑 나는 오랜만에 셋이 함께 저녁을 먹으며 이런저런 이야기를 나누었고, 이튿날 내가 공항으로 엄마를 바래다줬다.

점심이 막 지났을 즈음이라 나리타 공항에서 닛포리 역으로 돌아오는 전철에는 승객이 거의 없었다. 나는 띄엄띄엄 사람들이 있는 좌석 한가운데에 앉아서 새하얀 구름이 떠있는 창밖을 내다봤다.

언니.

파란 하늘을 향해 마음속으로 불러보았다.

그쪽은 어때? 우린 잘 있어.

조금 전에 엄마가 비행기를 탔는데, 내년에는 이쪽으로 돌아오겠다고 했어. 그래도 무리는 하지 말라고 내가 말했지. 떨어져서 지내도 가족이라는 사실은 변하지 않잖아. 안 그래?

그리고 오기노 오빠랑 다시 만났을 때 깨달은 게 있어. 오빠한테 말해줄까 말까 계속 고민하다가 결국 안 한 건데……. 언니는 사실 오빠가 싫어진 게 아니었지? 나 그때 봤거든. 언니가 병실에서 오빠한테 받은 책을 가슴에 꼭 끌어안고 울었던 거 말이야. 그렇게 울 거면 왜 헤어졌나 하고 이상하게 생각했었는데, 이제야 알게 되었어. 언니는 자기 목숨이 얼마 안 남은 걸 알고 일부러 오빠를 차버린 거지? 자기가 죽으면 소중한 사람이 계속 힘들어질까 봐. 진짜 언니다운 것 같아. 그런데 오기노 오빠는 지금 행복하다고 그러더라. 그러면서 밝게 웃었어. 참 다행이지? 언니가 진심으로 바란 일이잖아?

나도 나답게 살아보려고. 나를 갈고닦는 건 많이 힘들겠지만, 시간이 걸리더라도 해볼게. 시즈쿠라는 내 이름이 부끄럽지 않게 말이야. 어차피 난 아무리 해도 언니처럼은 될 수 없으니까. 그러니까 난 나답게 하면 되겠지? 언니가 꼭 지켜봐줘.

전철은 여전히 경쾌하게 달린다. 내가 사는 동네를 향해.

트렁크로 돌아가면 커피를 마셔야겠다.

갑자기 그런 생각이 들었다. 아빠가 만든 따뜻한 커피가 마시고 싶다. 하얀 도자기 잔에 넘치도록 가득 채운 커피가. 내가 커피를 달라고 하면 아빠는 어떤 표정을 지을까?

창밖으로 푸른 경치가 쉴 새 없이 흘러간다. 며칠 전까지 있었던 일들이 거짓말이었던 것처럼 내 마음도 저 파란 하늘만큼 맑고 화창하다.

그렇지만 잊지 않을 것이다. 아주 짧은 기간이었지만 그래도 나는 사랑을 했다. 진심으로 좋아했다. 그 감정은 아주 소중한 보물이다. 간혹 생각날 때마다 찾아오는 찌릿한 아픔도 그

다지 나쁘지는 않다. 언젠가 또다시 사랑을 하겠지. 그때까지 좀 더 자존감을 키워야겠다. 그래서 나 자신으로도 당당하게 그 사람과 마주할 테다.

그런 생각을 하는데 문득 고타의 멍청한 얼굴이 떠올랐다. 나는 허겁지겁 그 얼굴을 머릿속에서 지워버렸다.

아니 아니, 그건 불가능해. 고타라니. 응, 절대로 있을 수 없는 일이야.

역시 내 새로운 사랑은 아직 한참 더 기다려야겠다.

아무튼 커피다. 집에 돌아가서 우선은 커피. 무서운 꿈을 또 꾸게 되더라도 그냥 잠에서 확 깨버리면 그만이다. 지금까지 살아오면서 그 정도 파워는 갖게 되었다.

10년 만에 트렁카에서 마시는 커피는 과연 어떤 맛이 날까?

나는 아주 조금 긴장하면서 창밖을 바라보았다.

기적을 내리는 트렁카 다방

초판 1쇄 발행 2024년 10월 15일

지 은 이	야기사와 사토시
옮 긴 이	임희선
펴 낸 이	한승수
펴 낸 곳	문예춘추사

편 집	구본영, 김이슬
디 자 인	박소윤
마 케 팅	박건원, 김홍주

등록번호	제300-1994-16
등록일자	1994년 1월 24일

주 소	서울특별시 마포구 동교로 27길 53, 309호
전 화	02 338 0084
팩 스	02 338 0087
메 일	moonchusa@naver.com

I S B N   978-89-7604-688-8 03830